SIMONE VAN DER VLUGT | Kalte Freundschaft

Das Buch

Gerade hat die aufstrebende Schriftstellerin Nadine ihren ersten Krimi veröffentlicht, als ihr eigenes Leben sich plötzlich in einen Thriller zu verwandeln scheint. In ihrer niederländischen Heimatstadt Leiden wird eine junge Frau getötet, die Nadines Tochter Marielle verblüffend ähnlich sieht. Und es bleibt nicht bei einer Leiche: Das nächste Opfer ist Nadines Freundin Joella, die nach einem Grillfest tot aufgefunden wird. Das Verbrechen weckt in Nadine dunkle Erinnerungen an den Unfalltod ihres Mannes, der nie richtig aufgeklärt wurde. Nun packt die allgegenwärtige Angst auch sie, denn der schreckliche Verdacht lässt sich nicht länger verdrängen: Unter ihren Freunden muss es einen Mörder geben. Und er scheint sie und Marielle ganz genau zu kennen …

»Ein temporeicher Plot mit einem höchst aufwühlenden Finale.« *Algemeen Dagblad*

Die Autorin

Simone van der Vlugt wurde 1966 in Hoorn/Niederlande geboren. Mit ihrem ersten Psychothriller *Klassentreffen* eroberte sie auch die deutsche Bestsellerliste, gefolgt von *Schattenschwester* und *Finsternis*. Zuletzt erschien im Diana Verlag ihr Roman *Rettungslos*. Die Autorin lebt mit ihrem Mann und ihren zwei Kindern in Alkmaar.

SIMONE VAN DER VLUGT

KALTE FREUNDSCHAFT

Thriller

Aus dem Niederländischen von Eva Schweikart

Diana Verlag

Die Originalausgabe erschien 2009
unter dem Titel *Herfstlied* bei Anthos, Amsterdam

MIX
Papier aus verantwortungsvollen Quellen
FSC® C014496
FSC
www.fsc.org

Verlagsgruppe Random House FSC-DEU-0100
Das für dieses Buch verwendete
FSC®-zertifizierte Papier *Holmen Book Cream*
liefert Holmen Paper, Hallstavik, Schweden.

Vollständige deutsche Taschenbuchausgabe 05/2011

Redaktion | Christiane Burkhardt
Umschlagmotiv | © JBM / buchcover.com
Umschlaggestaltung | Hauptmann & Kompanie Werbeagentur,
München – Zürich, Teresa Mutzenbach
Herstellung | Helga Schörnig
Satz | Leingärtner, Nabburg
Druck und Bindung | GGP Media GmbH, Pößneck

Printed in Germany 2011
978-3-453-29092-1

www.diana-verlag.de

Chanson d'automne

Les sanglots longs
Des violons
De l'automne
Blessent mon cœur
D'une longeur
Monotone.

Tout suffocant
Et blême, quand
Sonne l'heure,
Je me souviens
Des jours anciens
Et je pleure;

Et je m'en vais
Au vent mauvais
Qui m'emporte
Deçà, delà
Pareil à la
Feuille morte.

Paul Verlaine

Dieses Gefühl der Ohnmacht … es raubt mir den Schlaf, nimmt mir den Appetit und sorgt dafür, dass ich mich kaum auf meine Arbeit konzentrieren kann.

Die Signale sind eindeutig, sie lassen sich nicht leugnen. Ich kenne sie von früher. Eine Zeit lang war ich deswegen bei einem Psychiater in Behandlung, doch als er anfing, in meiner Kindheit zu wühlen, bin ich nicht mehr hingegangen.

Ich weiß, dass da etwas ist, dem ich mich nie richtig gestellt habe. Die Angst, wie es wirklich um meine psychische Gesundheit bestellt ist, hat sich wie Stacheldraht um mich gewickelt. Mich davon zu befreien, dürfte nicht ohne schmerzhafte Verletzungen abgehen. Bisher habe ich es jedenfalls nicht gewagt.

Weil ich nicht wieder einschlafen kann, stelle ich mich im Bademantel ans Fenster und sehe zu, wie es allmählich hell wird. Langsam steigt die Sonne und wirft ihre ersten Strahlen auf das Wasser gegenüber. Der Himmel gleicht einer Leinwand, auf der ein Maler aufs Geratewohl rosa und blaue Tupfer angebracht hat, und der Anblick berührt mich in seiner Schönheit.

Dabei bin ich für solche Dinge eher weniger empfänglich. Schon in jungen Jahren habe ich gelernt, dass Einsamkeit etwas Unumgängliches ist, mit dem sich jeder früher oder später auseinandersetzen muss. Schon als Kind wusste ich, dass diese Empfindung nie ganz verschwinden, dass es in meinem Leben nie einen Menschen geben würde, auf den ich mich völlig verlassen kann. Also lernte ich, mich auf mich selbst zu verlassen. Diese Überzeugung ist ein Teil von mir, ich habe mich damit abgefunden. Was mir zu schaffen macht und mich immer wieder aus dem Gleis wirft, ist die Wucht der Erinnerungen.

Ich will nichts weiter als ein normales Leben führen. Deshalb versuche ich, meine Gefühlsaufwallungen zu beherrschen. In den letzten Jahren sind sie nur noch selten vorgekommen, und jedes Mal ist es mir gelungen, sie zurückzudrängen. Es hat Kraft gekostet, aber ich habe es geschafft, meine niederen Instinkte hinter einer Fassade zu verbergen. Doch sie ist brüchig, und dahinter brodelt es, das weiß ich.

1

Sie hört den Regen, noch ehe sie ihn spürt. Ein leichtes Prasseln auf den Blättern der Bäume, so fein, dass sie erst zweifelt, ob es tatsächlich regnet.

Eine plötzliche Windbö, die klingt wie ein Seufzen, kündigt das Ende eines warmen Tages an.

Nadine fröstelt. Sie hat keine Jacke dabei. Als sie am Morgen aus dem Haus ging, deutete nichts auf Regen hin. Es war ein warmer Maitag, der zwölfte in Folge.

An schönes Wetter gewöhnt man sich rasch. Nadine will die sommerliche Wärme nicht missen, die Sonne, die sie mittlerweile als selbstverständlich betrachtet. Sie will ihre bereits gebräunte Haut nicht wieder unter Kleiderschichten verstecken müssen.

Sie lebt mit ihrer Tochter in Leiden, in einem hübschen grünen Wohnviertel, kaum zehn Minuten mit dem Rad von der Redaktion des *Leidsch Dagblad* entfernt, wo sie als Journalistin im Kulturressort arbeitet.

Nadine mag ihren Beruf, auch wenn der Vollzeitjob sich nicht leicht mit ihrer Rolle als Mutter vereinbaren lässt. Schon gar nicht, seit Marielle in der Pubertät ist.

Bevor der Regen stärker wird, biegt Nadine in ihre Straße ein, fährt den schmalen Weg hinter der Häuserzeile entlang und öffnet das Gartentor.

Marielles Rad liegt auf dem Boden und versperrt den Weg. Nadine stellt es in den Geräteschuppen, schiebt dann ihr eigenes Rad hinein und geht durch die Hintertür ins Haus.

My home is my castle, heißt es in England, und Nadine könnte es nicht besser ausdrücken. Sie bewohnt ein Reihenendhaus, sodass ihr Grundstück größer ist als die meisten anderen im Viertel, und der farbenfrohe Garten im englischen Stil gibt ihr immer wieder das Gefühl von Urlaub. Dort kommt sie nach einem anstrengenden Arbeitstag zur Ruhe.

In die Küche scheint um diese Zeit die warme, goldene Abendsonne, und das knallrote Sofa im angrenzenden Wohnzimmer lädt zum Ausruhen ein.

Vor sich hin summend, betritt sie den Flur und hebt die Post von der Fußmatte auf. »Ich bin zu Hause!«, ruft sie an der Treppe, von oben ertönt laute Musik.

Rasch sieht Nadine die Post durch, legt Rechnungen und Werbeprospekte auf die Arbeitsplatte in der Küche und stellt dann den Wasserkocher an.

Im Arbeitszimmer schaltet sie den PC an, falls der Raum diesen Namen überhaupt verdient, denn dort ist gerade genug Platz für Schreibtisch, Stuhl und Bücherregal.

Während der Computer hochfährt, brüht sie Tee auf. Kurz darauf ruft sie, am heißen Tee nippend, ihre

Mails ab. Ihre linke Hand gleitet über den Papierstapel neben der Tastatur – mehr als zweihundertfünfzig Seiten Text, das Ergebnis eines Jahres intensiver Arbeit.

Mit acht Jahren hat sie ihr erstes Buch geschrieben. Im Grunde war es nur eine kurze Geschichte von wenigen Seiten, doch sie versah sie stolz mit einem selbst gezeichneten Umschlag und einem Klappentext und nannte das Ganze ein Buch.

Während ihrer gesamten Schulzeit schrieb sie weiter, immer in der Hoffnung, irgendwann eine berühmte Schriftstellerin zu werden. Von diesem Traum erzählte sie niemandem, wandte sich aber schon früh an Verlage. Egal, was sie einreichte, es kam rasch wieder zurück. Sie war zu jung, zu unerfahren, nicht gut genug – das stand zwar nicht in den Standardabsagen, aber sie lernte, zwischen den Zeilen zu lesen.

Jeder andere hätte längst aufgegeben, zumal in ihrem Alter, doch Nadine ließ sich nicht beirren und war sich sicher, dass sie es irgendwann schaffen würde. Und weil sie ständig schrieb und außerdem viel las, machte sie Fortschritte.

Nach dem Abitur besuchte sie die Journalistenschule. Eine naheliegende Entscheidung, aber so gut ihr das Studium und die anschließende Arbeit auch gefiel – so richtig zufrieden war sie nicht damit. Schriftstellerin wollte sie werden – der Journalismus war zweite Wahl. Eine gute zweite Wahl, aber mehr auch nicht.

Auch nach dem Studium reichte sie immer wieder Manuskripte bei Verlagen ein, die mit schöner Regelmäßigkeit abgelehnt wurden. Deshalb entschloss sie sich vor einiger Zeit zu einem Schreibkurs.

Mit den dort erworbenen Kenntnissen machte sie sich erneut ans Werk. Auch wenn sie noch so müde war, schrieb sie jeden Tag ein paar Seiten und kam für ihr Gefühl gut voran. Kaum saß sie am Computer, kamen die Worte wie von selbst. Ob ihr neues Buch gut war, wusste sie nicht, trotzdem blieb sie mit Begeisterung bei der Sache – und das war schon mal ein gutes Zeichen.

Als ihre Kursleiterin Froukje sie bat, das Manuskript lesen zu dürfen, wurde Nadine unsicher. Denn dass sie mit so großem Vergnügen an dem Roman schrieb, musste ja noch lange nicht heißen, dass er anderen auch gefiel.

Zum Glück äußerte Froukje sich positiv: Sie fand die Charaktere interessant und lobte Spannungsbogen und Plot. Manches ließe sich allerdings noch verbessern, meinte sie und riet ihr, das Manuskript noch einmal gründlich zu überarbeiten.

Damit ist Nadine nun beschäftigt, und je mehr sie sich dem letzten Kapitel nähert, desto eiliger hat sie es. Diesmal muss es einfach klappen!

2

»Wann essen wir?« Marielle kommt ins Arbeitszimmer geschlendert.

»Um halb acht. Ich hab noch keinen großen Hunger«, sagt Nadine, ohne den Blick vom Bildschirm abzuwenden.

Ihre Tochter lehnt sich seufzend an den Schreibtisch. »So spät? Sonst essen wir doch früher!«

In Gedanken ganz bei ihrer Mail an Froukje, sagt Nadine: »Nicht immer, sondern so, wie es eben passt. Und heute wird es etwas später.«

»Darf ich dann noch kurz zu Renate? Ich habe ihr versprochen, mal bei ihrem Streetdance-Kurs zuzuschauen, vielleicht mache ich da demnächst auch mit.«

»Aber wir wollen doch zusammen essen«, wendet Nadine ein.

»Kannst du nicht schnell was kochen?«

Nadine speichert ihren Mailentwurf. »So schnell geht das auch wieder nicht …«

»Nun hab dich doch nicht so! Eine halbe Stunde reicht, und ich kann schnell essen.«

»Ich will aber nicht, dass du das Essen so runterschlingst.«

»Als ob du stundenlang am Tisch sitzen würdest!«, kontert Marielle.

»Darum geht es nicht. Ich habe einfach keine Lust, mich abzuhetzen«, sagt Nadine. »Aber wenn du rasch den Tisch deckst, fange ich schon mal mit dem Kochen an. In Ordnung?«

Während Nadine in der Küche Spaghettiwasser aufsetzt, hört sie, wie Marielle die Teller auf den Tisch knallt. Ohne Tischtuch oder Sets, bestimmt wird das Besteck krumm und schief hingeworfen.

Gelassen würfelt sie das Gemüse für die Soße. Wenn sie jetzt ins Wohnzimmer geht und schimpft, ist die Stimmung im Eimer. Früher hätte sie Marielles Aufsässigkeit nicht so einfach hingenommen, aber die ewigen Streitereien kosten so viel Kraft, dass sie immer öfter darüber hinwegsieht.

Unwillkürlich stellt sich Nadine so hin, dass sie das gerahmte Foto von Christiaan im Wohnzimmer sieht. Nicht zu glauben, dass sein Tod schon fünf Jahre zurückliegt! Sie denkt zwar nicht mehr täglich an ihn, doch manchmal fehlt er ihr sehr. Und sie fragt sich, wie ihr Leben aussähe, wenn er nicht verunglückt wäre. Ob sie wohl noch zusammen wären? So viele Paare in ihrem Bekanntenkreis, von denen sie es nie gedacht hätte, haben sich getrennt. Trotzdem kann sie sich nicht vorstellen, dass es ihr mit Christiaan, ihrer großen Liebe, ebenso ergangen wäre. Hätte es Probleme gegeben, so wäre Marielle Grund genug gewesen, um die Beziehung zu kämpfen.

Mit achtzehn hatten sie sich kennengelernt, und im Jahr darauf stellte Nadine mit Schrecken fest, dass sie schwanger war. Wider Erwarten hielt ihre Beziehung, sie wurden nur schneller erwachsen. Noch vor Marielles Geburt zogen sie in Utrecht zusammen, wo sie beide die Journalistenschule besuchten.

Nach dem Studium bekam Nadine eine Stelle bei der Tageszeitung in Leiden, ganz in der Nähe ihrer Eltern, die bereit waren, sich mit um Marielle zu kümmern. Also zogen sie und Christiaan nach Leiden, obwohl er in Amsterdam arbeitete. Alles lief bestens, bis zu jenem schrecklichen Tag, an dem er bei einem Autounfall ums Leben kam.

Marielle war gerade elf geworden. Nadine hatte sie zur Schule gebracht, war in die Redaktion gefahren, und eine Stunde später kam der Anruf. Sie wusste noch genau, wie sie aufschrie und am ganzen Körper zitterte, als sie hörte, was geschehen war. Sie fühlte sich, als hätte man ihr den Boden unter den Füßen weggezogen. In der ersten Zeit nach dem Unfall wachte sie jeden Morgen mit dem Gefühl auf, dass das Wichtigste in ihrem Leben fehlte, auch wenn alles andere war wie immer.

Der Verlust eines geliebten Menschen schlägt eine Schneise, der man nie ganz entrinnen kann. Man weicht ihr aus, und doch gibt es immer wieder Situationen, in denen man gefährlich nahe am Abgrund steht.

Ihre Eltern waren die Rettung! Ohne sie wäre ihr Leben komplett aus den Fugen geraten. Sie kümmerten sich um Marielle, wenn Nadine Überstunden machen musste, holten sie von der Schule ab und umsorgten die Enkelin, wenn sie einmal krank war.

Wie gesagt: Fünf Jahre ist der Unfall inzwischen her, und Christiaan fehlt ihr nach wie vor, auch wenn es seitdem andere Männer in ihrem Leben gab. Vielleicht wurde aus keiner Beziehung mehr, weil die Männer das Gefühl hatten, keine wirkliche Chance bei ihr zu haben?

Dabei ist Nadine durchaus offen für eine neue Beziehung. Warum sollte sie den Rest ihres Lebens allein bleiben? Immer wieder hat sie nette Männer kennengelernt, die sich aber meist schnell wieder zurückzogen. Das wunderte sie zwar, doch sie machte sich nicht allzu viel daraus. Bis sie eines Tages Remco begegnete …

An dem Abend, als sich ihre Blicke in der Kneipe zum ersten Mal trafen, wusste Nadine, dass die schwerste Zeit ihres Lebens hinter ihr lag.

Wochenlang bestand die Welt nur aus ihnen beiden, bis die Realität allmählich ihr Recht forderte: Marielle war gerade vierzehn geworden, ein schwieriges Alter, und brauchte ihre Mutter. Remco verstand sich gut mit ihr, ging locker mit ihr um, allerdings ohne sich so recht klarzumachen, dass eine Entscheidung für Nadine zugleich eine Entscheidung für das Leben mit einem Teenager bedeutete.

Trotzdem wollten sie es wagen: Schon zwei Monate nach ihrer ersten Begegnung beschlossen sie zusammenzuziehen. Nach einem harmonischen Wochenende, an dem sie Pläne geschmiedet und von der Zukunft geträumt hatten, fuhr Remco sonntagabends nach Hause nach Alphen aan de Rijn, um ein paar Sachen zu holen.

Er kam nicht wieder. Zwei Tage später rief er an und sagte, er habe sich getäuscht und hinge doch zu sehr an seiner Freiheit, um sich an sie und Marielle zu binden.

Seitdem hat Nadine sich nicht mehr ernsthaft auf eine Beziehung eingelassen.

3

Im Grunde genommen ist Marielle kein schwieriges Mädchen. Sie hat ein aufbrausendes Temperament, beruhigt sich aber auch rasch wieder, meist quasselt sie in einer Tour. Nadine hört gern zu, wenn sie von der Schule, den Lehrern und Begebenheiten aus ihrem Freundeskreis erzählt. Marielles Leben ist wie eine Soap, von der Nadine allabendlich eine neue Folge vorgesetzt bekommt.

In letzter Zeit ist sie jedoch ungewöhnlich still.

»Hast du was?«, fragt Nadine. »Du sagst so wenig.«

»Es gibt nichts zu erzählen.« Marielle stochert mit der Gabel auf dem Teller herum und nimmt dann einen kleinen Bissen. »Wem hast du vorhin gemailt?«

Nadine hat den Eindruck, ihre Tochter wolle das Thema wechseln. Sie geht darauf ein und sagt, Froukje interessiere sich für den Fortschritt ihres Buchs.

»Es ist fast fertig. Ich hoffe, dass es diesmal was wird. Stell dir vor, Marielle, mein Buch im Laden! Das wäre doch toll!« Nadine sieht verträumt vor sich hin.

»Bestimmt klappt es irgendwann. Und wenn nicht, kannst du es ja im Selbstverlag herausbringen.«

»Lieber wäre mir, es fände sich ein richtiger Verlag. Alles andere ist nur eine Notlösung.«

»Ich kenne eine Frau, die hat ein Diätbuch geschrieben und sieht das ganz anders.«

Nadine lacht. »Sie hat es bestimmt auch erst auf dem üblichen Weg versucht. Im Selbstverlag veröffentlichen kann ich immer noch.«

»Gehst du heute Abend noch weg?«

Nadine nickt. Freitags geht sie immer aus, das lässt sie sich nicht nehmen, auch wenn sie sich heute Abend viel lieber ihrem Buch widmen würde. Die Überarbeitung ist fast fertig, bis auf die letzten zwei, drei Kapitel, die ihr ständig im Kopf herumspuken. Aber sie weiß aus Erfahrung, dass es keinen Sinn hat, am Ende einer langen, anstrengenden Arbeitswoche noch konzentriert schreiben zu wollen. Besser, sie entspannt sich …

Kurz nach acht fährt sie die Hooigracht entlang und biegt in das Sträßchen ein, in dem sich »De Bonte Koe« befindet, eine gemütliche Kneipe, neuerdings mit einem Wintergarten, der weit in die Gasse hineinragt.

Laut Frans, dem Wirt, gibt es sie seit hundertdreißig Jahren und sollte ursprünglich eine Metzgerei werden. Daran erinnern die Wandfliesen mit Abbildungen von Kühen, die der Kneipe zu ihrem Namen verholfen haben.

Nadines Schreibfreunde sitzen schon vollzählig am gewohnten Tisch im hinteren Bereich des Lokals. Als sie kommt, ist die Unterhaltung bereits in vollem Gang; es geht um die Absage, die Tom von einem Verlag bekommen hat.

»Die ahnen nicht, was ihnen entgeht«, sagt Matthijs. »Wart's nur ab: Bald findest du einen Verlag, und dein Buch wird ein Bestseller. Dann beißen die anderen sich in den Hintern! Man hört doch immer wieder, dass die besten Autoren mit ihrem ersten Buch regelrecht hausieren gehen mussten.«

»Bei wie vielen Verlagen hast du das Manuskript sonst noch eingereicht?«, erkundigt sich Joella. »Bei zweien? Na, dann wirst du von denen auch bald hören. Es muss nur bei einem klappen!«

»Stimmt«, sagt Tom. »Aber reden wir nicht mehr von mir. Wie geht es euch so? Ist dein Buch fertig, Nadine?«

Nadine sagt, sie wolle am Wochenende die letzten paar Kapitel überarbeiten. »Danach schicke ich es los. Ich bin ja so gespannt!«

Sie haben sich im Schreibkurs kennengelernt und als »harter Kern« Kontakt gehalten. Jeden Freitagabend treffen sie sich in »De Bonte Koe«, die sie zu ihrer Schriftstellerkneipe erkoren haben, auch wenn niemand von ihnen je etwas publiziert hat. Nur Joella hat bisher einige Kurzgeschichten in einer Frauenzeitschrift veröffentlicht, und Matthijs hat ein Buch im Selbstverlag herausgegeben. Trotzdem sind sie sich alle einig, dass es nicht das Gleiche ist wie eine Publikation bei einem richtigen Verlag. Und genau das streben alle an. Enttäuschungen kalkulieren sie zwar mit ein und reden offen über ihre Ambitionen, weil ihnen schließlich klar ist, dass eine Veröffentlichung nicht alles im Leben bedeutet. Doch insgeheim träumt jeder vom großen Durchbruch als Schriftsteller.

Nadine blickt in die Runde und überlegt, wem es wohl gelingen wird, diesen Traum wahr zu machen.

Matthijs ist vierunddreißig und Grundschullehrer. Er schreibt nette Kindergeschichten und hofft nach wie vor, dass sich bald ein Verlag dafür findet.

Leoni ist mit ihren einundzwanzig Jahren die Jüngste der Gruppe. Talentiert und ehrgeizig. Mit siebzehn ist sie an Lymphkrebs erkrankt und schreibt nun einen Roman darüber.

Joella ist die Einzige, bei der Nadine ziemlich sicher ist, dass sie irgendwann Erfolg haben wird. Ihre Prosa ist schon fast poetisch, jeder Satz eine Perle und das Ganze auf einem Niveau, bei dem man glatt neidisch werden könnte. Wenn sie im Kurs aus ihren Texten vorlas, klatschten alle Beifall, und seitdem lässt jeder Joella seine Arbeiten lesen, bevor er sie einreicht.

Von den Männern ist Nadine am besten mit Tom Segers befreundet. Er ist genauso alt wie sie, sechsunddreißig, und gibt Sprachkurse an der Volkshochschule. Mit seiner witzigen Art brachte er die anderen Kursteilnehmer immer wieder zum Lachen, und von ihm kam auch der Vorschlag, hinterher noch etwas trinken zu gehen. Toms Beharrlichkeit ist es zu verdanken, dass sie sich nach wie vor jede Woche in »De Bonte Koe« treffen.

Samstags geht Nadine manchmal mit ihm in die Stadt. Ihr erster Weg führt stets in die Buchhandlung, wo sie an den Tischen mit aufgestapelten Bestsellern vorbeigehen und die Hand über die Umschläge gleiten lassen.

»In letzter Zeit komme ich kaum zum Schreiben, ich habe einfach zu viel zu tun.« Matthijs gibt dem Mann an der Theke ein Zeichen für eine neue Runde, und dieser nickt.

»Ich hab noch mal von vorn angefangen«, meint Leoni.

»Von vorn angefangen? Wieso denn das? Du warst doch fast fertig, oder?« Erstaunt sieht Nadine sie an.

»Weil ich über das nachgedacht habe, was Froukje im Kurs gesagt hat. Du weißt schon: dass mein Buch eher ein Privatdokument sei als ein Roman. Es fällt mir verdammt schwer, so viele Passagen zu streichen, an denen ich mit Herzblut gearbeitet habe. Zumal gerade die mir sehr geholfen haben, mein Leben wieder auf die Reihe zu kriegen.«

Leoni erntet anerkennende Blicke. Ihre Krankheit hat sie zwar überwunden, aber emotional hat sie mit dieser Lebensphase noch lange nicht abgeschlossen.

»Respekt, Leoni!«, sagt Joella. »Das ist alles andere als einfach, wenn man eigentlich schon fertig ist.«

»Du sagst es.« Leoni nippt an ihrem Weißwein. »Aber mir ist auch klar geworden, dass man nicht so ohne Weiteres Schriftsteller wird. Erst neulich habe ich gelesen, dass allein in den Niederlanden gut eine

Million Leute schreiben und hoffen, ihre Texte irgendwann zu veröffentlichen. Stellt euch vor: eine Million! Und nicht mal ein Prozent der eingereichten Manuskripte wird angenommen.«

»Bei dir klappt es bestimmt!« Joella hebt ihr Glas, und Leoni prostet ihr zu.

Mit einem großen runden Tablett schlängelt sich der Kellner an Tischen und Stühlen vorbei und stellt es unter spontanem Applaus ab. Matthijs übernimmt es, die Getränke zu verteilen. Er weiß nicht nur genau, was sie trinken, sondern so ziemlich alles über jeden in ihrer Runde: Titel und Inhalt von Geschichten, die sie geschrieben haben, Telefon- und Hausnummern sowie jede Menge persönliche Dinge, die sie irgendwann beiläufig erwähnt haben – sein Gedächtnis ist phänomenal.

Während Matthijs mit den Getränken zugange ist, wandert sein Blick zur Tür.

»Da kommt Froukje«, sagt er.

Froukje Smit, eine zierliche Frau mit kurz geschnittenem rotem Haar, steuert, gefolgt von einem großen, dunkelhaarigen Mann, auf ihren Tisch zu.

Für ihre fünfunddreißig Jahre hat sie bereits ein eindrucksvolles Œuvre von fünf Romanen vorzuweisen, die allesamt gut angekommen sind und sich auch verkaufen, obwohl sie noch nicht davon leben kann. Doch die Schreibkurse machen ihr ebenfalls viel Freude, wie sie ihnen versichert hat. Nach den Kursabenden ging sie oft noch mit in die Kneipe und stößt nach wie vor gern zu ihrer Freitagsrunde.

Froukje bleibt vor dem Tisch stehen und wird mit großem Hallo begrüßt. Neugierige Blicke erfassen ihren Begleiter.

»Hallo, ihr Lieben! Ich habe jemanden mitgebracht. Eelco van Ravensberg, ein guter Freund von mir.«

Nadine, die gerade ihr Glas zum Mund führt, erstarrt. Eelco van Ravensberg ist groß, attraktiv und gut gebaut. Die Lederjacke hat er lässig über die Schulter geworfen. Als sein Blick an Nadine hängen bleibt, stockt ihr kurz der Atem, und ein wohliger Schauder läuft ihr über den Rücken.

Möglichst unbefangen gibt sie ihm die Hand und stellt sich vor: »Nadine.«

»Eelco.«

Sekundenlang sehen sie sich in die Augen.

4

»Nadine hat das Zeug zu einer wirklich guten Schriftstellerin«, sagt Froukje. »Das gilt natürlich auch für die anderen«, fügt sie rasch hinzu, als sie Enttäuschung auf mehreren Gesichtern bemerkt. »Bei dieser Gruppe muss ich mich auf eine harte Konkurrenz gefasst machen.«

Nachdem Eelco alle mit Handschlag begrüßt hat, nimmt er neben Nadine Platz. Sie sitzen dicht beieinander, hin und wieder streift sein Arm den ihren.

Ob er eine Beziehung mit Froukje hat oder einfach nur ein Freund ist, bleibt unklar, und zu ihrer Verwunderung irritiert das Nadine. Falls er nichts mit Froukje hat, ist er garantiert verheiratet oder hat eine Freundin. Dass ein so gut aussehender Mann ungebunden ist, kann sie sich beim besten Willen nicht vorstellen.

Nadine wendet sich den anderen zu, und Eelco plaudert eine Weile mit Leoni. Dann fragt er unvermittelt: »Und was für Bücher schreibst du, Nadine?«

Mit Fremden redet sie fast nie über ihre schriftstellerischen Ambitionen. Vielleicht wäre das anders, wenn sie schon etwas veröffentlicht hätte, aber ihre

Träume offenbart sie höchst ungern – ganz so, als brächte es Unglück, den lang gehegten Wunsch auszusprechen, und jedes Wort könnte die Seifenblase platzen lassen.

»Im Moment sitze ich an einem Thriller«, sagt sie schließlich. »Er ist bald fertig. Ein paar Kapitel muss ich noch überarbeiten, dann reiche ich das Manuskript ein.«

»Wo?«

»Bei allen Verlagen, die ich für geeignet halte.«

»Hast du keine besonderen Vorlieben?«

»Doch, aber erst einmal geht es darum, ob sich überhaupt jemand dafür interessiert. Danach sehe ich weiter.«

»Erzähl mir doch ein bisschen mehr. Oder ist dir das unangenehm?«

Eelco wirkt aufrichtig interessiert, und ehe Nadine sichs versieht, hat sie ihm die Handlung ihres Buches geschildert.

»Hört sich gut an«, meint er. »Und macht neugierig. Darf ich das Manuskript mal lesen?«

»Nein.«

Verdutzt sieht er sie an, dann lacht er. »Das ist wenigstens eine klare Antwort.«

»Wenn du wüsstest, wie viele Leute meine Manuskripte lesen wollen, wenn ich erzähle, dass ich schreibe«, fügt Nadine rasch hinzu. »Die paar Mal, die ich mich darauf eingelassen habe, hieß es dann: ›Hat mir ganz gut gefallen, ich könnte so was ja nicht, aber …‹ Und dann kam jede Menge Kritik.«

»Verträgst du keine Kritik?«

»Doch, aber es war so, dass jeder etwas anderes zu bemängeln hatte. Der eine fand Kapitel drei langweilig, der andere unglaubwürdig, dem Dritten wiederum gefiel es gut, und der Vierte hat sich köstlich darüber amüsiert, obwohl es durchaus ernst gemeint war. Das verunsichert mich, verstehst du? Irgendwann saß ich am Computer und brachte keinen vernünftigen Satz mehr zustande. Da habe ich beschlossen, meine Texte niemandem mehr zu zeigen, bevor sie nicht ganz fertig sind. Außer meinen Schreibfreunden natürlich.«

»Froukje hält große Stücke auf dich«, sagt Eelco. »Auf dem Weg hierher hat sie von euch erzählt und mich ziemlich neugierig gemacht. Wenn du an einer fundierten Meinung zu deinem Buch interessiert bist, kann ich gern …«

»Lieber nicht«, unterbricht ihn Nadine.

Eelco hebt beschwichtigend die Hände, dann gibt er ihr seine Visitenkarte.

»Hier, falls du es dir anders überlegst.«

Um halb eins kommt Nadine nach Hause, aufgekratzt und kein bisschen müde. Mit Froukje hat sie noch lange über ihr Buch gesprochen. Sie meinte, sie sei enorm gespannt auf die Endfassung, und versprach, sich bei verschiedenen Verlagen für Nadine einzusetzen.

An Schlaf ist jedenfalls nicht zu denken, was vielleicht auch ein wenig mit Eelco zu tun hat.

Nadine geht ins Arbeitszimmer. Eigentlich wollte sie den Computer auslassen, doch nun kann sie es kaum erwarten, sich die letzten Kapitel noch einmal gründlich vorzunehmen.

Sie setzt sich an den Schreibtisch, rückt die Tastatur zurecht und öffnet die Datei.

5

In aller Frühe wacht sie auf. Dunkelheit weicht dem ersten Tageslicht, hängt wie ein grauer Schleier im Zimmer.

Noch halb im Schlaf wird ihr bewusst, dass etwas nicht stimmt. Sie öffnet die Augen einen Spalt und merkt, dass es noch sehr früh sein muss. Sie könnte ohne Weiteres noch ein paar Stunden schlafen.

Aber ihr ist kalt, wahrscheinlich ist sie deswegen wach geworden.

Die Decke ist vom Bett gerutscht und liegt als formloser Haufen auf dem Fußboden. Mit einer Hand greift sie danach und stellt im gleichen Moment fest, dass sie nackt ist. Sonst schläft sie nie nackt. Sie reißt die Augen auf, blickt auf ihre Brüste hinab, dann fällt ihr Blick auf die Bettdecke. Sie ist mit etwas Klebrigem beschmiert, das auch an ihrem Körper haftet.

Blut!

Wie elektrisiert fährt sie hoch und knipst die Nachttischlampe an. Blut, überall Blut!

Als sie hastig aufsteht, stolpert sie über die Decke und kann sich gerade noch fangen, indem sie sich an der offenen Schlafzimmertür festhält.

Das grelle Badezimmerlicht versetzt ihr den nächsten

Schock. O Gott, sie ist voller Blut! Aber nirgendwo verletzt. Nein, es ist nicht ihr Blut.

Was ist nur passiert?

Eine Ahnung beschleicht sie, bleibt aber vage.

Sie trinkt einen Schluck Wasser direkt aus dem Hahn. Als sie sich aufrichtet, sieht sie im Spiegel das Gesicht einer Fremden – einer Fremden mit Blut im Haar, an den Wangen und am Hals. Am liebsten würde sie sich sofort unter die Dusche stellen, doch ihr wird klar, dass es Wichtigeres gibt: Sie muss der Sache nachgehen, darf sie nicht länger aufschieben, denn sie hat blutige Fußspuren auf der Treppe gesehen, die nach oben führen. Ihre eigenen Fußspuren.

Ein spannender Auftakt – Nadine ist zufrieden.

Seit der Rohfassung ihres Manuskripts hat sich viel getan. Den Prolog, der jetzt auf dem Monitor angezeigt wird, hat sie mehrfach überarbeitet. Mit dieser Eröffnungsszene hofft sie, die Verlage, denen sie ihr Manuskript schicken wird, zu überzeugen … und ihre künftigen Leser in die Geschichte hineinzuziehen.

So viel sie auch gestrichen und am Text gefeilt hat, etwas zu verbessern gibt es immer noch. Das ist ihr im Verlauf des Schreibkurses klar geworden.

»Klischees solltet ihr unbedingt vermeiden«, hatte Froukje ihnen ans Herz gelegt. »Redewendungen oder floskelhafte Formulierungen wie ›er warf ihr einen bohrenden Blick zu‹, ›es kam, wie es kommen musste‹ oder ›die Sonne stand hoch am Himmel‹

wirken abgedroschen. Eure Texte lesen sich viel besser, wenn ihr kreativ mit der Sprache umgeht und ungewöhnliche Bilder benutzt.«

All das hat Nadine beherzigt. Wenn ihr gute Metaphern und Wendungen einfallen, notiert sie diese in einem Heft – auch wenn sie nicht schreibt, ja gerade dann! Die besten Ideen kommen ihr beim Kochen, im Bad oder kurz vor dem Einschlafen. Das Heft ist zu ihrem ständigen Begleiter geworden.

Aber auch durch Lektüre hat sie eine Menge gelernt. Zahlreiche Bücher von Schriftstellern, die sie bewundert, sind inzwischen mit Anstreichungen und Randbemerkungen zu gelungenen Schilderungen oder flotten Dialogen versehen.

Beim Lesen achtet sie auch genau darauf, wie andere ihre Kapitelanfänge gestalten, Spannung aufbauen, die Handlung vorantreiben. Der Kurs bei Froukje hat ihr geholfen, das alles in die Praxis umzusetzen.

»Eine Geschichte darf nie aus einer bloßen Aneinanderreihung von Vorfällen bestehen«, hat Froukje immer wieder angemahnt. »Sie muss eine packende Handlung und vor allem ein Thema haben, beispielsweise eine Intrige, an der sich alles ›aufhängt‹. Jede Szene muss daraufhin überprüft werden, ob sie auch wirklich dem Fortgang der Handlung dient. Scheut euch nicht, bereits fertige Passagen wieder zu streichen. Denn genau darauf kommt es an: Was zwischen den Zeilen steht, sagt oft mehr aus als das tatsächlich Geschriebene.«

Nadine arbeitet bis zum Morgengrauen, mit einer Entschlossenheit, die sie so von sich gar nicht kennt. Es kommt ihr vor, als wären zwei Personen am Werk, als würde ihr zweifelndes unsicheres Ich immer mehr von einem selbstbewussten überflügelt. Nadine gerät in einen *Flow*, vergisst alles um sich herum, geht ganz in der Geschichte auf. Wie Sekt aus einer durchgeschüttelten Flasche sprühen die Ideen nur so aus ihr heraus.

Gegen sechs hat sie das letzte Kapitel abgeschlossen.

Todmüde steht sie auf und streckt die Glieder. Es ist vollbracht, sie ist fertig.

Am liebsten würde sie immer in der nächtlichen Stille schreiben, aber das ist nicht empfehlenswert, wenn man morgens zur Arbeit muss.

Zum Glück kann sie heute ausschlafen. Noch halb in ihrer Schreibtrance, geht sie die Treppe hinauf, schlüpft aus den Kleidern und legt sich in Unterwäsche ins Bett.

6

Am späten Vormittag scheint die Sonne direkt in Nadines Schlafzimmerfenster. Als sie die Augen aufschlägt, ist es taghell im Raum. Die Vorhänge sind zugezogen, doch der dünne Stoff lässt viel Licht durch.

Sie steht auf, zieht ihren rosa Bademantel an und geht nach unten. In der Küche wirft sie den Toaster an, und kurz darauf sitzt sie mit Kaffee, einem Marmeladentoast und der dicken Samstagszeitung am Esstisch. Als Erstes schlägt sie den Kulturteil auf. Seit vielen Jahren arbeitet sie für das Feuilleton des *Leidsch Dagblad*, und noch immer freut es sie, ihre Texte gedruckt zu sehen.

Als sie die Zeitung durchhat, geht sie nach oben, um sich anzuziehen und zu schminken.

Die Tür zu Marielles Zimmer steht offen, sie sitzt am Laptop und chattet auf MSN. Der Kontakt zur Außenwelt darf offenbar nie abreißen – jeder ruhige Moment wird umgehend mit Internetsurfen, Musik, Telefonaten oder Fernsehen gefüllt.

Ohne den Blick vom Bildschirm abzuwenden, sagt Marielle: »Morgen, Mam. War's schön gestern?«

»Ja. Als ich nach Hause kam, stand dein Rad noch draußen. Warst du auch weg?«

»Nein, ich hab bloß vergessen, es in den Schuppen zu stellen.«

»Wenn ich mich recht erinnere, stand es dort bereits, als ich wegging.«

Geistesabwesend zuckt Marielle mit den Schultern. »Da musst du dich täuschen.«

»Egal, jetzt steht es jedenfalls im Schuppen. Bist du so gut und räumst den Tisch ab, wenn du gefrühstückt hast? Ich dusche schon mal.«

»Wird gemacht. Ach ja, da war noch was: Sigrid hat gestern Abend angerufen.«

»Sigrid? Die ruft mich doch sonst immer auf dem Handy an.«

»Hat sie auch gemacht, aber nur deine Mailbox erreicht.«

Nadine holt ihr Handy. »Es ist aus«, stellt sie fest. »Was wollte Sigrid? Gab's etwas Wichtiges?«

»Eher nicht, zumindest hat sie nichts erwähnt.«

Sigrid ist Schauspielerin, und Nadine hat sie anlässlich eines Zeitungsinterviews kennengelernt. Danach unterhielten sie sich noch eine Weile über private Dinge und verstanden sich bestens – seitdem sind sie gut befreundet.

Wahrscheinlich ist sie mal wieder in irgendeinen ihrer zahlreichen Kollegen verliebt, überlegt Nadine. Nun ja, ich werde es schon erfahren, wenn sie sich wieder meldet.

Nach einer ausgiebigen Dusche zieht sie sich an, hebt die Schmutzwäsche und die benutzten Handtücher auf und trägt alles nach unten. Vor der Waschmaschine kontrolliert sie routinemäßig sämtliche Taschen und findet in ihrer Jeans Eelcos Visitenkarte. Fast hätte sie sie mitgewaschen …

Nadine legt sie auf die Waschmaschine, wirft einen kurzen Blick darauf und nimmt sie sogleich wieder zur Hand.

Was steht da? Verdutzt starrt sie die blütenweiße Karte mit der schlichten schwarzen Schrift an.

»Das gibt's doch gar nicht …«, murmelt sie halblaut vor sich hin.

Spontan dreht sie die Karte um, als wäre dort eine Erklärung zu finden – und tatsächlich: Da steht etwas. Drei Worte nur, mit Kugelschreiber: *Ruf mich an*. Darunter eine Handynummer.

Wie benommen geht Nadine mit der Karte in der Hand ins Wohnzimmer. Die Wäsche kann warten – jetzt hat anderes Vorrang.

Eelco ist Verleger! Das hat er gestern Abend in »De Bonte Koe« mit keinem Wort erwähnt.

Soll sie anrufen? Eigentlich spricht nichts dagegen, zumal er sie ja selbst dazu aufgefordert hat.

Nadine greift zum Telefon und tippt rasch die Nummer ein, bevor sie der Mut wieder verlässt.

»Van Ravensberg.«

Sie holt tief Luft. »Hallo, Eelco. Hier ist Nadine am Apparat.«

Keine Reaktion. Nadine wird unsicher.

»Wir haben uns gestern Abend in ›De Bonte Koe‹ kennengelernt«, hilft sie ihm schließlich auf die Sprünge.

»Genau! Nadine ... Ich bin gerade erst aufgestanden, entschuldige bitte.«

»Macht nichts. Ich habe soeben deine Karte in meiner Hosentasche gefunden, und auf der Rückseite stand ›Ruf mich an‹. Da dachte ich, ich melde mich gleich mal ... Ich hatte ja keine Ahnung, dass du Verleger bist.«

Es klingt ungewollt vorwurfsvoll.

»Das habe ich absichtlich nicht erwähnt«, sagt Eelco. »Froukje meinte auch, es sei besser, wenn ihr es nicht gleich erfahrt.«

»Dann hätten wir uns alle auf dich gestürzt.«

»Du sagst es! Mir ist es lieber, die Leute sehen mich in erster Linie als Menschen und nicht als Verleger. Du ahnst ja nicht, wer alles literarische Ambitionen hat!«

»Eine Million Leute, hat Leoni gesagt.«

»Das könnte hinkommen. Und gut ein Drittel davon will unbedingt veröffentlichen. Ich bekomme jede Woche rund dreißig Manuskripte, das macht pro Jahr einen Stapel von gut tausendfünfhundert unaufgefordert eingesandten Manuskripten, von denen wir allenfalls zwei herausbringen.«

Nadine hebt abwehrend die Hand, obgleich Eelco das nicht sehen kann. »Hör auf, das will ich lieber gar nicht wissen.«

Eelco lacht, dann entsteht eine kurze Pause.

»Dein Buch würde ich allerdings gern lesen, Nadine«, sagt Eelco. »Froukje hat sich lobend darüber geäußert, und auf ihr Urteil lege ich großen Wert.«

»Das hatte ich gehofft«, gesteht Nadine. »Vermutlich hast du nicht ohne Grund ›Ruf mich an‹ auf die Karte geschrieben.«

»Stimmt. Aber, um ehrlich zu sein: Dein Buch war nicht der einzige Grund.«

Ihr Herz gerät kurz aus dem Takt. Will er etwa flirten? Sicherheitshalber tut sie so, als hätte sie seinen letzten Satz überhört. »Vielleicht gefällt dir mein Manuskript überhaupt nicht«, sagt sie rasch.

»Das sage ich dir dann schon ehrlich.«

»Äh … ja klar.« Einen Moment lang ist Nadine völlig verdattert, dann lacht sie. »Einverstanden. Gut, ich bringe es nächste Woche zur Post.«

»Du kannst es mir auch mailen«, sagt Eelco. »Dann drucke ich es gleich am Montag im Büro aus. Meine Mailadresse hast du, sie steht auf der Karte.«

»Im Prinzip ist das Buch fertig, aber ich will es noch mal gründlich durchlesen. Ich maile es dir so bald wie möglich.«

»Fein, ich bin gespannt. War nett, dass du dich gemeldet hast, Nadine.«

»Ja …«, sagt sie, verblüfft, dass er das Gespräch so abrupt beendet. »Noch etwas: Hast du jedem von uns deine Karte gegeben?« Gespannt wartet sie auf seine Antwort.

»Nein«, sagt Eelco. »Froukje meinte, du hast Talent. Und als ich dich dann gesehen hatte, gab es einen Grund mehr.«

»Oh«, entfährt es Nadine. »Na gut, dann vielen Dank. Ich hoffe, du wirst nicht enttäuscht. Von meinem Buch, meine ich.«

Eelco lacht, und sie stimmt mit ein. Nach ein paar Abschiedsworten legt Nadine auf.

7

»Ich geh ins Schwimmbad«, verkündet Marielle. Sie trägt einen kurzen Jeansrock, ein bauchfreies Top und Flipflops. Die Sonnenbrille hat sie ins lange Haar geschoben.

Das Wetter ist wieder sommerlich. Wie ein Schwamm hat die Wärme die morgendliche Kühle aufgesaugt.

»Hast du denn schon gefrühstückt?«

»Nein. Ich nehme mir was zu essen mit. Ich muss gleich los; wir wollen uns nämlich um halb zwölf treffen.«

Marielle geht in die Küche und öffnet den Kühlschrank. Nadine folgt ihr und beginnt, die Spülmaschine auszuräumen.

»Wer ist ›wir‹? Kenne ich die anderen?«, erkundigt sie sich beiläufig. Ganz gewöhnliche Fragen werden im Moment oft völlig falsch aufgefasst und lösen heftige Reaktionen aus.

Heute jedoch nicht. Marielle trinkt einen Schluck Milch aus der Packung, schließt den Kühlschrank wieder und sagt: »Freunde von mir, du kennst sie nicht.«

»Und woher kennst du sie?«

»Weiß nicht, das hat sich so ergeben. Renate ist übrigens auch dabei, die kennst du ja.«

Nadine sieht ein schwarzhaariges Mädchen mit Piercings in Nase, Lippen und Nabel vor sich.

»Ach ja, Renate …«

Marielle fixiert sie. »Warum sagst du das so abfällig?«

»So war das nicht gemeint.«

»Doch, diesen Ton hast du nämlich immer, wenn dir was nicht passt.« Marielles Blick hat etwas Vorwurfsvoll-Misstrauisches.

Gelassen fährt Nadine damit fort, die Spülmaschine auszuräumen. »Ich habe Renate nur ein paar wenige Male gesehen und kenne sie kaum. Was sollte ich also gegen sie haben?«

»Eben: Du kennst sie kaum! Aber trotzdem urteilst du über sie!«

»Nun ja, mein erster Eindruck …« Falsch!, wird ihr sofort klar. Damit gibt sie ihrer Tochter nur noch mehr Munition.

Doch Marielle überrascht sie.

»Renate ist echt okay, Mam«, sagt sie, nun wieder ganz ruhig. »Sie gibt sich zwar cool, aber das ist nur Fassade. Wenn man sie näher kennt, merkt man, dass sie im Grunde ziemlich unsicher ist.«

Diesen Eindruck hatte Nadine ganz und gar nicht, als sie Renate neulich in der Innenstadt mit einer Gruppe älterer Jungs lärmend herumziehen sah. Aber was kann sie schon machen? Sie hat keinen Einfluss mehr auf Marielles Freundeskreis, so wie früher, als ihre Tochter noch fragte, ob eine Klassenkameradin oder ein Nachbarjunge zum Spielen kommen dürfte. Erziehen bedeutet nun einmal auch loslassen: Sie muss darauf vertrauen, dass ihre Bemühungen gefruchtet haben und Marielle ihren gesunden Menschenverstand benutzt.

Aber das ist nicht einfach, bei all den Geschichten übers Komasaufen oder sogenannte »Loverboys«. Allein die Vorstellung, dass ihre Tochter sich mit Jungen abgibt, die Mädchen bloß als Sexualobjekte sehen, jagt Nadine einen Schauder über den Rücken.

»Nimm dein Handy mit«, sagt sie nur.

»Ich werd mich hüten! Das wird im Schwimmbad doch nur geklaut. Also, ich geh dann. Tschüs, Mam.« Mit einem angedeuteten Winken verlässt Marielle die Küche. Wenig später hört Nadine sie ihm Geräteschuppen rumoren, gleich darauf radelt sie davon.

Mit verschränkten Armen steht sie am Fenster, sieht ihrer Tochter nach und überlegt, was sie heute unternehmen soll. Sie könnte sich in den Garten setzen und ihr Manuskript noch einmal gründlich durchlesen. Andererseits hat sie Lust, in die Stadt zu gehen, lesen kann sie auch noch am Abend.

Sie nickt, wie um sich einen Ruck zu geben, und geht dann nach oben, um die Fenster zu schließen. Als sie in Marielles Zimmer steht, erklingt vom Schreibtisch her das Signal einer eingehenden MSN-Nachricht. Nadine dreht sich um. Die Versuchung, einen kurzen Blick darauf zu werfen, ist zu groß.

Wir sehen uns am Montag! Ruben.

»Ruben«, sagt Nadine laut. Mit Blick auf den Bildschirm wartet sie, ob von Ruben noch etwas kommt, aber es tut sich nichts mehr.

Es ist Samstagmittag und mit neunundzwanzig Grad drückend warm. Die Bootsterrassen am Nieuwe Rijn sind brechend voll, und in der Fußgängerzone drängen sich die Menschenmassen.

Nadine streicht sich eine Haarsträhne aus dem erhitzten Gesicht und stellt ihr Rad ab. Trotz des Gewimmels wirkt das sommerlich-bunte Treiben ansteckend.

Durch eine Seitenstraße erreicht sie die Haarlemmerstraat. Ohne ein bestimmtes Ziel lässt sie sich im Strom der Einkaufsbummler treiben und betritt schließlich eine Boutique. Beim Anblick der Ständer voller farbenfroher Kleider bekommt sie plötzlich Lust, sich etwas zu kaufen, und klappert nacheinander die Modegeschäfte in der Haarlemmerstraat ab.

Sie hält sich gerade einen Rock an, als hinter ihr eine bekannte Stimme ertönt: »Hallo, Nadine!«

Sie dreht sich um. »Sigrid! So ein Zufall! Dass du auch in der Stadt bist …«

»Ein Wahnsinn, bei diesem Wetter! Wir sind wohl nicht ganz bei Trost, was? Aber die Zeiten, als ich mich stundenlang am Strand gesonnt habe, sind vorbei. So viel Aufwand für das bisschen Sonnenbräune! Und an Weihnachten sind wir sowieso alle wieder gleich weiß.«

»Und haben jede Menge Falten mehr. Ich bin auch vorsichtiger als früher«, sagt Nadine.

»Du brauchst ja kaum in die Sonne und wirst schon braun, wenn du nur die Nase ins Freie hältst. Ich dagegen mit meiner hellen Haut …« Demonstrativ hält Sigrid ihren nackten Arm an den von Nadine.

»Tja, das Schicksal der Rothaarigen. Aber so eine makellos helle Haut hat auch was, obwohl heute jeder möglichst braun werden will.«

»Du sagst es. Was ist, gehen wir was trinken, oder willst du dich hier noch weiter umsehen?«

»Nein, lass uns in ein Café gehen.« Nadine hängt den Rock zurück. Gemeinsam verlassen sie das Geschäft und gehen die Einkaufsstraße entlang.

»Marielle sagte, du hast gestern Abend angerufen.«

»Ich hatte ganz vergessen, dass du freitagabends immer ausgehst. Es gab nichts Besonderes, ich wollte nur fragen, ob du am Wochenende schon was vorhast oder vielleicht Lust hast, mit mir bummeln oder ins Straßencafé zu gehen …«

Nadine lacht.

»Tja, das war dann wohl Gedankenübertragung«, stellt Sigrid fest.

Nach langem Suchen finden sie einen freien Tisch am Wasser, bei »Annie's« schräg gegenüber der Stadtwaage. Die Gäste beobachten die vorbeifahrenden Boote, und manche füttern die Schwäne, die nahe an die Terrasse heranschwimmen.

»Jetzt erzähl mal: Was treibt dich bei dieser Bullenhitze in die Stadt?«, fragt Sigrid, als der Kellner Fladenbrote mit Ziegenkäse und Honig sowie Eistee serviert hat.

»Irgendwie bin ich nervös«, seufzt Nadine. »Mein Buch ist fertig, aber ich traue mich nicht, es an Verlage zu schicken.«

»Wie? Du bist fertig? Das ist ja fantastisch!« Sigrid zieht ihre Sonnenbrille aus der Tasche und setzt sie auf. »Aber warum traust du dich nicht, es loszuschicken?«

»Solange man keine Ablehnung bekommen hat, kann man weiterträumen. Schickt man es weg, beginnt die Ungewissheit. Man wartet ungeduldig auf eine Mail, einen Anruf oder die Post … und ist bitter enttäuscht, wenn es wieder nichts wird.«

»Ich fürchte, da musst du durch, wenn du Erfolg haben willst«, meint Sigrid. »Außerdem hast du doch diesen Schreibkurs besucht. Dadurch verbessert sich deine Chance, bei einem Verlag auf Interesse zu stoßen. Unangenehm ist nur das Warten, bis Antwort kommt.«

»Vielleicht geht es diesmal ja schneller.« Nadine erzählt von ihrer Begegnung mit Eelco. »Wir haben uns nett unterhalten, und er hat mir seine Visitenkarte gegeben. In der Kneipe wusste ich noch nicht, dass er Verleger ist. Das wurde mir erst klar, als ich mir die Karte heute Morgen genauer angesehen habe.«

Sigrid späht über den breiten Rand ihrer Sonnenbrille. »Und? Hast du ihn angerufen?«

»Na klar.« Nadine berichtet von ihrem Gespräch mit Eelco, und Sigrid mustert sie eingehend. »Der Typ scheint dir zu gefallen«, stellt sie fest, als Nadine geendet hat. »Nein, bemüh dich nicht: Leugnen zwecklos – ich seh das!«

»Was siehst du?«

»Du strahlst, deine Augen leuchten.« Sigrid lächelt, aber dann wird sie ernst. »Nadine, versprich mir, dass du aufpasst! Vielleicht schmeichelt er dir nur und ist an ganz anderen Dingen interessiert als an deinem Buch. Nun guck nicht so entrüstet, ich weiß doch Bescheid: Am Theater ist das nicht anders! Überleg doch mal: Er hat noch keinen Satz von dir gelesen und interessiert sich trotzdem für dein Manuskript. Kann doch sein, dass er nur mit dir ins Bett will.«

»Vielleicht will ich das ja auch«, meint Nadine nachdenklich. »Er sieht gut aus. Und es ist lange her, dass ich das letzte Mal Sex hatte.«

»Du bist eben zu wählerisch. Bei deinem Aussehen könntest du an jedem Finger zehn haben!«

Genau das ist der Unterschied zwischen uns, denkt Nadine, als sie am späten Nachmittag nach Hause fährt: Für Sigrid ist es kein Problem, einfach so Sex zu haben, aber für mich hat schon ein Kuss große Bedeutung.

Am Abend liest Nadine auf der Terrasse ihr Manuskript noch einmal durch. Sie nimmt keine größeren Änderungen mehr vor, korrigiert nur hier und da einen Tippfehler. Es reicht jetzt, findet sie, als sie merkt, dass sie kaum mehr aufnahmefähig ist, geschweige denn das Resultat richtig einschätzen kann.

Eine Zeit lang sitzt sie einfach nur mit dem Manuskript auf dem Schoß da, dann geht sie ins Arbeitszimmer. Langsam, ja fast feierlich gibt sie Eelcos Mailadresse ein. Sie tippt zwei, drei freundliche Zeilen und hängt das Dokument an.

Ein letztes Zögern, dann schickt sie die Arbeit ab.

*

Es passt mir nicht, dass sie mit diesem Kerl zugange ist. Ihr verliebter Blick hat mich tief getroffen und sämtliche Hoffnungen zunichtegemacht.

Äußerlich bleibe ich ruhig, doch innerlich tut mir alles weh. Mühsam errichtete Mauern stürzen ein, Sehnsüchte und Erwartungen zerplatzen, lösen sich in nichts auf.

Als ich mich endlich wieder gefasst habe, glaube ich, kaum noch Luft zu bekommen. Ich muss so schnell wie möglich ins Freie, mich ablenken …

Ich habe so gut wie keine Freunde. Zwar Kollegen und Bekannte, aber keine Freunde. Nicht dass mir etwas fehlt – ich bin mir selbst genug. Vielleicht wäre es schön gewesen, wenn ich in jungen Jahren Freunde gehabt hätte. Doch da mir das nicht vergönnt war, wusste ich auch nicht, was mir entging.

Bis ich ihr begegnete.

Dunkles, glänzendes Haar, haselnussbraune Augen und reine Haut. Schlank. Längst nicht alle Frauen, die gemeinhin als schön gelten, sind es auch wirklich. Oft ist ihr Lächeln künstlich, ihre Gesten wirken einstudiert, und ihren perfekt geschminkten Augen fehlt etwas, das sich mit keinem Make-up der Welt herbeizaubern lässt.

Nadine ist anders. Ihre Schönheit und ihr offenes, freundliches Wesen machen sie unwiderstehlich. Schon als ich sie zum ersten Mal sah, wusste ich, dass ich ihr verfallen würde.

Sie ahnt nicht, dass ich sie verfolge, ihr nachspioniere. Ich kann nicht anders. Die Vorstellung, dass ich nicht an ihrem gesamten Leben teilhabe, ist mir unerträglich. Ich verspüre den Drang, sie ständig im Auge zu behalten, damit ich genau weiß, was sie macht und mit wem sie zusammen ist.

Manchmal werde ich wütend, wenn ich sie mit anderen reden oder lachen sehe. Aber letztendlich überwiegen doch immer meine zärtlichen Gefühle.

Für mich gibt es nur sie, so als hätte sich mein ganzes Leben immer schon um sie gedreht. So als hätte ich schon immer gewusst, dass sie eines Tages kommen würde, um meine Einsamkeit zu lindern und wieder gutzumachen, was andere mir angetan haben.

Tief in ihrem Innersten liebt sie mich bestimmt genauso, da bin ich mir sicher. Aber wird sie auch dazu stehen?

Wenn man ein Geheimnis preisgibt, läuft man Gefahr, sich ein Stück weit zu verlieren. Anschließend gibt es kein Zurück mehr. Die Fassade bröckelt immer mehr, bis alles bloß liegt, was vorher sorgfältig verborgen war.

Inzwischen habe ich das Schweigen so sehr verinnerlicht, dass ich hin und wieder vergesse, was ich mit mir herumtrage. Doch unter der Oberfläche ist es ständig da, wie ein Geschwür, das mal wächst und mal schrumpft. Meist schlummert es, aber es ist unberechenbar und kann jeden Moment aufplatzen.

Als ich das »Oloroso« betrete, meine ich im ersten Moment, sie zu sehen. Wie vorbestimmt sitzt sie an der Theke vor einem Bier. Das lange Haar fällt ihr über den Rücken, die Beine sind übereinandergeschlagen. Kurzer Lederrock, Strumpfhose und schwarze Lackstiefel.

Kurz bleibt mir die Luft weg. Dann bemerke ich die Unterschiede, aber das spielt keine Rolle. Mein Herz hämmert wie verrückt, und ich muss mich neben sie setzen – ob ich will oder nicht. Ich lege ihr die Hand auf die Schulter und sage: »Hallo!«

Sie wendet mir das Gesicht zu. Ein bildschönes Gesicht, umrahmt von glattem braunem Haar. Ihr Blick ist fragend. Erstaunt.

»Kennen wir uns?«

»Oh, Verzeihung.« Ich setze eine zerknirschte Miene auf, so als hätte ich den Irrtum gerade erst bemerkt. »Ich habe dich verwechselt.«

»Macht nichts.« Sie wendet sich wieder ihrer Freundin zu.

Es macht mir keine Mühe, mich in ihr Gespräch einzuklinken, denn es fällt mir leicht, Kontakte zu knüpfen. Bald unterhalten wir uns zu dritt.

Irgendwann muss die Freundin gehen. Sie bleibt. Ich auch. Wir reden über unsere Arbeit und stellen fest, dass wir gemeinsame Bekannte haben. Der Alkohol löst meine Hemmungen, dennoch sind meine Annäherungsversuche zunächst vorsichtig. Ein vertrauliches Hinbeugen, eine flüchtige Berührung ihrer Hand. Unmerklich rücke ich näher, bis unsere Hüften sich berühren.

Sie protestiert nicht. Denkt sich nichts dabei.

Bis ich die Hand auf ihr Knie lege. Erschrocken und irritiert starrt sie mich an. Schiebt die Hand weg.

»Was soll das?« Ihre Stimme klingt schrill.

»Verzeihung, ich dachte …«

Ich bekomme keine Gelegenheit, etwas zu erklären. Wortlos steht sie auf und geht zur Toilette. Sieht sich noch einmal um.

Dieser Blick gibt den Ausschlag. Ich kenne ihn nur zu gut. Etwas in mir zieht sich zusammen, alte Wunden brechen auf.

Auf der Theke steht noch ihr halb volles Bierglas. Ich ziehe es zu mir heran.

Als sie von der Toilette kommt und an mir vorbeiwill, halte ich sie auf.

»Es tut mir leid, ich bin ein wenig beschwipst. Aber so schlimm, dass du gleich gehen musst, war es doch auch wieder nicht. Komm, setz dich doch!« Ich schiebe ihr das Bier hin.

»Ich gehe nicht. Ich will nur nicht neben dir sitzen.« Ein eiskalter Blick trifft mich.

Spontan greife ich nach ihrem Arm.

»Fass mich nicht an!«, zischt sie.

Sie reißt sich los, nimmt ihr Glas und geht ans andere Ende der Theke.

Schön und unerreichbar sitzt sie auf einem Barhocker, trinkt ihr Bier … und lässt sich von dem Kerl neben ihr noch eines spendieren. Nach einer Weile macht er sich an sie heran. Doch dann tut das GHB seine Wirkung.

8

Am Montagmorgen ist es sonnig und nicht zu warm, zweiundzwanzig Grad. Nadine genießt es, mit dem Rad zur Arbeit zu fahren. Früher, als die Redaktion des *Leidsch Dagblad* noch im Gewerbegebiet an der Rooseveltstraat lag, musste sie das Auto nehmen und außerdem in der Kantine zu Mittag essen.

Dann kam der Umzug in die 3e Binnenvestgracht am Rand der pulsierenden Leidener Innenstadt. Fast alle begrüßten die Ortsveränderung. Eine Kantine gibt es zwar nach wie vor, aber auch jede Menge gemütliche Restaurants und Kneipen in der näheren Umgebung.

Als Nadine das imposante Backsteingebäude betritt und die Treppe zum dritten Stock hinaufgeht, denkt sie an Eelco. Vermutlich ist er jetzt auf dem Weg zur Arbeit, kommt in sein Büro, hängt die Jacke auf, holt sich Kaffee und wirft den Computer an. Dann findet er ihr Manuskript vor und druckt es aus. Ob er es wohl gleich liest? Nein, das wäre zu viel erwartet – schließlich hat der Mann anderes zu tun. Wahrscheinlich wird es eine ganze Weile dauern, bis sie von ihm hört. Eine Woche, wenn nicht gar einen ganzen Monat …

Mit einem fröhlichen »Guten Morgen« betritt Nadine das Großraumbüro.

Nadines Arbeitsplatz befindet sich am Fenster; von dort hat sie einen schönen Blick auf die Marekerk, die über den Hausdächern aufragt und sich vor dem blauen Himmel abzeichnet. Ein Stück weiter links ist das Flachdach des Polizeireviers zu erkennen.

Die Kulturredaktion besteht aus drei Personen. Gemeinsam mit ihren Kollegen Marijke und Lars berichtet Nadine über Musik-, Theater- und sonstige Veranstaltungen, die Leiden zu bieten hat. Täglich stellen sie eine Seite aus regionalen, aber auch landesweit relevanten Kulturnachrichten zusammen. Nadines Spezialgebiet ist die Literatur. Sie sichtet unter anderem die Neuerscheinungen, entscheidet, welche Bücher besprochen werden sollen, und hält Kontakt zu verschiedenen Rezensenten.

Sie stellt ihre Tasche ab und hängt den weißen Trenchcoat an die Garderobe.

Auf dem Weg zum Kaffeeautomaten begegnet sie Marijke. Ihre Kollegin ist Anfang fünfzig, stämmig und trägt das graue Haar so lang, dass Nadine gern ein Stück davon abschneiden würde.

Sie mag Marijke gern, mit ihr kann man gut zusammenarbeiten. Auch mit Lars versteht Nadine sich, obwohl er sich ein wenig distanziert gibt – vielleicht, weil er noch nicht so lange zum Team gehört.

»Guten Morgen, Nadine! Bringst du mir einen

Kaffee mit?« Marijke knöpft noch im Gehen ihre Jacke auf.

»Wird gemacht.«

Mit zwei Bechern geht Nadine zurück ins Großraumbüro, wo es sich Marijke bereits bequem gemacht hat.

»Hast du schon von dem Mord gehört?«, fragt sie.

»Von welchem Mord?«

»In der Nacht zum Sonntag ist eine Vierundzwanzigjährige umgebracht worden. Hier in Leiden, stell dir vor! Sie wurde erwürgt und wie ein Sack Müll ins Gebüsch geworfen. Furchtbar, nicht wahr?«

»O Gott! Wer denn? Wie heißt das Opfer?« Nadine ist schockiert.

»Keine Ahnung. Gestern war der Name noch nicht bekannt. Arnout hat recherchiert und einen Artikel geschrieben.«

Nadine greift nach dem druckfrischen Exemplar des *Leidsch Dagblad* auf ihrem Schreibtisch und liest gleich auf der ersten Seite:

JUNGE FRAU ERMORDET

LEIDEN – Im Leidener Stadtteil Vreewijk wurde am Sonntagmorgen die nackte Leiche einer 24-jährigen Frau gefunden. Untersuchungen ergaben, dass mit einem schweren Gegenstand auf ihren Kopf eingeschlagen wurde. Danach wurde sie erwürgt.

Das Opfer war nach einem Kneipenbesuch auf dem Heimweg. Bekannte haben gesehen, dass die junge Frau das Lokal allein verließ. Stunden später wurde ihre Leiche in einer Grünanlage gefunden. Die Polizei schließt ein Sittlichkeitsdelikt nicht aus.

Nadine setzt sich und liest die Meldung noch einmal.

»Vierundzwanzig …«, murmelt sie vor sich hin.

Als sie den Blick hebt, weist Marijke mit dem Kinn zur Garderobe, wo Arnout gerade aus der Jacke schlüpft. »Da ist er ja«, sagt sie und winkt dem Kollegen zu.

Arnout, ein blonder Hüne, hängt seine Jacke auf und kommt dann auf sie zu.

»Was für eine Schlagzeile!«, sagt Nadine. »Hattest du einen Tipp bekommen?«

Als Reporter für das Ressort »Leiden und Umgebung« ist Arnout vor allem für die Verbrechensberichterstattung zuständig. Er weiß, was sich in der Stadt tut, kennt jede Menge Leute und hat überall Kontakte.

Er sieht allerdings nicht aus, als freute er sich über die Exklusivmeldung. Müde fährt er sich mit der Hand durchs Haar. »Das Mädchen war bildschön! Dass mir solche Artikel keinen Spaß machen, könnt ihr euch denken. Ein Freund von mir, der in der Gegend wohnt, hat mich angerufen. Als ich hinkam, waren noch nicht mal die Leute von der Spurensicherung vor Ort, sodass ich ungestört fotografieren konnte.«

»Glück gehabt«, meint Marijke trocken. »Weißt du schon Näheres?«

»Nein, solange ich den Namen nicht kenne, kann ich nicht weiterrecherchieren. Aber den erfahre ich bestimmt bald vom Pressesprecher der Polizei«, sagt Arnout. »Pass bitte auf, mit wem du dich verabredest«, meint er dann zu Nadine. »Das Mädchen war in der gleichen Kneipe, in der du öfter bist.«

Um neun meldet sich der Pressesprecher des Regionalpolizeikorps Holland-Mitte und sagt, er habe eine Mail mit Foto geschickt.

Arnout öffnet sogleich die Anlage. Etliche Kollegen stehen hinter ihm, als das grob gerasterte Bild einer lächelnden jungen Frau mit braunem Haar auf dem Monitor erscheint.

Melissa Martens.

Schweigend betrachtet Nadine das Foto. Und jetzt ist sie tot, denkt sie, erwürgt auf dem Nachhauseweg von der Kneipe. Bestimmt hat sie sich auf den Abend gefreut, sich hübsch angezogen und geschminkt – genau wie ich am Freitagabend.

»Armes Ding«, sagt sie leise. »Hoffentlich findet man den Täter bald.«

Sie reden noch kurz, dann geht jeder wieder an seine Arbeit. Eine Besprechung steht an, Mails müssen beantwortet und Telefonate entgegengenommen werden. Etliche Kollegen verlassen das Großraumbüro, um Außentermine wahrzunehmen. Schon bald ist die Nachricht vom Mord an Melissa Martens in der täglichen Routine untergegangen.

Nadine lässt den Blick schweifen und überlegt, ob sie wohl die Einzige ist, die so etwas nicht so leicht abschütteln kann. Ein paar Kollegen haben vorhin sogar über den Mord gewitzelt. Ihr ist bewusst, dass sie es nicht böse meinen, sondern sich letztlich nur damit abgrenzen. Aber ihre Art ist das nicht …

In der nächsten Stunde geht es rund. Um zehn finden sich alle im Besprechungsraum ein, um mit Kollegen die Themen des Tages durchzusprechen und die Titelseite für die morgige Ausgabe zu planen.

»Vorhin kam die Meldung rein, dass es in der Türkei ein Erdbeben gab«, so Roel, der Chefredakteur. »Damit kommen wir groß raus, zurzeit sind jede Menge Urlauber dort.«

Nadine erschrickt. Ihre Eltern sind gerade mit dem Wohnmobil in der Türkei unterwegs. Sie hat schon mehrere Tage nichts mehr von ihnen gehört.

Kaum dass die Besprechung zu Ende ist, ruft sie sie auf dem Handy an. Zu ihrer großen Erleichterung nimmt ihr Vater sofort ab.

»Hier van Mourik.«

»Paps, ich bin's. Ich hab gerade von dem Erdbeben gehört. Ist bei euch alles in Ordnung?«

»Mach dir keine Sorgen, Liebes. Wir waren weit weg vom Epizentrum. Das Beben haben wir zwar bemerkt, aber uns fehlt nichts.«

Es tut Nadine unendlich gut, seine vertraute Stimme zu hören.

»Gott sei Dank. Wo seid ihr gerade?«

»Knapp vor der Grenze, wir fahren jetzt langsam wieder in Richtung Heimat.«

»Schön, ich bin ja so froh, dass ihr kommt!«

»Das wird noch eine Weile dauern, wir haben es nicht eilig. Geht's dir gut? Und Marielle auch?«

»Ja, alles in bester Ordnung. Ich bin in der Redaktion und kann deshalb nicht lange reden. Eigentlich wollte ich nur wissen, wie es euch geht.«

»Gut, mach dir keine Sorgen. Deine Mutter lässt dich grüßen. Tschüs dann, Liebes, und weiterhin frohes Schaffen.«

Nadine beendet das Telefonat und sieht, dass Arnout neben ihr steht.

»Alles okay?«, fragt er.

»Ja, zum Glück! Meine Eltern sind in der Türkei, aber es geht ihnen gut.«

»Fein, dann kannst du ja heute Nacht ruhig schlafen.« Er legt ihr freundschaftlich die Hand auf die Schulter.

Nadine lächelt ihm zu und geht zu ihrem Schreibtisch. Von all ihren Kollegen findet sie Arnout am nettesten. Er ist stets freundlich und gut gelaunt. Sie weiß jedoch, dass die scheinbare Gelassenheit nicht seinen tatsächlichen Gemütszustand wiedergibt. Er hat zwei Scheidungen hinter sich, und beide Male war er derjenige, der betrogen und verlassen wurde. Es fällt ihm nicht leicht, damit zurechtzukommen.

Auch Nadine hat nach Christiaans Tod lange gelitten, und so etwas verbindet.

Sie setzt sich und ruft ihre Mails ab: noch nichts von Eelco. Leicht enttäuscht wendet sie sich wieder ihrer Arbeit zu.

Am frühen Nachmittag muss sie zu einem Interview mit einer Leidener Geigerin, die einen Musikwettbewerb gewonnen hat. Und danach zum Leiter einer am Theater gastierenden Tanztruppe.

Gegen halb fünf ist sie wieder in der Redaktion und ruft erneut ihre Mails ab. Das Postfach füllt sich rasch. Wie magisch wird ihr Blick von Eelcos Absender angezogen:

Hallo Nadine,
ich habe Dein Manuskript gelesen. Wollen wir heute Abend eine Kleinigkeit zusammen essen und das Ganze besprechen? Ich habe in Leiden zu tun und könnte Dich gegen acht von der Arbeit abholen.

Freundliche Grüße
Eelco

9

Ungläubig starrt Nadine auf den Monitor. Eelco will mit ihr essen gehen! Weil es sich gerade anbietet, oder gibt es womöglich etwas zu feiern?

In nervöser Erwartung mailt sie mit zitternden Fingern zurück: *Fein! Bis um acht vor der Redaktion!*

Bis zum Feierabend bringt sie nichts Vernünftiges mehr zustande. Sie holt Kaffee, rennt aufs Klo, geht ins Freie, um ganz gegen ihre Gewohnheit eine Zigarette zu rauchen, und muss dann wieder aufs Klo.

Punkt acht steht sie frisch geschminkt und erwartungsvoll vor dem Gebäude des *Leidsch Dagblad*.

Ein Stück weiter sieht sie Eelco aus seinem Auto steigen. Er winkt, und sie eilt auf ihn zu. Unsicher bleibt sie vor ihm stehen, doch er begrüßt sie wie selbstverständlich mit einem Wangenkuss.

»Na, fleißig gearbeitet?«

»Ja, heute war viel los. Bei dir auch?«

»Ziemlich. Ich habe fast den ganzen Tag am Schreibtisch gesessen.«

»Dann hat du sicherlich nichts gegen einen kleinen Spaziergang, oder? Das Restaurant, das ich dir gern zeigen würde, ist ein Stück von hier entfernt«, sagt Nadine.

»Ein bisschen Bewegung kann nicht schaden, im Gegenteil!«

Eelco schließt sein Auto ab, sie überqueren die Langegracht und schlendern in Richtung Altstadt.

»Du hattest hier in Leiden zu tun?«, fragt Nadine.

»Ja, und da dachte ich, das lässt sich doch prima mit einem gemeinsamen Essen kombinieren.«

»Gute Idee.« Richtig entspannt ist Nadine noch nicht, doch als Eelco sie anlächelt und ihr auch noch zuzwinkert, weicht die Anspannung, und sie muss sich zusammennehmen, um nicht noch näher an ihn heranzurücken.

Nach einer Viertelstunde haben sie die Pieterskerk erreicht.

»Schön ist es hier!« Eelco sieht sich um.

»Ja, es ist eine der hübschesten Ecken der Stadt. Ich lebe gern hier«, sagt Nadine. »Ich mag die Atmosphäre mit den mittelalterlichen Häusern und Gassen. Außerdem ist es angenehm ruhig. Hin und wieder esse ich im ›Dartel‹, dem Restaurant da drüben. Es ist nicht groß, aber nett.«

»Dann lass uns reingehen«, sagt Eelco.

Sie setzen sich an einen Fenstertisch mit Blick auf die alten Bäume vor der Kirche.

Die ersten zehn Minuten sind sie mit der Speisenauswahl beschäftigt. Erst nachdem der Kellner ihre Bestellung aufgenommen und die Getränke gebracht hat, sehen sie sich an. Sie prosten sich zu, dann sagt Eelco unvermittelt: »Ich habe dein Buch gelesen.«

Nadine stellt das Glas Rotwein ab, das sie gerade zum Mund führen wollte. Sie mustert Eelco, versucht, seine Gedanken zu lesen.

Er lässt den Wein im Glas kreisen. »Ich muss sagen ...«, beginnt er langsam, »... du hast mich nicht enttäuscht.«

Ist das nun ein Kompliment oder eine verkappte Beleidigung? Anscheinend steht ihr der Zweifel ins Gesicht geschrieben, denn Eelco fährt rasch fort: »Die rund dreißig Manuskripte, die ich wöchentlich bekomme, kann man fast alle vergessen. Und falls mich doch mal eines interessiert, heißt das noch lange nicht, dass wir es auch herausbringen. Es muss ins Programm passen und die Investition wert sein.«

»Und bei meinem Buch ist das nicht der Fall?«

Eelco stellt sein Glas ab und sieht sie ernst an. »Du kannst schreiben, Nadine, aber das weißt du selbst. Du formulierst gut und sorgfältig, und deine Geschichte ist enorm spannend. Das passt also.«

Ihr Herz setzt einen Schlag aus, denn das Aber ist ihm deutlich anzusehen.

»Das Problem ist nur«, fährt er fort, »dass der Roman nicht bei uns ins Programm passt. Ich weiß, das klingt jetzt wie eine Standardabsage, ist aber überhaupt nicht so gemeint. De Boekanier veröffentlicht üblicherweise harte Actiontitel und keine romantisch angehauchten Thriller wie dein Buch.«

Nadine nimmt einen Schluck von ihrem Wein, der

mit einem Mal ein wenig bitter schmeckt. Sie muss sich damit abfinden, durch die vielen Absagen hat sie sich ein dickes Fell zugelegt. Eelco arbeitet schließlich für einen Verlag und nicht für eine Wohltätigkeitsorganisation. Er nennt ihr einen plausiblen Grund für die Absage, ohne um den heißen Brei herumzureden, also was soll's?

Er mustert sie. »Jetzt bist du enttäuscht, was?«

»Klar bin ich enttäuscht.«

»Dazu besteht kein Grund. Dein Buch ist wirklich gut, Nadine, und ich würde liebend gern einen Vertrag mit dir machen. Aber ich muss ehrlich sein, auch mir gegenüber. Es passt nun mal nicht in das Programm von De Boekanier. Aber romantische Spannungsromane mit einem guten Plot sind derzeit sehr gefragt. Deshalb wird dein Buch bestimmt veröffentlicht.«

»Aber nicht bei De Boekanier.«

»Nein, nicht bei uns.«

Minutenlang bleibt es still. Um das Gesicht zu wahren, greift Nadine nach ihrem Weinglas. Eelco sieht sie schweigend an, anscheinend will er ihr Zeit lassen, die Nachricht zu verdauen.

»Wo dann?«, fragt sie schließlich.

»Darauf wollte ich als Nächstes zu sprechen kommen. Ich kenne ein paar Verlage, zu denen es gut passen würde. Aurora zum Beispiel. Die Verlegerin ist eine gute Bekannte von mir, und ich weiß, dass sie Autoren wie dich sucht. Wärst du damit einverstanden, dass ich ihr dein Manuskript schicke?«

Nadine schöpft wieder Zuversicht – also besteht doch noch Hoffnung!

»Sicher bin ich damit einverstanden. Auf jeden Fall! Wann schickst du es ihr?«

»Ich rufe morgen an und maile ihr dann das Manuskript. Vielleicht kommt sie noch diese Woche dazu, es zu lesen.«

»Du bist ein Schatz. Danke, dass du das für mich tust!«

»Dein Buch ist gut und hat eine Chance verdient. Aber du hast recht, ein Schatz bin ich auch.« Er grinst.

Erst als das Essen kommt, merken sie, wie nah ihre Gesichter sich gekommen sind. Sie müssen sich aufrichten, damit der Kellner die Teller abstellen kann. Als er weg ist, hebt Eelco das Glas.

»Auf einen glücklichen Ausgang!«, sagt er.

Nadine stößt mit ihm an: »Auf einen glücklichen Ausgang!«

»Ich kann natürlich für nichts garantieren, aber mein Gefühl sagt, dass es klappt.«

»Warum hast du dich überhaupt für mein Buch interessiert?«, fragt Nadine. »Froukjes und meinen Erzählungen nach wusstest du doch, dass es kein Actionthriller ist.«

»Stimmt«, gibt Eelco zu. »Ehrlich gesagt, habe ich von Anfang an vermutet, dass dein Roman nicht in unser Programm passt.« Nach kurzem Zögern fügt er hinzu: »Aber auch, dass wir beide sehr gut zusammenpassen.«

Ihre Blicke treffen sich, und Nadine spürt deutlich so etwas wie ein erotisches Knistern.

»So, ich passe also in dein persönliches Programm«, sagt sie leichthin, um die Atmosphäre aufzulockern.

Eelcos Antwort lässt an Deutlichkeit nichts zu wünschen übrig. »Für mich bist du die Nummer eins«, sagt er.

10

Eine Weile ist es still. Überrascht mustert Nadine den Mann, der ihr gegenübersitzt. Sein Gesichtsausdruck verrät, dass es ihm ernst ist. Nein, er nimmt sie nicht auf den Arm …

»Die Nummer eins …«, wiederholt sie, um die Stille zu durchbrechen. Ihr Blick hält seinen fest, als wollte sie ihre noch unausgesprochenen Gefühle bestätigen.

»Warum reden wir eigentlich die ganze Zeit über Bücher? Über dich weiß ich fast nichts«, sagt er.

»Was willst du denn wissen?«

»Alles, was du mir erzählen möchtest.«

Nervös nimmt Nadine einen Schluck Wein. »Ich bin Journalistin«, beginnt sie, »und habe eine sechzehnjährige Tochter.«

»Oh, da hast du aber früh angefangen.«

»Marielle war nicht geplant«, gibt Nadine zu. »Ich war damals tatsächlich noch sehr jung.«

»Und was ist mit dem Vater deiner Tochter?«

Nadine vermutet, dass er schon einiges weiß. Froukje wird ihm bestimmt erzählt haben, dass sie solo ist, sonst wäre er wohl kaum so direkt vorgegangen. In aller Kürze erstattet sie Bericht.

Eelco ist anzusehen, dass er nicht die geringste Ahnung hatte.

»Du hast es nicht gerade leicht gehabt«, stellt er fest.

»Christiaan ist gestorben, und Remco hat mich sitzen lassen. Anscheinend bringe ich den Männern Unglück. Jeder, der sich auf eine ernsthafte Beziehung mit mir einlässt, macht einen Rückzieher, oder es passiert ein Unglück.«

Die Bemerkung war eigentlich als Scherz gemeint, aber Nadines Gesichtsausdruck straft ihren Tonfall Lügen.

»Dann gehe ich am besten gleich wieder.« Eelco macht Anstalten aufzustehen. »Aber halt: Ist es nicht so, dass der dritte Prinz Erfolg hat, wo die anderen gescheitert sind?«

»Nur im Märchen«, sagt Nadine.

Eelco wird wieder ernst und sieht sie direkt an. Dunkelbraune Augen, dichte Wimpern und ein gebräuntes Gesicht, in dem sich erste Lachfältchen abzeichnen. Er strahlt Energie und Verlässlichkeit aus.

Ein warmes Gefühl durchströmt Nadine, und wortlos sehen sie sich an.

Eelco nimmt ihre Hand. Sie lässt es geschehen und betrachtet seine Finger, die sich um ihre schließen, spürt den sanften Druck und die Wärme seiner Hand. Mit einem Mal wird ihr ganz schwindelig.

»Kommst du noch mit auf ein Glas bei mir?«, fragt sie.

Erst im Auto fällt ihr ein, dass Marielle ja zu Hause ist. Mit einem Seufzer lehnt sie sich zurück.

»Was ist?«, fragt Eelco.

»Nichts. Außer dass ich eine ausgesprochen neugierige Tochter habe.«

»Ach so. Und du willst natürlich nicht, dass sie uns beim … Trinken sieht.«

»Genau.«

»Dann gehen wir eben woandershin.«

Nadine wendet ihm das Gesicht zu. »Und zwar?«

»Lass dich überraschen.« Eelco lässt den Motor an, parkt aus und fährt die Langegracht entlang. Während der kurzen Fahrt fällt kein einziges Wort, sie sehen sich nur hin und wieder an.

Als Eelco vor einem Hotel am Stadtrand parkt, steigen sie lächelnd aus.

11

»Unglaublich! Das nenne ich Glück! Da taucht ein netter Mann auf, der auf dich steht, und ist außerdem noch Verleger.« Leoni kann es kaum fassen.

Es ist Freitagabend, und sie sitzen in der »Bonte Koe« zusammen.

Nadine hat gerade eine SMS von Eelco beantwortet. Als sie das Handy wieder einsteckt, merkt sie, dass alle Schreibfreunde sie ansehen. Leoni lächelt, Matthijs und Tom grinsen. Nur Joella lehnt sich zurück und gibt sich desinteressiert. »Tja, so läuft das nun mal«, sagt sie. »Wer einfach nur sein Manuskript einreicht, kommt nicht weit.«

Nadine sieht sie irritiert an. »Was willst du damit sagen?«

»Joella, das war echt voll daneben!«, meint Tom, und die anderen murmeln zustimmend.

Joella zuckt mit den Schultern. »Gar nichts. Nur, dass es hilft.«

Nadine will etwas erwidern, überlegt es sich aber anders und schweigt. Eine peinliche Stille tritt ein, bis Matthijs ein anderes Thema anschneidet. Kurz darauf ist wieder eine lebhafte Unterhaltung im Gang.

Nur Nadine beteiligt sich nicht daran. Sie blickt in die Runde und überlegt, wer wohl insgeheim ebenso denkt wie Joella. Vielleicht war es naiv, zu glauben, die anderen würden sich mit ihr freuen.

Nach einer Viertelstunde steht sie auf. »Ich geh dann mal. Die Woche war ziemlich anstrengend.« Sie legt einen Geldschein für die Getränke auf den Tisch.

»Jetzt schon?« Tom sieht sie verwundert an.

»Ich bin müde.« Nadine nimmt ihre Tasche. »Bis zum nächsten Mal und viel Vergnügen noch.«

»Sag uns Bescheid, wenn sich was tut, ja? Schick mir eine SMS!«, ruft Tom ihr nach.

Nadine nickt. Kaum ist sie draußen, atmet sie mehrmals tief durch und sucht dann nach ihrem Fahrradschlüssel. Ihre Finger zittern leicht, als sie ihn ins Schloss steckt, und der kurze Weg nach Hause strengt sie über Gebühr an.

Unter der Dusche denkt Nadine noch einmal über Joellas Reaktion nach. Sie ist neidisch, keine Frage, und das ist durchaus verständlich. Ihr wäre es im umgekehrten Fall genauso ergangen – mehr noch, sie beneidet Joella seit jeher ein wenig um ihr großes Schreibtalent. Aber sie hat sich stets bemüht, das nicht zu zeigen.

Zum Glück ist Sigrid noch da – gleich nachher will Nadine sie anrufen.

Sie dreht den Hahn zu und trocknet sich ab. Im Bademantel geht sie ins Wohnzimmer und greift zum Hörer.

Sigrid ist begeistert, als sie hört, dass ihr Buch jetzt an Aurora geht. Dass Nadine mit Eelco im Bett war, überrascht sie jedoch.

»Das ist doch sonst nicht deine Art«, meint sie. »Ihr habt euch erst ein einziges Mal getroffen. Aber ich bin gespannt auf ihn. Wann kriege ich den Traummann denn mal zu sehen?«

»Keine Ahnung, ich weiß nicht mal, wann ich ihn selbst wieder zu sehen kriege«, sagt Nadine. »Das nächste Mal kann ich ja heimlich ein Handyfoto von ihm machen, einverstanden?«

»Unbedingt!«, sagt Sigrid. »Und was hast du morgen Schönes vor?«

»Bisher noch nichts, aber vielleicht meldet Eelco sich ja.«

»Oh nein! Du wirst doch hoffentlich nicht vor dem Telefon sitzen und auf seinen Anruf warten?!«, ruft Sigrid. »Tu, wozu du Lust hast, Nadine. Der Typ erreicht dich schon, wenn er dich sehen will.«

»Du hast recht. Für morgen ist schönes Wetter angesagt. Wollen wir ans Meer?«

»Einverstanden. Wir setzen uns gemütlich ins Strandcafé unter einen Sonnenschirm …«

»Also abgemacht. Bis morgen, Sigrid.«

Nachdem sie aufgelegt hat, geht Nadine, vor sich hin summend, in die Küche. Manche Leute schaffen es, einem im Handumdrehen wieder gute Laune zu machen.

In den letzten Jahren hatten weder sie noch Sigrid

eine ernsthafte Beziehung und haben deshalb viel Zeit miteinander verbracht. Ein paarmal sind sie zusammen in Urlaub gefahren, während Marielle bei den Großeltern war. In den Ferien lernten sie immer wieder nette Männer kennen – aber eben nur für ein, zwei Wochen. Wieder zu Hause, erwies sich, dass die Sommerlieben doch keinen Bestand hatten. Nadine ist zwar keine Kostverächterin, aber im Grunde ihres Herzens will sie doch eine feste Beziehung, und sie weiß, dass es Sigrid genauso geht.

Eelco wäre in dieser Hinsicht der ideale Kandidat, aber sie hütet sich, allzu große Erwartungen in ihn zu setzen.

Den ganzen Samstagvormittag bleibt Nadine in Hörweite des Telefons und checkt hin und wieder ihre Mailbox, aber es tut sich nichts – kein Eelco.

Bin ich blöd, denkt sie. Wieder mal reingefallen …

»Mam, du bist so unruhig.« Marielle sitzt im Pyjama am Frühstückstisch und liest die neueste *Cosmopolitan.* »Erwartest du einen Anruf?«

Sie kann es Marielle ja ruhig sagen, also erzählt sie von Eelco. »Er sieht unglaublich gut aus, Marielle. Groß und dunkelhaarig. Wir haben uns den ganzen Abend bestens unterhalten, nicht nur über Bücher. Ich dachte, er mag mich auch, deshalb hatte ich gehofft, er ruft an.«

Mitfühlend sieht Marielle sie an. »Der meldet sich bestimmt. Der Tag ist ja noch lang.«

»Ja, aber ich habe nicht vor, noch länger zu warten«, meint Nadine entschlossen. »Nachher fahre ich mit Sigrid an den Strand. Was hast du heute vor?«

»Ich bin auch am Meer. Vielleicht sehen wir uns dort.«

»Wenn ja, werde ich mich im Hintergrund halten, versprochen.« Nadine lächelt. »Bist du wieder mit denselben Leuten wie neulich unterwegs?«

Marielle nickt.

»Du kannst sie ruhig mal mit nach Hause bringen«, sagt Nadine. »Ich wüsste schon gern, mit wem du zusammen bist.«

»Warum?«

»Weil es mich interessiert. Früher kannte ich alle deine Freundinnen, aber mit denen hast du nicht mehr viel zu tun, oder?«

»Nein.« Marielle blättert in ihrer Zeitschrift.

»Bring deine Freunde doch heute Abend mit. Wir könnten grillen.«

Marielle klappt das Heft zu. »Wir essen lieber am Strand. Pommes oder so was, das ist weniger Aufwand.«

»Nun ja …«, sagt Nadine, »weniger Aufwand …«

Sie will ihrer Tochter keine Vorschriften machen, hofft aber insgeheim, sie am Strand zu sehen. Früher brachte Marielle immer jede Menge andere Kinder mit nach Hause. Es verging kein Wochenende, an dem nicht eine Freundin über Nacht blieb. Ab und zu klagte Nadine, bei ihnen gehe es zu wie in einem Taubenschlag, doch im Grunde genoss sie den Trubel und war froh, dass Marielle sie an ihrem Leben teilhaben ließ. In letzter Zeit hatte sich das grundlegend geändert.

»Wer ist eigentlich Ruben?«, fragt sie wie nebenbei.

Marielle fixiert sie misstrauisch.

»Ruben?«, wiederholt sie, wie um Zeit zu gewinnen.

»Ich habe eine MSN-Nachricht von ihm auf deinem PC gesehen. Ist er ein Freund?«

Zornig knallt Marielle die Zeitschrift auf den Tisch. »Was hast du an meinem Computer zu suchen? Ich les doch auch nicht heimlich deine Mails!«

»Ich war nur zufällig in deinem Zimmer und habe das Fenster zugemacht, als diese Nachricht von Ruben reinkam.«

»Ach ja? Und die musstest du natürlich sofort lesen!«, ruft Marielle erbost.

»Nicht in diesem Ton!«, sagt Nadine warnend. »Wenn du deinen PC anlässt, musst du damit rechnen, dass ich so was mitkriege. Ich lege es keinesfalls darauf an, aber ich laufe auch nicht mit Scheuklappen in deinem Zimmer herum. Ist Ruben ein Klassenkamerad von dir?«

»Ja«, sagt Marielle schroff. Sie steht auf und will gehen, aber Nadine hält sie am Arm fest.

»Marielle, wenn du einen Freund hast, kannst du mir das ruhig sagen. Schließlich bist zu sechzehn und keine zwölf mehr. Du kannst den Jungen gern mit nach Hause bringen …«

Marielle weicht ihrem Blick aus. Sie reißt sich los und geht zur Tür. Mit einem Mal wirkt sie nicht mehr zornig, sondern eher ängstlich, was Nadine zu denken gibt.

12

»Marielle ist ein nettes Mädchen«, sagt Sigrid, als sie bei einem Cappuccino auf der geschützten Terrasse des Strandcafés sitzen. »Vermutlich ist sie total verknallt und fühlt sich unsicher. Mag er mich, will er mit mir gehen? Mit dir will sie verständlicherweise nicht über so was reden. Du hast solche Dinge früher mit Sicherheit auch für dich behalten.«

»Ja«, gibt Nadine zu. »Aber gewöhnungsbedürftig ist es trotzdem. Früher hat sie mir immer alles erzählt.«

»Teenager lassen ihre Eltern nun mal gern ein wenig zappeln, damit musst du leben.«

»Danke, das hilft mir enorm!«

Sigrid lacht. »Ach, Nadine, lass Marielle einfach in Ruhe. Sie ist viel zu klug, um irgendwelche Dummheiten anzustellen.«

»Nein, das ist sie nicht. In ihrem Alter weiß man noch gar nicht, was eine Dummheit ist. Hab ich dir jemals erzählt, wie das bei meinem letzten Familienurlaub mit den Eltern war?«

Als Sigrid den Kopf schüttelt, beginnt Nadine: »Sechzehn war ich damals. Meine Eltern wollten Urlaub in Luxemburg machen und mich nicht allein zu Hause lassen. Also fuhr ich mit, auf einen Campingplatz, wo kaum etwas geboten war. Keine Animateure, keine Disco, kein Swimmingpool, wie das heute so üblich ist. Man konnte nur im Fluss schwimmen, und es gab eine Imbissbude – aber das war's auch schon. Zum Glück traf ich andere Jugendliche, wir sangen am Lagerfeuer und so – Marielle würde darüber nur die Nase rümpfen. Als meine Eltern einmal wandern gingen, fragten mich zwei ältere Jungs um die achtzehn, neunzehn, ob ich mit ihnen einen Ausflug machen wolle: eine Burg in der Nähe besichtigen, Eis essen … nichts Spektakuläres. Aber das war auf jeden Fall besser, als allein auf dem Campingplatz abzuhängen. Ich ging also mit, und wir hatten eine Menge Spaß. Als wir wieder zurückkamen, waren meine Eltern völlig außer sich. Sie hatten mich bereits vergewaltigt im Wald liegen sehen oder tot in einem Autowrack. Was mir einfiele, einfach mit diesen Jungs, die ich kaum kenne, wegzugehen! Ich sei egoistisch, unzuverlässig und was weiß ich noch alles. Dabei hatte ich mich nur ein bisschen amüsieren wollen. Ich verstand überhaupt nicht, weshalb sie sich so aufregten.« Nadine trinkt einen Schluck Cappuccino.

»Aber heute verstehst du es«, meint Sigrid.

»Genau. Wer konnte schon wissen, was die beiden Burschen vorhatten? Was, wenn sie sich betrunken hätten und in diesem Zustand die kurvenreiche Strecke zurückgefahren wären? Sie hätten mich auch vergewaltigen können … Dass nichts davon eintraf, hatte absolut nichts mit meinem Urteilsvermögen zu tun. Man kann nie wissen, ob jemand vertrauenswürdig ist oder nicht.«

»Andererseits will man nicht auf alles Schöne im Leben verzichten, nur weil das mit gewissen Gefahren verbunden ist.«

»Stimmt. Aber ein Erwachsener kann die Gefahren besser einschätzen als ein Teenager.«

Sigrids Miene verrät Zweifel. »So, meinst du? Und was weißt du von Eelco? Du bist in ihn verliebt – das sieht sogar ein Blinder –, denkst ständig an ihn, sehnst dich nach ihm, aber wie gut kennst du ihn wirklich? Euer erstes Rendezvous war ein Erfolg, aber was, wenn er auf Würgesex gestanden hätte?«

Nadine lacht. »Würgesex, was du dir ausdenkst! Zum Glück sind die meisten Männer völlig normal und wollen eine Beziehung oder eben auch mal unverbindlichen Sex, aber ohne irgendwelche Perversitäten.«

»Bei pubertierenden Jungs ist das nicht anders«, gibt Sigrid zu bedenken.

Als die Sonne am Nachmittag unbarmherzig vom Himmel brennt, packen sie ihre Sachen, um nach Leiden zurückzufahren. Nadine checkt ihr Handy und sieht, dass sie drei Anrufe verpasst hat.

»Mist, ich hab das Klingeln überhaupt nicht gehört! Vielleicht war es Eelco.«

Während Sigrid das Auto aus der Parklücke rangiert, hört Nadine ihre Mailbox ab. Die erste Nachricht ist von Tom. Er sagt, die anderen hätten Joella nach Nadines Aufbruch tüchtig den Kopf gewaschen. Der zweite Anrufer war tatsächlich Eelco, doch er hat aufgelegt, ohne eine Nachricht zu hinterlassen. Dann hat sich noch Marielle gemeldet: Sie sei bereits zu Hause, und Nadine solle sie zurückrufen.

Rasch wählt sie ihre Festnetznummer, aber niemand geht dran.

»Wahrscheinlich steht sie gerade unter der Dusche. Ich versuch's nachher noch mal.«

»Wer hat sonst noch angerufen?«, fragt Sigrid interessiert.

»Tom.« Nadine erzählt von Joellas hämischer Bemerkung in der Kneipe.

»Sie ist neidisch, keine Frage«, meint Sigrid. »Von dieser Joella war das zu erwarten. Ich kenne sie zwar nicht besonders gut, aber die paar Male, die ich sie gesehen habe, hatte ich keinen positiven Eindruck. Sie ist eine karrieregeile Einzelgängerin und arrogant. Stimmt's oder hab ich recht?«

»So wirkt sie manchmal«, gibt Nadine zu. »Meine beste Freundin wird sie mit Sicherheit nie, aber im Kurs hat sie immer viel Zeit in unsere Texte investiert, was konstruktive Kritik angeht, meine ich. Natürlich war jeder in seinem eigenen Interesse dort, aber Joella war immer sehr offen und hilfsbereit.«

»Das ist auch keine große Kunst, solange es unverbindlich bleibt. Aber sobald jemand die Möglichkeit bekommt, etwas zu veröffentlichen, sieht es ganz anders aus. Vermutlich hat sie euch nie als ernsthafte Konkurrenz gesehen, und jetzt traut sie ihren Ohren nicht«, sagt Sigrid nüchtern.

Nadine dreht die Klimaanlage voll auf. »Mir ist das egal. Was habe ich schon mit Joella zu tun? Ich will nur, dass mein Buch erscheint.«

»Und deine Chancen stehen gut«, sagt Sigrid. »Wann erfährst du Näheres?«

»Keine Ahnung. Eelco wollte mein Manuskript gleich an seine Bekannte beim Aurora-Verlag weiterleiten. Angeblich sucht sie Autoren wie mich und wird es sicherlich bald lesen. Aber ich weiß ja nicht, wie beschäftigt sie ist. Und wahrscheinlich hat sie am Wochenende etwas Besseres vor.«

»Bestimmt sonnt sie sich jetzt im Garten, liest fasziniert dein Buch und nippt zwischendurch an ihrem Cocktail. Wenn sie durch ist, hat sie einen tüchtigen Sonnenbrand, und der Cocktail ist brühwarm. Dann rennt sie zu ihrem PC und mailt dir, wetten?«

»Hör auf«, sagt Nadine. »Du machst mich nervös. Ich muss mich darauf einstellen, dass es ebenso gut eine Ablehnung werden kann.«

»Wenn man seine Träume visualisiert, kann sich das positiv auswirken«, bemerkt Sigrid. »Zu dem Thema habe ich neulich ein Buch gelesen. Hochinteressant.«

Im selben Moment klingelt Nadines Handy.

»Marielle«, sagt sie nach einem Blick auf das Display.

Sie meldet sich und lauscht gespannt. Binnen Minuten wechselt ihr Gesichtsausdruck mehrmals. Sigrid sieht sie mehrfach von der Seite an. »Was gibt's?«, fragt sie.

»Du glaubst es nicht!«, sagt Nadine verdattert. »Eelco ist unverhofft gekommen, und Marielle meint, er wolle auf mich warten. Sie sitzen im Garten und trinken Cola.«

13

Im Grunde war es reichlich unvorsichtig von Marielle, Eelco einfach so ins Haus zu lassen, überlegt Nadine auf der Fahrt nach Leiden. Schließlich kennt sie ihn nicht und konnte auch nicht wissen, ob sein Besuch ihr, Nadine, überhaupt passt. Sie nimmt sich vor, später mit ihrer Tochter ein ernstes Wort zu reden.

Doch diese Überlegung tritt angesichts des Glücksgefühls, das sie durchströmt, rasch wieder in den Hintergrund. Eelco ist extra ihretwegen aus Amsterdam gekommen, also muss ihm etwas an ihr liegen!

Als Sigrid vor Nadines Haus hält, packt diese ihre Sachen, und sie steigen aus.

»Ich bin gespannt wie ein Flitzebogen«, meint Sigrid. »So begeistert warst du schon lange nicht mehr von einem Mann.«

»Womöglich ist er schon wieder gegangen«, unkt Nadine.

Aber Eelco sitzt nach wie vor auf der Terrasse. Marielle hat Knabbereien hingestellt und gibt in der Küche gerade Eiswürfel in die Gläser.

»Ich dachte, Eelco würde vorher anrufen, statt unangemeldet vorbeizukommen«, sagt Nadine.

»Ist doch nett, oder? Wir haben uns jedenfalls gut unterhalten. Geh schon mal raus, er wartet schon eine Ewigkeit. Hi Sigrid, willst du auch eine Cola?«

»Gern. Mit viel Eis, bitte.« Neugierig reckt Sigrid den Hals, um einen Blick auf Eelco zu erhaschen.

Nadine geht ein wenig nervös an Marielle vorbei zur Terrasse.

»So eine Überraschung!«, sagt sie.

Eelco steht auf, als er sie sieht.

»Ich hatte in Leiden zu tun«, sagt er, »und habe angerufen, dich aber nicht erreicht. Als ich dann in deiner Nähe war, dachte ich, ich schau auf gut Glück mal vorbei.«

Er grinst verlegen, als erwartete er eine reservierte Reaktion oder gar Vorwürfe, doch Nadine lächelt.

»Wie ich sehe, hat Marielle sich als Gastgeberin bewährt.« Sie dreht sich zu ihrer Tochter und Sigrid um, die nun ebenfalls auf der Terrasse stehen. »Darf ich vorstellen: meine Freundin Sigrid ... Eelco.«

»Jetzt wirst du den Löwen zum Fraß vorgeworfen«, neckt Sigrid. »Ich habe rasch noch Nadines Eltern angerufen, sie können jeden Moment hier sein.«

Nadine versetzt Sigrid einen Stoß zwischen die Rippen. »Glaub ihr kein Wort«, sagt sie zu Eelco. »Meine Eltern sind irgendwo in Bulgarien unterwegs.«

Er lacht, nimmt wieder Platz, und bald unterhalten sie sich angeregt.

Eelco mustert Nadine und Marielle, die nebeneinandersitzen, und meint unvermittelt: »Ihr beide seht euch unglaublich ähnlich. Wie Schwestern!«

Nadine registriert Marielles Grimasse, sie weiß genau, was in ihr vorgeht. Für eine Mutter ist es ein hübsches Kompliment, mit der Tochter verglichen zu werden. Doch die Tochter mit ihrem starken Bedürfnis nach Abgrenzung hört so etwas weniger gern.

»So sehr auch wieder nicht«, schwächt Nadine ab, doch Sigrid mischt sich ein und meint, Marielle sei in der Tat eine jüngere Ausgabe ihrer Mutter.

»Im Gegensatz zu Marielle war ich eine Spätentwicklerin.« Nadine zwinkert ihrer Tochter zu. »Sie hat einen ausgeprägten eigenen Stil, was man von mir in dem Alter nicht behaupten konnte.«

»Die Zeiten haben sich geändert«, sagt Eelco. »Heutzutage wird man rund um die Uhr mit Informationen versorgt und weiß, was gerade in ist und so weiter. Übers Internet lernt man Leute kennen, die am anderen Ende der Welt leben. Die heutige Jugend wird viel schneller erwachsen. Oft sehe ich Mädchen, die ich auf achtzehn schätze, in Wirklichkeit sind sie aber dreizehn.«

»Das stimmt.« Sigrid nickt. »Und irgendwie ähneln sie sich alle: stark geschminkt, Nabelpiercing, Stöckelschuhe, cooles Gehabe …«

»Das gilt längst nicht für alle!«, protestiert Marielle.

»Für dich nicht, aber für viele andere schon. Ich bin jedenfalls froh, dass ich keine Töchter habe. Es muss ein hartes Stück Arbeit sein, sie vernünftig großzuziehen«, meint Sigrid. Dann wechselt sie das Thema: »Nadine hat erwähnt, dass du Verleger bist«, wendet sie sich an Eelco. »Da kriegst du bestimmt stapelweise Manuskripte zugeschickt. Liest du die alle?«

»Nur, wenn es der Mühe wert ist. Bei uns treffen die Lektoren eine Vorauswahl, und wenn ihnen ein Manuskript gefällt, sehe ich es mir an. Oft weiß man schon nach wenigen Seiten, woran man ist. Sicherheitshalber liest man noch ein Stück weiter, aber wenn es dann nicht besser wird, landet das Manuskript auf dem Ablehnungsstapel.«

»Das heißt also, Absagen, in denen steht ›Ihr Roman passt leider nicht in unser Programm‹, bedeuten allesamt ›Sie können nicht schreiben, also belästigen Sie uns bitte nicht mit Ihren Ergüssen‹«, schlussfolgert Nadine.

»Nicht immer. Manchmal ist die Geschichte durchaus gut, aber völlig anders als das, was der Verlag normalerweise publiziert. Aber im Grunde hast du nicht unrecht: Die Floskel ist in neunzig Prozent der Fälle eine höfliche Umschreibung dafür, dass das Manuskript nichts taugt. Dass es bei dir nicht so ist, habe ich dir ja bereits gesagt.« Eelco legt die Hand auf Nadines Arm.

Das bleibt weder Marielle noch Sigrid verborgen, und Nadine fühlt sich leicht unbehaglich. Doch dann entspannt sie sich und nimmt Eelcos Hand. Eine kleine, aber bedeutungsvolle Geste.

Ob das der Grund ist, aus dem Marielle unvermittelt aufsteht und ins Haus geht? Vielleicht hat sie auch einfach genug und will in ihr Zimmer, um auf MSN zu chatten.

Kurz darauf verabschiedet sich auch Sigrid.

»Ihr wollt jetzt bestimmt allein sein«, sagt sie und zwinkert Nadine zu, als diese sie zur Tür bringt. »Ein netter Mann, ich muss schon sagen!« Sie küsst Nadine auf die Wange, steigt ins Auto und fährt davon.

Nadine sieht ihr nach, bis sie um die Ecke biegt, und geht dann wieder auf die Terrasse.

Eelco schlendert durch den Garten, vorbei an den violetten und lavendelfarbenen Blumenrabatten.

»Du hast wohl einen grünen Daumen«, meint er, als Nadine neben ihm stehen bleibt.

»Ja, bei der Gartenarbeit kann ich mich wunderbar entspannen. Ich bin zwar keine Expertin, aber es macht mir Freude, mir Farbkombinationen auszudenken und die Beete immer wieder neu zu gestalten.«

»Und genau darauf kommt es an«, sagt Eelco. »Dass du Spaß an der Sache hast.«

Sie nickt und fragt dann: »Hast du mein Manuskript eigentlich schon an deine Bekannte bei Aurora geschickt?«

»Das hatte ich dir doch versprochen. Ich habe mit Cynthia telefoniert, und sie war von der Beschreibung sehr angetan. Vielleicht sollte ich das nicht erwähnen, weil du sonst enttäuscht bist, wenn es dann doch auf eine Ablehnung hinausläuft.«

»Enttäuschungen bin ich mittlerweile gewöhnt.«

»Ich weiß.« Er greift nach ihrer Hand. »Aber ich will alles tun, um das zu ändern.« Er sieht ihr tief in die Augen, und mit einem Mal fühlt sie sich wie einst mit sechzehn und weiß, dass sie jetzt genauso lacht wie Marielle.

Eelco beugt sich zu ihr. Als er sie küsst, wird ihr so heiß wie bei einem Fieberschub.

Er schiebt die Hand unter ihr Top. Fast widerwillig löst sie sich von ihm.

»Marielle ist doch hier«, sagt sie mit einem verstohlenen Blick zum Zimmerfenster ihrer Tochter. Die Jalousien sind zwar geschlossen, doch sie kann sich gut vorstellen, dass Marielle durch die Ritzen späht.

Er nickt verständnisvoll, und leicht verlegen stehen sie voreinander. Nadine will gerade fragen, ob er noch etwas trinken möchte, als er sie erneut an sich zieht.

»Lass uns gehen. Wir essen in einem netten Restaurant und machen dann einen langen Spaziergang – irgendwo, wo wir allein sind.«

So verlockend das auch klingt, Nadine schüttelt den Kopf. »Das geht wirklich nicht. Ich lasse Marielle ohnehin viel zu oft allein. Heute Abend will ich zu Hause bleiben.«

Eelco ist die Enttäuschung deutlich anzusehen, doch er findet sich damit ab. »Du hast recht. Trotzdem, ich bin verrückt nach dir, Nadine. Seit ich dich zum ersten Mal sah, denke ich ständig an dich.«

»Ich doch auch«, sagt sie leise. »Aber diesmal will ich mir Zeit lassen.«

»Gut, so machen wir's. Dann gehe ich also jetzt, und du widmest dich heute Abend deiner Tochter.

Vielleicht können wir ja morgen etwas zu dritt unternehmen. Weißt du was? Ich führe euch beide zum Essen aus!«

Lachend schüttelt Nadine den Kopf. »Marielle hat sicherlich etwas Besseres vor, als mit uns beiden auszugehen.«

»Hat sie einen Freund?«

»Kann gut sein. Sie erzählt mir nicht viel«, meint Nadine gelassen.

»Teenager …« Eelco schüttelt den Kopf.

»Hast du Kinder?«, fragt Nadine unvermittelt.

»Zwei Jungen. Sie leben bei meiner Ex.«

»Oh, du bist also geschieden.«

»Schon seit vier Jahren. Sonst wäre ich heute kaum hier.«

»Na ja … bei Männern weiß man das nie so genau. Ich bin ganz selbstverständlich davon ausgegangen, dass du nicht verheiratet bist.«

Eelco küsst sie auf die Nasenspitze. »Das Schicksal hat uns zusammengeführt. Als ich dich in der ›Bonte Koe‹ sah, konnte ich mir nicht vorstellen, dass du noch zu haben bist. Du bist so schön, so spontan und sympathisch. Die kann jeden haben, dachte ich.«

Das Kompliment entlockt Nadine ein Lächeln.

»Über mangelndes Interesse kann ich nicht klagen, aber wie du weißt, hält es nie lange an. Vielleicht liegt es an mir?«

Eelco streicht ihr das Haar aus dem Gesicht.

»Mir ist es ernst«, sagt er mit rauer Stimme.

14

Als Eelco gegangen ist, bleibt Nadine gedankenverloren in der Diele stehen.

»Ist er weg?« Marielle späht neugierig aus ihrem Zimmer.

Nadine hebt den Blick. »Ja, er ist weg. Er wollte heute Abend noch mit mir weg, aber ich will das Ganze lieber langsam angehen.«

»Warum denn?« Mit federnden Schritten kommt Marielle die Treppe herunter. »Du stehst doch auf ihn, oder? Und er mag dich auch, was also hindert dich?«

»Ein wenig Besonnenheit kann nicht schaden«, antwortet Nadine. »Darüber wollte ich übrigens noch mit dir reden. Wenn das nächste Mal ein Unbekannter an der Tür klingelt und nach mir fragt, solltest du ihn nicht einfach ins Haus lassen. In Eelcos Fall war das zwar kein Problem, aber es hätte durchaus sein können, dass mir sein Besuch nicht passt. Und es gefällt mir auch nicht, dass du stundenlang mit jemandem allein bist, den du nicht kennst.«

»Du hast mir doch von ihm erzählt. Ich dachte, du freust dich, dass er gekommen ist.«

»Sicher freue ich mich«, gibt Nadine zu. »Aber es geht ums Prinzip. Du solltest in diesen Dingen etwas vorsichtiger sein.«

»Okay, Mam«, lenkt Marielle sofort ein. Sie mustert Nadine von der Seite. »Ich wollte dich auch noch was fragen: Darf ich heute ins ›Oloroso‹?«

Nadine sieht ihre Tochter verwundert an. »Warum ausgerechnet ins ›Oloroso‹?«

»Einfach so, weil's eine coole Kneipe ist.«

Nadine ist unschlüssig. »Ich weiß nicht recht. Da gehen doch eher Leute hin, die älter sind als du.«

»Aber nicht nur. Also, darf ich?«

»Mit wem willst du denn hin?«

Ein kurzes Zögern. »Mit ein paar Freunden.«

»Mit was für Freunden? Marielle, bevor ich dir das erlaube, will ich wissen, mit wem du Umgang hast. Ich finde es reichlich seltsam, dass ich deine Freunde noch nie zu Gesicht bekommen habe.«

»Was ist daran seltsam? Vertraust du mir etwa nicht?«

»Damit hat das nichts zu tun. Ich …«

»Damit hat das sehr wohl etwas zu tun! Wenn du Vertrauen zu mir hättest, würdest du mich einfach machen lassen.«

»Mütter, die ihre Kinder einfach machen lassen, wie du es nennst, sind keine richtigen Mütter«, weist Nadine sie zurecht. »Es ist meine Aufgabe, dich im Auge zu behalten. So etwas nennt man Erziehung, und das ist nicht immer einfach! Viel leichter wäre es, wenn ich dir alle Freiheiten ließe, um auf diese Weise

Streitereien zu vermeiden. Aber so läuft das nicht. Vertrauen muss man sich verdienen, und ich habe in letzter Zeit verstärkt das Gefühl, dass du mir etwas verheimlichst.«

»Was soll denn das jetzt wieder!?« Marielle läuft rot an und schnappt nach Luft.

»Du tust so geheimnisvoll. Ich weiß überhaupt nicht mehr, was du in deiner Freizeit machst. Und das passt mir nicht.«

»Weil du ein Kontrollfreak bist und mir kein eigenes Leben gönnst!«, platzt es aus Marielle heraus. »Es geht dich überhaupt nichts an, mit wem ich zusammen bin!«

»Das geht mich sehr wohl etwas an. Und solange ich das nicht weiß, bleibst du hier! Du hast die Wahl!«

Nadine dreht sich um und geht ins Wohnzimmer. Ihre Hände zittern. Wie sie solche Szenen hasst! Es ist, als würde ihre eigene Mutter aus ihr sprechen.

Die Haustür fällt ins Schloss. Also ist Marielle trotz ihres Verbots gegangen. Einen Moment lang ist Nadine versucht, ihr nachzurennen, lässt es aber bleiben, weil sie keine Lust hat, sich den Abend komplett zu verderben. Sie nimmt sich vor, erst einmal zu duschen und sich anschließend in Ruhe zu überlegen, wie sie in Zukunft mit solchen Situationen umgehen will.

Eine halbe Stunde später kommt sie aus dem Badezimmer, zieht ein T-Shirt, eine dreiviertellange Jeans und Slipper an. Ihre Wut auf Marielle ist noch nicht ganz verraucht, aber immerhin hat sie sich so weit beruhigt, dass sie nachher in Ruhe mit ihr reden kann. Schließlich muss sie als Erwachsene mit gutem Beispiel vorangehen.

Gegen elf läutet das Telefon. Sie geht ins Wohnzimmer und nimmt ab.

»Nadine van Mourik.«

»Ich bin's, Arnout. Hast du schon das Neueste gehört?«

Eine leise Unruhe erfasst sie. Mit ihrem Kollegen Arnout versteht sie sich zwar bestens, aber privaten Kontakt haben sie kaum. Nur wenn es bei der Zeitung etwas Spektakuläres gibt, ruft er sie zu Hause an. Vermutlich hat er als frisch geschiedener Mann hin und wieder das Bedürfnis, über die belastenden Dinge zu sprechen, mit denen er als Kriminalreporter konfrontiert ist.

»Was soll ich gehört haben?«

»Eine Sechzehnjährige ist verschwunden, schon seit über vierundzwanzig Stunden.«

»Oh nein«, sagt Nadine leise. »Und nun vermutet man, dass sie umgebracht wurde?«

»Ja, und zwar, weil sie dieser Melissa sehr ähnlich sieht.«

»Meine Tochter hat auch lange dunkle Haare.«

»Ich weiß«, sagt Arnout. »Pass gut auf sie auf.«

Nachdem er aufgelegt hat, tritt Nadine ans Fenster. Bestimmt ist Marielle nichts passiert. Trotzdem steigert sich die Nervosität mit jeder Minute. Sofort wählt sie Marielles Handynummer – vergeblich.

Angst schnürt ihr die Kehle zu. Eine irrationale

Angst, redet sie sich ein. Doch seit Christiaans Unfalltod hat die Angst sie nie mehr ganz losgelassen.

Sie schließt die Augen und atmet mehrmals tief durch: ein durch die Nase, aus durch den Mund. Sie fixiert den Laternenpfahl auf der anderen Straßenseite so intensiv, dass sie bald nur noch verschwommen sieht und die Muskeln in Nacken und Schultern sich lockern. Mit diesem Trick gelingt es ihr oft, sich zu entspannen, aber heute funktioniert er nicht.

Mit zwei Fingern massiert sie die pochende Stirn.

Wo ist Marielle? Die Angst wird übermächtig. Vor ihrem inneren Auge sieht sie ihre Tochter reglos in einem Park liegen, das braune Haar blutverschmiert, die Augen, die ihr nach einem qualvollen Erstickungstod aus dem Kopf quellen. Das Bild ist so deutlich, dass sie hemmungslos zu weinen beginnt.

Es ist schon nach Mitternacht, und wieder steht Nadine am Fenster. Ein letztes Mal blickt sie auf die Straße hinaus und hofft inständig, dass ihr das schlimmste Telefonat ihres Lebens erspart bleibt. Dass sie sich nicht dabei zuhören muss, wie sie ihre eigene Tochter als vermisst meldet. Doch jetzt wählt sie den Notruf, und als es am anderen Ende klingelt, überläuft sie eine eisige Kälte.

»Guten Abend, hier ist die Polizeiwache Leiden-Voorschoten. Was kann ich für Sie tun?«, meldet sich eine angenehme Männerstimme.

Ein Fahrrad biegt in die Straße ein. Atemlos presst Nadine das Gesicht gegen die Scheibe.

»Ich habe mich verwählt, entschuldigen Sie bitte die Störung«, sagt sie und legt auf.

Sie rennt zur Tür, reißt sie auf. Mit schuldbewusster Miene kommt Marielle auf das Haus zu, während sie das Rad neben sich herschiebt. Ein Blick in das Gesicht ihrer Mutter verrät ihr, welche Angst sie ausgestanden hat.

»Tut mir leid, Mam«, sagt sie leise. Sie lehnt das Rad an den Zaun und bleibt mit hängenden Schultern stehen.

Nadine läuft auf sie zu, nimmt sie in die Arme und drückt sie fest an sich.

*

Kurz nach meinem neunten Geburtstag hat meine Mutter uns verlassen. Bis dahin hatte ich mit all meiner Liebe an ihr gehangen. Und sie hat mich mit Sicherheit auch geliebt, allerdings nicht so sehr, dass sie bereit gewesen wäre, ein Opfer zu bringen.

Meine Mutter war eine attraktive, intelligente Frau. Sie arbeitete ganztags in einer Exportfirma, wo sie als ehrgeizige Mitarbeiterin rasch Karriere machte. Dabei bemühte sie sich stets, auch Zeit für die Familie zu haben. Doch ich spürte genau, dass sie zu Hause immer ein wenig abwesend war. Die Arbeit stand für sie an erster Stelle – und mir kam es vor, als wäre sie durch unsichtbare Fäden ständig damit verbunden. Wenn sie abends mit mir spielte oder am Wochenende bei einem Sportwettkampf am Spielfeldrand stand, um mich anzufeuern, war ihr die Unruhe deutlich anzumerken.

Schon als kleines Kind entgingen mir diese Signale nicht. Sie hatte dann immer so ein nervöses Zucken um den Mund und sah ständig auf die Uhr.

Als sie eines Tages ankündigte, sie ziehe demnächst aus, war ich fassungslos. Anfangs dachte ich, es sei meine Schuld, weil ich immer wieder Zeit und Zuwendung eingefordert hatte, statt sie in Ruhe arbeiten zu lassen. Dieses Schuldgefühl blieb bestehen – auch als mein Vater sagte, sie habe einen anderen Mann: einen Kanadier, der für ein halbes Jahr in ihrer Firma arbeite.

Sehr viel später – ich stand kurz vor dem Abitur – erzählte sie mir, dass es zwischen ihr und Jack sofort gefunkt habe. Jack habe Gefühle und Sehnsüchte in ihr wiederaufleben lassen, die lange verschüttet gewesen seien.

Damals, mit neun, hatte ich von alldem nichts mitbekommen. »Willst du jetzt in Kanada wohnen?«, fragte ich entgeistert, als sie ihre Sachen packte.

»Einen Teil des Jahres«, sagte sie und legte mir den Arm um die Schultern. »Ansonsten wohne ich hier, in Holland. Du weißt schon, wegen meiner Arbeit.«

»Du sollst aber nicht weggehen, Mama!« Wie eine Ertrinkende klammerte ich mich an sie. Sie versuchte mich zu trösten, drückte mich fest – und ging.

Die ersten Monate rief sie noch öfter an und schickte Briefe, aber das wurde bald weniger. Anfangs machte mich jedes Lebenszeichen überglücklich. Wenn sie schrieb, ich würde ihr sehr fehlen, sah ich darin den Beweis, dass sie ohne mich nicht leben konnte. Das nährte meine Hoffnung, dass sie bald wiederkommen würde.

Aber dem war nicht so. Mit der Zeit schlief der Kontakt nahezu ein. Aber an mir lag das nicht: Ich saß stundenlang in meinem Zimmer, schrieb ihr Briefe und wartete dann sehnsüchtig auf Antwort. Nur hin und wieder schickte sie ein paar nichtssagende Zeilen.

Als ich in die Pubertät kam, hatte ich die Nase voll und stellte das Briefeschreiben ein.

Was einem in der Kindheit entgangen ist, lässt sich nicht mehr aufholen. Die Vergangenheit nagt an mir wie ein Hund an einem Knochen. Es muss nicht still sein, damit ich das Knirschen höre – in meinem Innern ist es ständig wahrnehmbar.

15

»Wie war dein Wochenende?«, fragt Marijke.

Es ist Montagmorgen, der Arbeitstag hat begonnen, und Nadine sitzt ihr gegenüber.

Die vermisste Sechzehnjährige ist wieder aufgetaucht: Sie war von zu Hause weggelaufen und hatte sich bei einem Freund in Amsterdam einquartiert. Die Erleichterung ist groß – nicht nur bei den Eltern des Mädchens.

»Wie immer, nichts Besonderes.« Nadine will weder von ihrem Buch noch von Eelco erzählen. Marijke ist zwar nett, aber niemand, den man gern ins Vertrauen zieht. Was man ihr mitteilt, kann man ebenso gut gleich in die Zeitung setzen. Außerdem lassen sich ihre Wochenenderlebnisse ohnehin nicht in ein paar wenigen Worten zusammenfassen.

Die Angst um Marielle steckt ihr noch ein wenig in den Knochen, deshalb nimmt sie sich den Fall der ermordeten Melissa besonders zu Herzen. Das Ganze hat ihr so zugesetzt, dass sie sogar Eelco absagte, der am Sonntag kommen wollte. Stattdessen hat sie Zeit mit Marielle verbracht, die wider Erwarten ihre Freunde zum Grillen eingeladen hatte.

Die Jugendlichen, mit denen Marielle sich derzeit umgibt, findet Nadine durchaus sympathisch. Ein Junge namens Ruben war allerdings nicht dabei. Auf ihr neuerliches Nachfragen hatte Marielle behauptet, Ruben gehöre nicht zu ihrem engeren Freundeskreis, und am Abend im Garten war der Name nicht ein einziges Mal gefallen.

Nadine hatte sich große Mühe gegeben, es Marielles Clique nett zu machen; sie fuhr sogar noch zur Tankstelle, um Alkopops zu kaufen, weil »nur Cola« nicht cool genug war.

»Was hast du denn unternommen?«, fragt Nadine, als die Kollegin sie weiterhin ansieht.

Mit einem Seufzer wirft Marijke die grauen Haare zurück. »Meine Tochter war mit den Zwillingen zu Besuch. Das hat mich zwar gefreut, aber ich war dann bis spätabends mit Aufräumen beschäftigt. Unfassbar, was diese zwei Knirpse für ein Chaos anrichten können!«

Nadine nickt verständnisvoll.

Inzwischen ist ihr Computer hochgefahren. Sie öffnet Outlook, gleich darauf füllt sich die Mailbox.

Nadine überfliegt die Absender und Betreffzeilen. Die Buchhandlung Kooyker kündigt eine Lesung an, der Kunstverein »De Burcht« schickt sein Monatsprogramm … Nadine beantwortet längst nicht alle Mails, obwohl sie weiß, dass dann jede Menge Nachfasstelefonate zu erwarten sind. Es ist nicht leicht, den Leuten klarzumachen, dass die Kulturseite schnell gefüllt ist. Oft kann sie allenfalls eine Erwähnung im wöchentlichen Veranstaltungskalender anbieten.

Um halb zehn beginnt die morgendliche Besprechung. Sie steht noch ganz im Zeichen des Mordes an Melissa Martens.

»Wir müssen unbedingt mehr in Erfahrung bringen«, meint Roel. »Die Leser wollen wissen, was Sache ist und ob die Polizei schon einen Täter im Visier hat.«

»Ich rufe nachher den Pressesprecher an«, sagt Arnout. »Mit Sicherheit liegen schon Erkenntnisse vor, aber ich schätze mal, dass er nichts sagen darf, um die Ermittlungen nicht zu behindern.«

Das Regionalpolizeikorps Holland-Mitte hat eine gut funktionierende Presseabteilung. Zweimal täglich werden die Medien über schwere Unfälle, Brände, Diebstähle, Überfälle und andere Delikte informiert. Dass die Polizei nicht alles nach draußen gibt, versteht sich von selbst, aber auch, dass die Journalisten sich nur selten mit den erhaltenen Informationen zufriedengeben.

Nadine stellt sich unwillkürlich vor, wie ihr Leben jetzt aussähe, wenn Marielle am Samstagabend nicht nach Hause gekommen wäre. Wenn sie das zweite Opfer geworden wäre und diese Meldung heute in der Zeitung stünde. Ihre Kollegen würden ihr voller Entsetzen und Mitleid ihr Beileid aussprechen, aber bald schon wieder zur Tagesordnung übergehen.

So läuft es nun einmal. Auch bei ihr: Es dauert nicht lange, und sie ist wieder ganz in ihre Arbeit vertieft.

Nach Feierabend fährt sie noch rasch zum Supermarkt, um einzukaufen. Der Einkaufswagen ist schnell voll, sie kann die Sachen kaum mit dem Rad transportieren. Zu Hause angekommen, schleppt sie die schweren Plastiktüten in die Küche. Marielle ist da, ihre Schultasche steht im Weg. Mit dem Fuß schiebt Nadine sie beiseite, dabei fällt die Tasche um, und der Inhalt verteilt sich auf dem Fußboden.

Seufzend räumt sie alles wieder ein – bis auf Marielles Taschenkalender. Er liegt aufgeschlagen da. Zwischen den Seiten stecken so viele Fotos und Zettel, dass er sich kaum noch schließen lässt.

Nadine nimmt das Klassenfoto zur Hand, das zu Anfang des Jahres gemacht wurde. Marielle hat ein Stück davon abgeschnitten, weil das Bild sonst nicht in ihren Kalender gepasst hätte. Ein großes Stück – es sind nur noch wenige Klassenkameraden zu sehen. Und der Lehrer. Er steht in der zweiten Reihe, seine Hand ruht auf der Schulter des Mädchens vor ihm. Es ist Marielle. So wie das Foto beschnitten wurde, bilden die beiden den Mittelpunkt.

Nachdenklich betrachtet Nadine das Foto. Wie heißt Marielles Klassenlehrer gleich noch mal? Offermans, genau. Sie hat ihn schon mehrmals bei Elternabenden und Schulaufführungen gesehen. Ein hochgewachsener junger Mann mit braunen Locken, kaum älter als fünfundzwanzig. Er ist ausgesprochen attraktiv und war Nadine sympathisch.

Sie hatten nicht nur über Marielles Schulleistungen gesprochen, sondern auch über ihre literarischen

Vorlieben, und Nadine hatte ihm sogar anvertraut, dass sie selbst schreibt.

Eine Vermutung beschleicht sie, und sie überlegt fieberhaft, wie Marielles Lehrer mit Vornamen heißt. Es will ihr aber nicht einfallen. Sie geht ins Wohnzimmer und sucht in der obersten Kommodenschublade nach dem Jahrbuch von Marielles Schule.

Sie setzt sich an den Esstisch und blättert die Seite auf, die sämtliche Namen der Lehrer enthält. Es stehen nur Initialen vor den Familiennamen, aber egal: Sie erinnert sich jetzt ganz deutlich an den ersten Elternabend zu Beginn des Schuljahrs. Marielle stand damals nicht gut in Niederländisch, deshalb hatte sie den Lehrer angesprochen. Er hatte ihr die Hand gegeben und sich vorgestellt: »Ruben Offermans«, hatte er gesagt. Ruben …

16

Sie streitet nichts ab. Fast wirkt es, als wäre sie erleichtert, dass das Versteckspiel nun ein Ende hat und sie offen zugeben kann, dass sie ihren Lehrer liebt. Er ist sechsundzwanzig, sie sechzehn. Dass der Altersunterschied viel zu groß ist, sieht sie ein, auch dass ihr Lehrer sich strafbar macht. Deshalb habe sie ja auch geschwiegen.

Viel gelaufen sei im Grunde nicht. Ein bisschen Flirten und hin und wieder ein Kuss. Nicht in der Schule, obwohl das auch einmal vorgekommen sei. Im Klassenzimmer nach Schulschluss, als sie sicher sein konnten, dass niemand mehr in der Nähe war.

Marielle erzählt, dass sich Ruben in letzter Zeit irgendwie verändert hätte. Er interessiere sich weniger für sie, gebe sich distanziert und sei oft kurz angebunden. Wahrscheinlich hätte er sich in eine andere verliebt. Vielleicht in eine Klassenkameradin oder ein Mädchen aus der Abiturklasse. Sie fahre immer wieder mit dem Rad an seinem Haus vorbei, habe aber bisher noch nichts herausgefunden.

Jetzt weint sie. Nadine streicht ihr tröstend übers Haar, aber innerlich kocht sie vor Wut auf diesen

Schuft, der ihrer Tochter erst den Kopf verdreht hat und sie dann einfach links liegen lässt.

Als Marielle sich einigermaßen beruhigt hat und auf ihr Zimmer gegangen ist, sucht Nadine Ruben Offermans' Telefonnummer heraus.

»Hier Offermans.«

»Guten Abend. Hier spricht Nadine van Mourik, Marielles Mutter.« Sie bemüht sich um einen sachlichen Tonfall. Der Name Marielle scheint zu genügen, um Ruben einen höflich-vorsichtigen Ton anschlagen zu lassen: »Guten Abend. Was kann ich für Sie tun?«

»Ich würde gern mit Ihnen sprechen. Aber nicht am Telefon, sondern persönlich.«

»Gern, demnächst findet ein Elternabend statt.«

»Das ist mir bekannt, aber zum einen ist es dringend, und zum anderen wird es mit Sicherheit ein längeres Gespräch«, sagt Nadine gelassen.

»Wenn das so ist … Ich schau mal eben in meinen Terminkalender.« Er klingt leicht nervös.

Nadine hört ihn blättern, dann sagt er: »Nächste Woche Mittwoch hätte ich Zeit. Donnerstag ginge auch, ganz wie es Ihnen passt.«

»Wie wäre es mit jetzt gleich?«

Sie sitzen sich in seinem Wohnzimmer gegenüber. Helle Buchenmöbel, ein Sofa mit orangefarbenem Überwurf – der Raum hat Atmosphäre und sieht ganz anders aus, als Nadine es bei einem jungen Mann erwarten würde.

Sie schlägt die Beine übereinander und lehnt sich zurück, damit er ihr die Nervosität nicht anmerkt. Im Grunde ist sie auch nicht nervös, sondern wütend. Die ganze Fahrt über hat sie versucht, ihre Gefühle unter Kontrolle zu bekommen. Der Wunsch, ihm eine kräftige Ohrfeige zu verpassen, war so übermächtig, dass sie sogar überlegt hat, ob es nicht besser wäre, das Treffen zu verschieben.

Aber als er ihr aufmacht und vor ihr steht, legt sich ihre Wut ein wenig. Der junge Mann, der sie hereinbittet, verlegen an seinem T-Shirt zupft und ihr etwas zu trinken anbietet, hat so gar nichts von dem Don Juan, den sie sich vorgestellt hatte.

»Sie können sich bestimmt denken, weshalb ich hier bin.« Nadine rückt die Kissen in ihrem Rücken zurecht. »Wir müssen miteinander reden, und zwar nicht über Marielles Schulnoten.«

Er nickt wortlos. Seine abwartende Haltung verrät, dass er noch hofft, sie sei wegen etwas ganz anderem gekommen.

Diese Hoffnung wird Nadine ihm gleich nehmen, aber sie geht es ruhig an: »Marielle kommt mir schon eine ganze Weile seltsam vor«, sagt sie mit Bedacht, anstatt ihn mit Vorwürfen zu überschütten. Von Angesicht zu Angesicht fällt es ihr keineswegs leichter, auf den Punkt zu kommen.

»Erst habe ich mir keine Gedanken darüber gemacht«, fährt sie fort, »weil ich dachte, das ist nun mal so in dem Alter. Heranwachsende haben schließlich öfter Stimmungsschwankungen.«

Ruben hört ihr zu und nickt, aber kein Wort kommt über seine Lippen.

»Ist Ihnen das auch an Marielle aufgefallen?«, fragt sie.

»Nicht dass ich wüsste.« Er ist auf der Hut. »Wissen Sie, ich habe viele Schüler und …«

»Aber manchen sind sie mehr zugeneigt als anderen, besonders den Schülerinnen, nicht wahr?«

Ihre Blicke treffen sich, messen sich miteinander.

Er lässt sich nicht aus der Reserve locken, also muss sie wohl direkt zur Sache kommen.

»Herr Offermans, Marielle hat mir vorhin alles erzählt: dass sie sich in Sie verliebt hat und Sie sie geküsst haben.« Ein leichtes Zittern in ihrer Stimme verrät, wie viel Selbstbeherrschung es sie kostet, Ruhe zu bewahren.

Mit einem tiefen Seufzer gibt Ruben Offermans sich geschlagen. »Glauben Sie mir, da war nicht viel, und jetzt ist es ohnehin vorbei. Ich bin schwach geworden, ja, das gebe ich zu. Als junger Gymnasiallehrer hat man es unter so vielen hübschen Mädchen nicht eben leicht. Mir ist natürlich bewusst, dass sie meine Schülerinnen sind, aber ich sehe sie auch oft in der Stadt oder in der Kneipe. Und manche wirken so erwachsen … man vergisst glatt, dass sie minderjährig sind.«

»Das sind sie aber. Und außerdem verletzlich«, sagt Nadine. »Schnell verliebt, leichtgläubig. Ein Lehrer muss sich darüber stets im Klaren sein.«

Sie mustert ihn. Mit Sicherheit ist ihm klar, dass er

einen Fehler begangen hat, und nun fürchtet er, seine Stelle zu verlieren.

»Sie haben vollkommen recht …«, murmelt er zerknirscht.

»Treffen Sie sich noch mit Marielle?«

Er schüttelt den Kopf. »Anfangs fand ich nichts dabei, mit ihr und anderen Mädchen ein wenig zu flirten. Manche legen es ja geradezu darauf an. Ich weiß, das ist keine Entschuldigung, und ich hätte Grenzen ziehen müssen. Aber mehr als eine Spielerei war das mit Marielle nicht. Ich hatte keine Ahnung, dass sie die Sache so ernst nimmt.«

»Sie haben meine Tochter geküsst«, sagt Nadine kühl. »Wie soll eine Sechzehnjährige das Ihrer Meinung nach verstehen?«

Er senkt den Blick.

»Was soll ich sagen?«, kommt es leise. »Es gibt da im Grunde keine Entschuldigung. Als ich einsah, dass es ein Fehler war, ging ich langsam auf Distanz. Ich habe zwar gemerkt, dass ich Marielle damit wehtat, und kam mir ziemlich mies dabei vor. Aber es war das Beste, was ich tun konnte.«

»Nein!« Nadine beugt sich vor. Ihre Stimme ist so leise wie seine, aber schneidend. »Sie hätten mit ihr reden, ihr die Situation erklären müssen! Wenn Sie das gemacht hätten, könnte ich noch ein wenig Respekt für Sie aufbringen. Aber so habe ich große Lust, Sie anzuzeigen.«

Der Satz hängt schwer im Raum.

Nadine behält Ruben genau im Auge. Sie ist auf

Bitten und Flehen eingestellt, sogar auf einen plötzlichen Wutausbruch, und bereit, in diesem Fall rasch aufzuspringen und zu gehen. Aber er verblüfft sie, indem er ergeben nickt.

»Damit hatte ich gerechnet«, murmelt er.

17

Es ist Marielle, die sie von ihrem Vorhaben abbringt. Sie bittet ihre Mutter inständig, von einer Anzeige abzusehen, damit die Sache nicht in der Schule publik wird.

»Ein paar Klassenkameradinnen haben schon so was vermutet«, erzählt sie. »Und wenn Ruben nun entlassen wird, wissen alle, was los ist. Dann redet die ganze Schule darüber.«

»Bestimmt wird der Rektor diskret vorgehen, sodass die anderen glauben, Ruben habe aus freien Stücken gekündigt«, sagt Nadine.

»So was bleibt doch nicht geheim, Mam. Selbst wenn alles diskret abläuft … geklatscht wird immer. Und ich will auf keinen Fall auch noch zum Gespött der ganzen Schule werden.«

Marielles Argumente geben schließlich den Ausschlag. Auch wenn Nadine nichts lieber täte, als Ruben Offermans zur Rechenschaft zu ziehen – die Belange ihrer Tochter gehen vor. Widerwillig fügt sie sich.

»Hat Ruben noch mal mit dir gesprochen?«, erkundigt sich Nadine.

Ja, Ruben habe ihr erklärt, dass er einen Fehler gemacht habe, so ihre Tochter. Dass er nun einmal ihr Lehrer sei und weiter nichts. Jetzt behandle er sie wie alle anderen – was Nadine sehr erleichtert.

Es ist Montagabend, eine Woche nach ihrem Besuch bei Ruben. Eelco hat sich gerade verabschiedet, nach einem gemeinsam verbrachten Wochenende, das sie verlängert haben, indem sie sich beide den Montag freigenommen haben.

Nadine geht in die Küche, schenkt sich ein Glas Wein ein und trägt es ins Arbeitszimmer. Zum ersten Mal an diesem Wochenende schaltet sie ihren Computer ein. Als sie Outlook öffnet, verschluckt sie sich prompt an ihrem Wein.

Aurora. Eine Mail vom Aurora Verlag!

Mit angehaltenem Atem klickt sie die Mail an und wartet gespannt. Ausgerechnet jetzt erscheint eine kleine Sanduhr auf dem Bildschirm. Das Laden zieht sich hin. Nervös trommelt Nadine mit den Fingern auf die Schreibtischplatte.

Dann erscheint endlich der Text. Nadine überfliegt die Zeilen:

Sehr geehrte Frau van Mourik,
Eelco van Ravensberg hat mir vor Kurzem Ihr Manuskript geschickt. Inzwischen bin ich dazu gekommen, es zu lesen, und es hat mich restlos überzeugt. Ich freue mich daher, Ihnen mitteilen zu können, dass Aurora Ihr Buch publizieren möchte.

Heute Nachmittag bin ich in einer Besprechung und daher leider nicht erreichbar. Dafür würde ich mich freuen, wenn Sie mich morgen anrufen.

Mit freundlichen Grüßen
Cynthia Goudriaan

Minutenlang starrt Nadine mit offenem Mund auf den Bildschirm, bis sie richtig begriffen hat, was diese Mail bedeutet. Dann überkommt sie ein unbeschreibliches Glücksgefühl.

Nachdem sie den Text mehrmals gelesen hat, schickt sie die freudige Nachricht in die Welt hinaus – an alle, die ihr die Daumen gedrückt haben.

18

An einem warmen, sommerlichen Junitag kommt Nadine am Amsterdamer Hauptbahnhof an.

Der Aurora-Verlag liegt an einer Gracht in der Innenstadt. Langsam schlendert sie den Damrak entlang. Eine Straßenbahn nach der anderen saust vorbei, aber was soll's: Sie hat eine eventuelle Zugverspätung einkalkuliert und daher noch reichlich Zeit bis zu ihrem Termin bei Cynthia Goudriaan.

Nadine genießt das bunte Treiben auf dem Dam, das Gewimmel der Touristen und eiligen Geschäftsleute. Eine Zeit lang betrachtet sie die lebenden Statuen auf dem Platz und amüsiert sich über eine Gruppe Japaner, die die grauen Stadttauben füttern und in der Wolke aus flatternden Flügeln fast verschwinden.

Nach einer Weile schlendert sie durch die Kalverstraat, biegt rechts in den Heiligeweg ein und geht in Richtung Leidsestraat. An der Brücke über die Keizersgracht sieht sie auf ihre Armbanduhr: 10 Uhr 36. Um elf soll sie bei Aurora sein, also erst in einer knappen halben Stunde.

Sie denkt an ihre Schreibfreunde, die alle höchst

überrascht waren, als sie die Mail mit der Erfolgsmeldung lasen. Leoni rief spontan an und versicherte, sie werde Nadines Roman, wenn er erst einmal erschienen sei, in den Buchhandlungen immer obenauf legen. Und Tom meinte, er wolle sich gleich mit einem ganzen Stapel eindecken und das Buch sämtlichen Freunden und Bekannten schenken.

Von Joella kam nur eine kurze Mail: *Dein Buch wird also erscheinen – wer hätte das gedacht? Hoffentlich verkauft es sich auch gut.*

Um sich die Zeit zu vertreiben, betritt Nadine die Buchhandlung Scheltema am Koningsplein. Um sie herum türmen sich die aktuellen Bestseller, darüber prangen Plakate und Banner mit Autorenporträts.

Nadine mustert ihre künftigen Kollegen und stellt sich vor, wie es sein wird, wenn bald auch von ihr ein riesengroßes Foto hier hängt.

Veerle van Oostveens neuester Roman wird auf einem separaten Tisch im Eingangsbereich präsentiert.

Nadine seufzt. Wenn ihr Buch doch auch so gut ankäme!

Eine Viertelstunde sieht sie sich um, nimmt Bücher zur Hand, legt sie wieder weg, träumt mit offenen Augen.

Schließlich verlässt sie das Geschäft und biegt in die Keizersgracht ein. Auf zu Aurora!

Schon bald muss sie feststellen, dass sie sich versehentlich auf der falschen Seite mit den ungeraden Hausnummern befindet. Das bedeutet einen Umweg bis zur nächsten Brücke, die noch ein ganzes Stück entfernt ist, danach muss sie auf der Gegenseite wieder zurück.

Sie beschleunigt ihre Schritte. Nicht auszudenken, wenn sie nun zu spät kommt, obwohl sie doch mehr als zeitig in Amsterdam war!

Punkt elf steht sie vor dem Verlagsgebäude mit dem schimmernden Messingschild, ziemlich außer Atem und leicht verschwitzt. Rasch zückt sie den Taschenspiegel, um ihr Aussehen zu prüfen, und wartet ein paar Minuten, bis ihr Herzschlag sich wieder beruhigt hat. Dann klingelt sie.

Durch die Gegensprechanlage wird sie nach ihrem Namen gefragt, und auf ihre Antwort hin geht der Türsummer.

Sie betritt einen schwarz-weiß gefliesten Vorraum mit hohen Glasvitrinen, in denen die Erfolgstitel des Verlags zu sehen sind. Eine faszinierende Vorstellung, dass ihr eigenes Buch bald darunter sein könnte!

Schritte auf der Treppe.

Eine Frau von Mitte dreißig mit schwarzer Kurzhaarfrisur kommt lächelnd auf sie zu und reicht ihr die Hand. »Hallo, Nadine. Ich bin Cynthia Goudriaan. Schön, dass Sie gekommen sind. Darf ich Ihnen die Jacke abnehmen?«

Cynthia hängt den Blazer an die Garderobe und fordert sie auf, ihr zu folgen.

Der freundliche Empfang macht Nadine Mut.

Cynthia führt sie die Treppe hinauf in ihr Büro. An den Wänden hängen Plakate von Buchcovern und großformatige Schwarz-Weiß-Fotos von Schriftstellern. Eine ganze Wand wird von Regalen eingenommen, in denen die Bücher säuberlich aufgereiht stehen. Der Raum wirkt großzügig und ausgesprochen ordentlich.

Cynthia deutet auf den Besuchersessel vor ihrem Schreibtisch. »Nehmen Sie Platz, Nadine. Kann ich Ihnen etwas zu trinken anbieten? Kaffee oder lieber Tee?«

»Kaffee bitte, mit Zucker.« Nadine setzt sich und stellt ihre Tasche auf den Boden. Als sie ihr Manuskript auf dem Schreibtisch liegen sieht, wird ihr plötzlich mulmig. Unwillkürlich krampft sich ihr Magen zusammen.

Sie lehnt sich im Sessel zurück und versucht, sich zu entspannen, indem sie den Blick auf die sattgrünen Baumkronen vor dem großen Fenster richtet.

Wieder einmal staunt sie, wie viele Bäume es mitten in der Großstadt gibt. Früher residierte an den Innenstadtgrachten die Crème de la Crème von Amsterdam. Aus dieser Zeit stammen auch die weitläufigen, kunstvoll angelegten Gärten auf der Rückseite der Herrenhäuser. Heute beherbergen die Gebäude zumeist Firmen.

Cynthia kommt wieder, stellt zwei Tassen Kaffee ab und nimmt an ihrem Schreibtisch Platz.

»Am besten kommen wir gleich zur Sache«, meint sie. »Ihr Manuskript gefällt mir sehr gut, Nadine. Ich habe es regelrecht verschlungen.«

»Das freut mich.« Nadine lächelt.

»Schreiben Sie schon lange?«

»An diesem Buch habe ich ein Jahr lang gearbeitet. Schriftstellerin werden wollte ich schon immer, habe aber bisher leider nur Absagen bekommen. Aber man darf einfach nicht aufgeben. Deshalb habe ich einen Schreibkurs gemacht und dabei viel gelernt.«

»Bei Froukje Smit, nicht wahr? Ich kenne sie gut. Ihre Kurse sind erstklassig. Und durch Froukje haben Sie Eelco van Ravensberg kennengelernt?«

»Richtig. Er hat sich für mein Buch interessiert, meinte dann aber, dass es nicht in sein Verlagsprogramm passe. Deshalb hat er es weitergeleitet.«

»Dafür sind wir ihm von Herzen dankbar!« Cynthia tippt mit dem Kugelschreiber auf Nadines Manuskript. »Ihre Geschichte ist stimmig und liest sich hervorragend. Im Grunde muss man nicht mehr viel daran machen, höchstens ein paar Kleinigkeiten.«

»Und zwar?«

»Nichts Wesentliches, wie gesagt.« Cynthia macht eine wegwerfende Geste. »Hie und da finde ich den Text etwas zu explizit. Was mir aufgefallen ist, habe ich angestrichen. Am besten sehen Sie sich das zu Hause in aller Ruhe an.«

In der nächsten halben Stunde besprechen sie den Plot und diskutieren über einen passenden Titel.

»Mir würde *Narben* am besten gefallen«, meint Cynthia schließlich.

Nadine hat keine Einwände.

Nachdem sie noch eine Weile entspannt geplaudert haben, führt Cynthia sie durch den Verlag und stellt sie verschiedenen Redakteuren, Marketing- und Vertriebsleuten vor.

Anschließend vereinbaren sie einen Termin, bis zu dem Nadine das Manuskript durchgesehen haben soll.

Kurz darauf geht sie mit einer Tasche voller Buchgeschenke an den imposanten Häusern entlang, die sich im Grachtenwasser spiegeln. Vor sich hin summend, erreicht sie den Koningsplein.

Eine volle Straßenbahn hält direkt vor ihr, aber sie steigt nicht ein. Sie hat ein Bedürfnis nach frischer Luft und Bewegung. Langsam geht sie in Richtung Hauptbahnhof.

Unterwegs holt sie ihr Handy hervor und erstattet Sigrid ausführlich Bericht.

19

Das Grillfest hat bereits begonnen. Im Garten steht ein langer, weiß gedeckter Tisch, darauf befinden sich allerlei Salate, Tiegel mit Soßen, Platten voller Tortillawraps, Maiskölbchen mit Butter, gebratener Spargel und Süßkartoffelspalten. Daneben perlt der Champagner in den Gläsern.

Um zu feiern, dass ihr Roman bei Aurora erscheinen wird, hat Nadine sich mächtig ins Zeug gelegt. Zum Glück spielt das Wetter mit, sodass die Gäste den milden Juniabend im Freien genießen können.

»Wahrscheinlich beschweren sich die Nachbarn gleich wegen des Rauchs«, sagt Nadine lachend zu Sigrid.

»Die werden sich schon daran gewöhnen«, meint Sigrid trocken. »Außerdem grillen bei dem herrlichen Wetter doch alle. Oh, da sind ja deine Eltern!«

Anna und Cor van Mourik kommen gerade auf die Terrasse, sonnengebräunt, aber noch sichtlich müde von der Reise. Nadine eilt auf sie zu und nimmt beide gleichzeitig in den Arm.

»Willkommen! Schön, dass ihr wieder zu Hause seid! Wann seid ihr angekommen?«

»Vor einer knappen Stunde.« Ihr Vater küsst sie herzhaft auf die Wange. »Wir haben noch nicht mal die Koffer ausgepackt.«

»Wie lange waren Sie insgesamt unterwegs?«, fragt Sigrid.

»Allein die Rückfahrt hat fast vier Wochen gedauert«, sagt Nadines Vater. »Aber wir haben uns Zeit gelassen und in Bulgarien und Tschechien mehrfach Station gemacht, um ein paar Städte anzusehen.«

»Ich habe zu Hause nur rasch geduscht und die Waschmaschine angestellt, dann sind wir gleich zu dir gefahren.« Anna zieht Nadine an sich. »Herzlichen Glückwunsch, mein Schatz! Ich freue mich ja so, dass dein Buch herauskommt. Endlich hat es geklappt!«

Als Eelco näher kommt, löst Nadine sich aus dem Arm ihrer Mutter.

»Darf ich vorstellen? Paps und Mam, das ist Eelco van Ravensberg. Eelco, das sind meine Eltern, Anna und Cor van Mourik.«

Eelco schüttelt den beiden die Hand.

»Ich fürchte, ich muss euch kurz allein lassen.« Nadine geht auf ihre Schreibfreunde zu, die soeben in den Garten kommen, und nimmt ihre Glückwünsche entgegen.

»Marielle hat uns reingelassen.« Tom küsst Nadine auf die Wange und meint lachend: »Deine Tochter wird immer hübscher – ganz die Mutter!«

Nadine hakt ihn freundschaftlich unter und zieht ihn etwas beiseite.

»Ich staune, dass Joella gekommen ist«, sagt sie leise.

Sie sehen zu Joella hinüber, die mit Leoni plaudert, Nadine aber noch keines Blickes gewürdigt hat.

»Sie ist irgendwie seltsam«, gibt Tom zu. »Wahrscheinlich beneidet sie dich. Mach dir nichts draus.«

»Mach ich auch nicht«, sagt Nadine, was jedoch nicht ganz stimmt, denn mit Joella konnte sie sich immer hervorragend über ihre Texte austauschen. Es tut ihr weh, dass sie nun auf Distanz geht.

»Ganz ehrlich, ich beneide dich auch ein wenig«, sagt Tom. »Natürlich gönne ich dir den Erfolg von Herzen, versteh mich nicht falsch …« Er sucht nach Worten.

»Dir selbst hättest du ihn aber auch gegönnt. Wer weiß, Tom: Was nicht ist, kann noch werden.«

»Du bist mir also nicht böse?«

»Wie könnte ich? Es ist doch nur verständlich.«

»Hallo, ihr beiden!«

Sie drehen sich gleichzeitig um und blicken direkt in Marielles Videokamera.

»Lass das, ich will nicht gefilmt werden!«, protestiert Nadine.

»Warum nicht? Wir feiern dein Buch! Wenn du erst mal berühmt bist und tolle Partys mit Champagner, Austern und Kaviar gibst, guckst du dir den Film an und denkst: So hat es angefangen, mit einem einfachen Grillfest.« Marielle grinst.

Tom lacht, Nadine dagegen murmelt, dass selbst ein »einfaches Grillfest« ganz ordentlich ins Geld gehe, und entfernt sich dann rasch aus dem Blickfeld der Kamera.

Tom folgt ihr und bestaunt das üppige Büfett. »Alle Achtung! Hast du das ganz allein vorbereitet?«

»Zum Glück nicht, Eelco hat tüchtig mitgeholfen. Wäre es nach mir gegangen, lägen jetzt bloß Hähnchenspieße auf dem Grill, aber das fand er nicht angemessen.« Ihr Blick ruht auf Eelco, der gerade die marinierten Lammkoteletts wendet.

Tom zwinkert ihr zu. »Anscheinend ist es was Ernstes mit euch beiden, was?«

»Ja«, sagt Nadine nachdenklich, »ich glaube schon.«

»Das klingt nicht sehr überzeugt.«

»Nun ja, ich bin nach ein paar weniger schönen Erfahrungen vorsichtig geworden. Aber allmählich glaube ich tatsächlich, dass er der Richtige ist. Zumindest hoffe ich das.«

»Ich auch. Du hast einen netten Mann verdient, einen, der dich aufrichtig liebt.«

Tom gibt sich locker, aber Nadine bemerkt den melancholischen Unterton.

»Das verdienen wir doch alle«, meint sie.

»Aber nicht jeder bekommt, was er verdient.«

Sie legt ihm die Hand auf den Arm. »Hast du die Sache mit Sharon noch nicht überwunden?«

»So was braucht Zeit, viel Zeit. Jetzt ist es schon eineinhalb Jahre her, dass sie sich von mir getrennt hat.« Tom schüttelt den Kopf, als könnte er es selbst nicht glauben. »Ich bin zwar über das Schlimmste hinweg, aber es fällt mir nach wie vor schwer, nach

Hause zu kommen, und kein Mensch ist da. Ich bin nun mal nicht fürs Alleinsein geschaffen.«

Er ringt sich ein Lächeln ab, als sich die Kamera erneut auf sie richtet.

»Jetzt nicht, Marielle!«, wehrt Nadine ab, doch Tom geht entschlossen zum Getränketisch und nimmt ein Glas Champagner.

»Genug gejammert! Heute haben wir allen Grund zum Feiern!« Er prostet ihr zu, bevor er sich unter die anderen Gäste mischt.

Gedankenverloren sieht Nadine ihm nach und merkt erst, dass Sigrid neben ihr steht, als diese sie anspricht.

»Tom ist in dich verliebt«, sagt sie, unverblümt wie immer. »Da müsste ich mich schon schwer täuschen.«

»Tom? Wie kommst du denn darauf?«

»Das spüre ich, und das sehe ich.«

»Dann spürst und siehst du mehr als ich.«

»Das wäre ja nicht das erste Mal! Aber es spielt keine Rolle, was Tom für dich empfindet, denn du hast ja Eelco. Ihr seid schwer verliebt, was? Sieht übrigens ganz so aus, als wäre Grillen sein Hobby. Wusstest du, dass die meisten Männer gern grillen? Das ist so ein Überbleibsel aus der Vorzeit, als sie Fleisch beschaffen mussten, um Frau und Kinder zu ernähren.«

»Ich dachte immer, die Männer hätten gejagt und die Frauen das Essen zubereitet«, sagt Nadine abwesend, den Blick nach wie vor auf Tom gerichtet.

»Es geht in erster Linie um das rohe Fleisch«, erklärt Sigrid. »Das ist es, was die Männer fasziniert.« Sie stippt ein Stück Baguette in ein Soßenschälchen, kostet und seufzt genüsslich. »Das ist keine Fertigsoße, stimmt's?«

»Nein. Die hat Eelco gemacht. Die anderen Sachen übrigens auch.«

»Was für ein Mann! Den musst du dir unbedingt warmhalten!«

Im Haus geht die Türklingel.

»Soll ich?« Sigrid macht sich auf den Weg, ohne die Antwort abzuwarten.

Während Nadine das Büfett inspiziert, wirft sie neugierig einen Blick zur Terrassentür und glaubt, ihren Augen nicht zu trauen, als Sigrid mit Ruben Offermans auftaucht.

20

Sichtlich verblüfft registriert er die vielen Leute im Garten und macht eine betretene Miene.

»Ich komme wohl ungelegen«, sagt er, als Nadine vor ihm steht. »Eigentlich wollte ich mich nur bedanken.« Er wartet, bis Sigrid sich entfernt hat, und fügt dann hinzu: »Weil Sie von einer Anzeige absehen wollen. Das zu hören, hat mich sehr erleichtert.«

»Es ging mir dabei um Marielle, nicht um Sie«, kontert Nadine. »Sie wollte kein Aufsehen. Wäre es nach mir gegangen, sähe die Sache anders aus.«

»Ich weiß. Und Sie hätten jedes Recht dazu gehabt.« Ruben zeigt auf das Büfett. »Und jetzt störe ich auch noch Ihr Fest.«

»Macht nichts. Möchten Sie etwas trinken?«

»Hm … eher nicht …«, meint Ruben.

Leoni kommt auf sie zu, bleibt überrascht stehen und sagt: »Hi Ruben, was machst du denn hier?«

Nadine mustert die beiden: »Ihr kennt euch?«

Sie nicken. Wie sich herausstellt, kennen sie sich aus der Kneipe.

Leoni hakt Ruben unter und schlendert mit ihm zum Getränketisch. Er scheint sich nicht recht wohl in seiner Haut zu fühlen, aber als noch eine weitere Bekannte – Joella – dazukommt, taut er langsam auf, und die drei unterhalten sich angeregt.

Leicht irritiert sieht Nadine ihnen hinterher. Ihr Blick wandert zu Marielle, die vom Rand der Terrasse aus eifrig filmt. Sie hat Ruben erspäht und nickt ihm zu – freundlich, aber distanziert.

Nadine geht in die Küche, schenkt sich ein Glas Wein ein und trinkt mit hastigen Schlucken.

»Vorsicht, das ist keine Limo.« Eelco steht plötzlich neben ihr.

»Ich weiß, aber mir war gerade so danach. Marielle hat nämlich Besuch bekommen.« Nadine weist mit dem Kinn auf Ruben.

»Aha. Das ist also ihr Lehrer. Bist du sauer, weil er gekommen ist?«

»Begeistert bin ich nicht gerade, aber sei's drum.«

Mehrere Kollegen von der Zeitung kommen durchs Gartentor. Schon von Weitem hört Nadine Arnouts Stimme: »Wo steckt unsere künftige Berühmtheit? Ich will sie küssen!«

Als sie die Neuankömmlinge begrüßt und zum Büfett geführt hat, sieht sie, wie Marielle und Ruben miteinander reden. Ein paar Worte nur, denn Marielle dreht sich gleich darauf zu ihrer Großmutter um.

Ruben kommt auf Nadine zu. »Marielle hat mir gerade erzählt, dass Ihr Buch erscheinen wird. Herzlichen Glückwunsch!«

»Danke. Ich freue mich sehr, dass es endlich so weit ist. Deshalb auch das Fest.«

»Wenn das kein Grund zum Feiern ist! Wann kommt das Buch denn heraus?«

Ganz entspannt ist ihre Unterhaltung nicht, doch nach einer Weile wird Nadine lockerer.

Später trägt sie eine Schüssel Salat ins Freie, und Joella gesellt sich zu ihr.

»Ruben ist also Marielles Lehrer«, sagt sie. »So ein Zufall.«

»Du scheinst ihn zu kennen.«

»Ja, aus dem ›Oloroso‹. Leoni ist auch oft dort. Guck nur, wie sie ihn anhimmelt. Ich glaube fast, sie ist in ihn verliebt.«

Etwas an ihrem Tonfall lässt Nadine aufhorchen. »Du etwa auch?«

»Ich kenne Ruben nur flüchtig«, sagt Joella. »Und irgendwie traue ich dem Burschen nicht.«

*

Irgendwann erfuhr ich, dass meine Mutter wieder ganz in die Niederlande ziehen wollte. Mich kümmerte das wenig, denn inzwischen war ich einundzwanzig, studierte in Amsterdam und hatte mein Leben voll im Griff. Ich hatte mich an ein Leben ohne sie gewöhnt, und so sollte es auch bleiben.

Mein Vater war zwei Jahre zuvor an einem Herzinfarkt gestorben. Ich hatte mich ans Alleinsein gewöhnt, genoss es sogar. In Beziehungen und Freundschaften wahrte ich stets Distanz, ließ niemanden näher an mich heran.

Zu meiner Bestürzung geriet all das ins Wanken, als meine Mutter wieder da war. Damit hatte ich nicht gerechnet, als ich ins Amstel Hotel ging, wo sie fürs Erste abgestiegen war. Wir hatten uns unter vier Augen treffen wollen, aber sie war nicht allein gekommen.

Wir saßen uns an einem Tisch in der Lobby gegenüber, und ich erfuhr, dass sie schon seit Jahren mit Jack verheiratet war, der gerade mit dem gemeinsamen Sohn die Stadt erkundete.

David hieß der Junge. Ihr Blick wurde weich, als sie ein Foto aus der Handtasche zog und es mir reichte.

Ich betrachtete das Bild meines Halbbruders, des Kindes, das sie *nicht* verlassen hatte, dem all ihre Liebe und Fürsorge galt. Er war neun, genauso alt wie ich, als meine Mutter weggegangen war. Und mit einem Mal kam alles wieder hoch – der Kummer, die Verzweiflung, die vergeblichen Hoffnungen. Ihr blieb das jedoch verborgen.

Wir plauderten wie alte Bekannte, die sich eine Zeit lang aus den Augen verloren hatten, und verabschiedeten uns dann mit einer Umarmung.

Es war ein Abschied für immer. Meine Mutter ging kurz auf ihr Zimmer, verließ aber bald das Hotel, um sich mit Mann und Sohn zu treffen. Sie hatten sich in der Innenstadt verabredet, und ich hatte ihr noch den kürzesten Weg erklärt.

Es gibt Situationen, in denen ich das Gefühl habe, dass sich meine Persönlichkeit aufspaltet und ein anderer Teil die Regie übernimmt. So war es auch damals.

Ich sehe noch deutlich vor mir, wie ich in der Nähe des Hotels auf sie warte. Ich folge ihr zum U-Bahn-Eingang und sehe, wie sie die Treppe hinabgeht.

Am Bahnsteig stehen jede Menge Leute, viele nahe an der Kante, um rasch einsteigen zu können. Als Kind hat es mir immer Angst gemacht, dass meine Mutter sich beim Einfahren der Bahn so dicht an die Gleise stellt. Diese Angewohnheit hat sie noch immer, und genau darauf baue ich.

Es ist einfacher als gedacht. Ein kräftiger Schubs mit dem Ellbogen reicht. Niemand hat es gesehen, niemand schöpft Verdacht. Perfekt ist ein Mord dann, wenn niemand ihn bemerkt. Und ein Unfall ist schließlich schnell passiert.

Warum muss ich plötzlich wieder an damals denken – ausgerechnet hier, bei strahlend schönem Wetter auf einer Gartenparty, die ich genieße? Vielleicht, weil Nadines Eltern unverhofft gekommen sind. Wenn ich sie sehe, muss ich unwillkürlich daran denken, wie es hätte sein können. Nadine hat ausgesprochen nette Eltern, sie sind freundlich, offen und tolerant. Auch in dieser Hinsicht ist sie zu beneiden.

Versonnen beobachte ich, wie sie mit ihren Gästen plaudert, von einem zum anderen geht, jeden Neuankömmling herzlich begrüßt.

Ich schrecke aus meinen Gedanken hoch, als plötzlich jemand neben mir steht.

Joella nickt zum Büfett hin. »Sieht lecker aus, nicht wahr? Was das wohl ist?« Sie deutet auf eine Platte mit Häppchen.

»Hähnchenrouladen mit einer Füllung aus Ricotta und Salbei.« Nadine hat es mir vorhin verraten.

»Hört sich gut an. Davon probiere ich gleich mal. Das muss eine Menge Arbeit gemacht haben. Kochst du eigentlich gern?«

»Ja, aber ich habe nur selten Zeit dafür. Du kennst das ja: Man kommt spät nach Hause, ist müde und hat keine Lust, für sich allein zu kochen.«

Sie nickt. »Wenn ich allein bin, schiebe ich auch rasch ein Fertiggericht in die Mikrowelle. Ist Ron da, kochen wir meist zusammen. Der eine schält Kartoffeln, der andere putzt Gemüse – zu zweit macht Kochen richtig Spaß.« Sie lässt den Blick über die plaudernden Gäste gleiten, die mit Plastiktellern in der Hand in kleinen Gruppen beisammenstehen.

Dann sieht sie mich unverwandt an, als wäre ihr plötzlich etwas eingefallen. »Sag mal, kanntest du eigentlich Melissa Martens?«

Ein lähmender Schreck durchzuckt mich, aber es gelingt mir, keine Miene zu verziehen. Mit hochgezogenen Augenbrauen sehe ich sie an: »Wieso fragst du?«

»Ich hab dich an dem Abend, an dem sie umgebracht wurde, im ›Oloroso‹ mit ihr reden sehen.«

Mein Magen krampft sich zusammen, mir bricht der kalte Schweiß aus.

»Daran kann ich mich gar nicht erinnern.«

»Ich schon«, sagt Joella. »Du hast mich nicht gesehen, weil ich in einer Nische saß, aber ich habe dich gesehen. Du hast dich an der Theke mit Melissa unterhalten.«

Um Zeit zu gewinnen, nehme ich ein Stück Baguette, beiße ab und kaue langsam.

»Kann gut sein. Ich bin öfter im ›Oloroso‹. Aber bestimmt hat sie dort auch noch mit anderen geredet.«

»Ja, später saß sie mit einem dunkelhaarigen Typen am anderen Ende der Theke. Aber dass du dich nicht mehr daran erinnerst? Sie ist doch am gleichen Abend umgebracht worden!«

»Offen gestanden *will* ich mich nicht mehr daran erinnern. Ich kannte Melissa nur flüchtig, aber als ich dann die Zeitungsmeldung las, war ich total erschrocken. Man denkt unwillkürlich, ach, hätte ich doch …«

»Hätte ich was?«

»Hätte ich sie nur nicht in diesem Zustand allein nach Hause gehen lassen. Sie war ziemlich beschwipst. Ich selbst hatte nur ein Bier getrunken und hätte sie ohne Weiteres nach Hause fahren können.«

»Ich kann verstehen, dass dich das beschäftigt«, sagt Joella. »Aber du konntest ja nicht ahnen, was passiert. Hast du es denn der Polizei gesagt?«

»Was?«

»Dass du mit Melissa geredet hast.«

»Warum sollte ich? Sie hat sich danach ja noch mit anderen unterhalten. Und wie gesagt, ich kannte sie kaum.«

Mit einem Mal wirkt Joella abwesend. Sie winkt einem Bekannten zu, sagt »Moment mal eben ...« und geht.

Nachdenklich sehe ich ihr nach. Verdammt, warum musste sie ausgerechnet an jenem Abend in der Kneipe sein?

Aus den Augenwinkeln registriere ich die Videokamera und bemühe mich um einen neutralen Gesichtsausdruck.

Marielle kommt näher.

»Filmst du mich schon lange?«

»Nö, eben erst angefangen.«

Meine Augen suchen Joella. Da drüben steht sie, den Blick auf mich gerichtet. Als sie merkt, dass ich sie ansehe, wendet sie sich schnell ab.

21

Am späten Abend, als viele Gäste schon angesäuselt sind und der Lärmpegel steigt, entschließen sich Nadines Eltern zum Aufbruch. In der Küche, wo ihre Tochter gerade eine Flasche Wein öffnet, verabschieden sie sich.

»Wir gehen dann mal«, sagt Cor. »Der Tag war lang und anstrengend. Ich bin fix und fertig, kann schon fast nicht mehr geradeaus gucken.«

»Er sieht schon alles doppelt«, scherzt Nadines Mutter und wirft einen vielsagenden Blick zur Terrasse.

Nadine geht nicht auf die dezente Kritik ein, sondern umarmt ihre Eltern. »Schön, dass ihr da wart! Ich komme diese Woche mal abends vorbei, damit wir uns in Ruhe unterhalten können.«

»Fein. Bring ruhig auch mal deinen Eelco mit. Er wirkt sehr nett, ich würde ihn gern besser kennenlernen«, sagt ihre Mutter. »Wo steckt eigentlich Marielle? Ihr will ich auch noch Tschüs sagen.«

»Keine Ahnung, vielleicht in ihrem Zimmer. Geh doch mal eben rauf.« Mit einem kräftigen Ruck am Korkenzieher befreit Nadine die Flasche vom Verschluss und gießt sich sogleich ein Glas ein. Nadines Mutter verschwindet und kehrt bald darauf zurück.

»Und? Ist Marielle in ihrem Zimmer?«, fragt Nadine sogleich.

»Ja. Sie sieht sich gerade ihre Videoaufnahmen an. Nadine, du passt doch gut auf das Kind auf, ja? Wir haben von dem Mord an der jungen Frau gehört. Marielle sollte abends nicht mehr unterwegs sein.«

»Sie ist sechzehn, Mam. Da kann ich sie wohl kaum zu Hause einsperren.«

»Sechzehn ist reichlich jung«, meint ihr Vater.

»In dem Alter ist man noch ein Kind«, bestätigt Anna. »Und Kinder muss man vor sich selbst schützen. Auch wenn sie älter wirken, als sie sind.«

»Marielle achtet darauf, dass sie bei Dunkelheit nicht allein unterwegs ist«, versichert Nadine ihrer Mutter. »Wenn sie ausgeht, fährt sie immer mit Freunden zusammen nach Hause. Und falls nicht, hole ich sie mit dem Auto ab.«

Halbwegs beruhigt verabschieden sich Nadines Eltern und besteigen ihr von der langen Fahrt staubiges und schmutziges Wohnmobil.

Nadine winkt ihnen nach, dann geht sie wieder ins Haus.

Es ist kühl geworden. Sie fröstelt und schlüpft in die Strickjacke, die über einem Stuhl hängt.

Langsam versammeln sich immer mehr Gäste im Wohnzimmer. Joella und Tom räumen das Büfett im Garten ab, Sigrid brüht Kaffee für die Nachtschwärmer auf.

»Du hast ausgesprochen nette Freunde, Nadine.« Eelco legt den Arm um sie. »Und morgen früh jede Menge Arbeit, fürchte ich«, fügt er hinzu.

»Ich hatte gehofft, dass du hier übernachtest.«

»Damit ich beim Aufräumen helfe?« Er grinst. »Ich weiß nicht so recht, ob das nach meinem Geschmack ist, nehme das Angebot aber trotzdem gern an.«

»Keine Angst, das haben wir im Nu geschafft. Und danach ist noch reichlich Zeit, etwas zu unternehmen.«

»Für morgen ist schönes Wetter angesagt. Sollen wir ein Boot mieten?«

»Gute Idee!« Nadine gibt ihm einen Kuss. »Das machen wir.«

»Nadine, ich muss los.« Joella kommt mit der Jacke überm Arm auf sie zu. »Es war ein schöner Abend, vielen Dank.« Sie zieht Nadine beiseite und fügt leise hinzu: »Können wir uns diese Woche mal treffen?«

»Klar. Ist irgendwas?«

Joella zuckt mit den Schultern. »Vielleicht. Ich weiß nicht so recht. Ich mache mir Gedanken über etwas, das sich heute Abend ergeben hat. Aber lass uns ein andermal darüber reden.«

»Ruf mich an, dann machen wir was aus.«

Joella nickt und verabschiedet sich.

22

Mit vereinten Kräften haben Nadine und Eelco am nächsten Morgen rasch Ordnung geschaffen. Als auch Marielle aufgestanden ist und verspricht, die Gartenmöbel wegzuräumen und staubzusaugen, brechen sie auf.

Sie mieten ein Boot und schippern stundenlang über die Kanäle um Leiden. Am späten Nachmittag legen sie an einem der vielen Terrassencafés an, und den Abend verbringen sie zu dritt in Nadines Garten.

Ganz beschwingt von dem gelungenen Wochenende fährt Nadine am Montagmorgen zur Arbeit. Eelco hat noch einmal bei ihr übernachtet, musste aber in aller Frühe los, um rechtzeitig in Amsterdam zu sein, sodass ein gemütliches Frühstück nicht mehr drin war. Die bevorstehende Arbeitswoche erscheint Nadine auf einmal sehr lang.

Kaum hat sie ihr Rad abgestellt, kommen bereits einige Kollegen auf sie zu, die rauchend im Freien gestanden haben.

»Hast du gehört? Schon wieder ein Mord!« In

Marijkes Tonfall schwingt Entsetzen mit, aber auch Sensationslust.

»Wie bitte?«

»Gestern Nacht.« Arnout hat eine tiefe Falte zwischen den Brauen und zieht an seiner Zigarette. »Man hat die Frau heute Morgen gefunden. Es gab eine Riesenaufregung, die angrenzenden Straßen wurden abgesperrt, und die Polizei hat sämtliche Anwohner befragt.«

»In deiner Gegend?«, fragt Nadine.

»Nein, in der Brucknerstraat. Dort wohnt ein Freund von mir. Er hat mich um sechs Uhr früh angerufen, und ich bin natürlich sofort hingefahren.« Arnout zeigt auf seine umgehängte Kameratasche. »Die Leute von der Spurensicherung waren gerade da und hatten über der Leiche eine Art Zelt aufgestellt, davon hab ich ein paar Bilder gemacht. Ich hab mich vor Ort umgehört, aber niemand hatte etwas beobachtet und/oder wusste, wer das Opfer ist. Die Frau lag angeblich am Straßenrand, zwischen zwei Mülltonnen, die zum Leeren rausgestellt waren.«

»Das ist ja entsetzlich!«, sagt Nadine. »Wie ist sie umgekommen?«

»Keine Ahnung, aber vermutlich erfahre ich gleich Genaueres.«

Sekunden später klingelt Arnouts Handy. Er holt es aus der Jackentasche, wirft einen raschen Blick aufs Display und entfernt sich ein paar Schritte.

Als Nadine auf die Eingangstür zugeht, klingelt auch ihr Handy.

»Ich bin's … Tom …«

Seine Stimme klingt so zittrig, dass Nadine unwillkürlich eine Gänsehaut bekommt.

»Was gibt's?« Sie merkt, dass sie höher spricht als sonst, fast schon schrill, so als erwartete sie eine Hiobsbotschaft.

»Es geht um Joella.«

Eine bleierne Stille tritt ein.

»Was ist mit Joella?«, drängt Nadine. »Jetzt sag schon!«

»Weißt du es noch nicht? Du arbeitest doch bei der Zeitung und hast bestimmt gehört, dass wieder jemand umgebracht wurde.«

»Ja …«

Nadine hört nur Toms unregelmäßige Atemzüge.

»Nein!«, flüstert sie. »Das kann nicht wahr sein! Ist Joella die Tote, die man heute Morgen in der Brucknerstraat gefunden hat?«

Tom schluchzt auf.

»Bist du ganz sicher? Irrst du dich auch nicht?«, fragt Nadine wider besseres Wissen.

»Ich irre mich nicht. Man weiß inzwischen, wer das Opfer ist. Joella hatte ihren Führerschein dabei. Jemand hat sie niedergeschlagen und danach erwürgt. Die ganze Stadt redet schon davon. Und es ist alles meine Schuld, Nadine!«

»Deine Schuld? Wieso denn das?«

»Wir waren gestern Abend zusammen aus, und Joella ist auf dem Nachhauseweg überfallen worden. Sie wollte den Bus nehmen, obwohl ich noch angeboten hatte, sie nach Hause zu fahren. Aber sie meinte, das sei nicht nötig, sie könne an der Brucknerstraat aussteigen, von dort seien es nur noch ein paar Schritte.«

»Oh nein …«

»Wenn ich darauf bestanden hätte, sie nach Hause zu fahren, wäre das nicht passiert. Verstehst du? Deshalb bin ich schuld, ich hätte es verhindern können und …«

»Ganz ruhig, Tom. Wo bist du jetzt?«

»Zu Hause. Ich bin völlig außer mir, weiß überhaupt nicht mehr, was ich machen soll! Garantiert wird die Polizei mich verdächtigen, schließlich haben Bekannte uns zusammen gesehen.«

»Am besten gehst du sofort zur Polizei und machst deine Aussage«, rät Nadine.

»Auf keinen Fall! Die nehmen mir eine DNA-Probe ab und dann …«

»Beruhige dich, du hast ja nichts zu verbergen.«

Sie hört, dass es bei Tom klingelt, gleich darauf sagt er, ganz gefasst: »Die stehen schon vor der Tür. Ich muss auflegen.«

Mit einem Mal wird Nadine von einem überwältigenden Schwindelgefühl erfasst. Gleich wird sie umkippen, ist jedoch außerstande, etwas dagegen zu tun. Als ihr schwarz vor Augen wird, spürt sie plötzlich einen starken Arm um die Schultern.

»Alles in Ordnung?«, erklingt Arnouts besorgte Stimme neben ihr. »Ist dir schlecht?«

»Ja, aber es geht schon wieder«, murmelt sie.

»Den Eindruck hab ich ganz und gar nicht. Komm mit, da drüben steht mein Auto.«

Nachdem Arnout ihr auf den Beifahrersitz geholfen hat, steigt er an der Fahrerseite ein und öffnet das Dach ein Stück, um frische Luft hereinzulassen. Jetzt, wo Nadine sitzt, weicht der Schwindel einem heftigen Weinkrampf. Sie schlägt die Hände vors Gesicht und schluchzt hemmungslos.

Arnout legt ihr tröstend die Hand auf die Schulter und wartet geduldig, bis sie sich einigermaßen beruhigt hat.

»Entschuldige bitte«, bringt sie mühsam hervor.

»Eine schlechte Nachricht?«

»Ja …« Sie blinzelt die Tränen weg. »Du hast doch beim Gartenfest am Samstag Joella kennengelernt, eine Freundin aus der Schreibgruppe. Das heißt, eine richtige Freundin ist sie nicht, eher eine gute Bekannte.« Sie wischt sich die Augen und sagt mit erstickter Stimme: »Sie ist … tot, Arnout. Die ermordete Frau, von der wir vorhin gesprochen haben, ist Joella.«

Wieder bricht sie in Tränen aus. Diesmal nimmt Arnout sie fest in die Arme.

23

Die Kollegen sind rührend um sie besorgt. Nadine wird ins Büro geführt, auf einen Stuhl bugsiert, und Marijke drückt ihr ein Glas Wasser in die Hand.

Arnout meint, in diesem Zustand könne sie unmöglich arbeiten, und bietet an, sie nach Hause zu bringen, aber Nadine wehrt ab.

»Es war nur der erste Schock«, erklärt sie. »Jetzt geht es wieder.«

»Ich finde auch, dass du dir den Tag freinehmen solltest, Nadine«, sagt Marijke. »Es bringt nichts, wenn du den Kummer unterdrückst, immerhin war Joella deine Freundin.«

»Ich habe nicht den Eindruck, dass sie ihren Kummer unterdrückt«, bemerkt Roel sachlich. »Aber du kannst selbstverständlich nach Hause gehen, wenn dir das lieber ist, Nadine.«

»Ich bleibe. Wenn ich allein herumsitze, wird es auch nicht besser. Ihr wart so lieb zu mir, vielen Dank. Ich fühle mich schon viel besser.«

Und eine wirklich gute Freundin war Joella auch wieder nicht, überlegt sie, schämt sich jedoch sogleich dieses Gedankens.

Sie setzt sich an ihren Schreibtisch.

Dass das Schicksal bei jemandem aus ihrer unmittelbaren Umgebung so zugeschlagen hat, geht ihr trotzdem nahe. Aber war Joella wirklich ein Zufallsopfer? War sie einfach nur zur falschen Zeit am falschen Ort? Wenn ja, kann man tatsächlich von Schicksal sprechen. Andererseits könnte sie den Täter aber auch gekannt haben, und dann wäre ihr Tod alles andere als ein Zufall. Womöglich besteht sogar ein Zusammenhang mit dem Mord an Melissa?

Plötzlich fällt Nadine ein, dass Joella sie sprechen wollte. Jetzt wird sie nicht erfahren, worum es ging.

Am späten Vormittag klingelt ihr Handy. Sie wirft einen Blick aufs Display. Marielle.

»Mam! Stimmt es, dass Joella tot ist? Ich hab vorhin davon gehört!« Marielles Stimme überschlägt sich fast.

»Ja, leider.« Nadine spürt einen Kloß im Hals.

»In der Schule reden alle über den Mord. Ich hab mich so was von erschrocken!«

»Wo bist du jetzt?«

»Zu Hause. Wir hatten schon nach der dritten Stunde Schluss.«

»Ich komme gleich.« Nadine greift nach ihrer Tasche.

Zu Hause findet sie ihre Tochter auf dem Sofa vor. Mit angezogenen Beinen sitzt sie da, die Arme um die Knie geschlungen.

»Ich kann einfach nicht glauben, dass Joella tot ist. Und dann auch noch ermordet!« Marielle sieht sie mit großen Augen an.

»Mir geht es genauso.«

»Glaubst du, es gibt da einen Zusammenhang mit dem Tod dieser Melissa? Joella und sie sind beide auf die gleiche Weise umgekommen.«

»Das könnte durchaus sein.«

»Ich geh abends nicht mehr weg! Nicht, bevor sie den Täter haben!«

Nadine setzt sich zu Marielle und legt den Arm um sie.

Dass in Leiden erneut eine junge Frau umgebracht wurde, verbreitet sich wie ein Lauffeuer im ganzen Land, und das Thema beherrscht die Nachrichten.

Die Polizei hält sich zwar mit Informationen zurück, trotzdem sickert durch, dass ein gewisser Tom S. verhaftet wurde.

Nadine macht sich große Sorgen um Tom und redet am nächsten Morgen mit Arnout darüber. Er glaubt nicht, dass die Polizei etwas gegen ihn in der Hand hat, und spricht ihr Mut zu. »Sie können ihn maximal drei Tage festhalten. Wenn sich bis dann keine handfesten Beweise ergeben, müssen sie ihn laufen lassen.«

»Was denn für Beweise?«

»Belastende Zeugenaussagen oder Blutflecken an seiner Kleidung.«

»Und wenn das nicht der Fall ist?«

»Dann müssen sie ihn, wie gesagt, gehen lassen. Selbst wenn sie seine DNA-Spuren bei Joella finden. Schließlich waren die beiden zusammen aus, da wäre es eher verwunderlich, wenn man keine DNA von Tom bei ihr fände. Jeder Mensch verliert ständig Haare und Hautschuppen.«

Die Ellbogen auf Arnouts Schreibtisch gestützt, sitzt Nadine da, vor sich ein Glas Wasser und eine Kopfschmerztablette. Joella wurde niedergeschlagen und erwürgt, Melissa ebenfalls …

»Wer jemanden erwürgt, hinterlässt doch Fingerabdrücke, oder?«, fragt sie.

»Nicht unbedingt«, meint Arnout. »Wenn ein Mensch mit bloßen Händen erwürgt wurde, lassen sich die Fingerabdrücke nur schwer nachweisen. Sie müssen sich vom Untergrund abheben, und das ist beim Erwürgen, wenn Haut auf Haut drückt, nicht der Fall.«

»Also hat die Polizei nur dann ein Indiz, wenn Toms Kleidung Spuren von Joellas Blut aufweist?«

»Ja. Wobei zu bedenken ist, dass er genug Zeit hatte, seine Sachen zu waschen. Ehrlich gesagt, glaube ich nicht, dass etwas Konkretes gegen ihn vorliegt.« Arnout zögert kurz. »Aber leider auch nichts, das für seine Unschuld spricht«, fügt er hinzu.

24

Als Nadine am Abend die Fernsehnachrichten sieht, klingelt es. Sie eilt zur Haustür.

Mit hängenden Schultern, die Hände in den Taschen vergraben, steht Tom vor ihr.

»Die Polizei hat mich gehen lassen.« Es klingt nicht gerade so, als wäre er erleichtert.

»Ein Glück, das ist doch gut!«

»Da bin ich mir nicht so sicher. Ich habe deutlich gemerkt, dass sie Zweifel haben und mir nicht trauen. Ob ich mich unter solchen Umständen freuen soll, auf freien Fuß gesetzt zu werden … ich weiß nicht recht.« In Toms Stimme schwingt Bitterkeit mit. »Sie haben mich nach wie vor im Verdacht, so viel steht fest.«

»Sie müssen nun mal misstrauisch sein, das gehört zu ihrem Beruf. Hauptsache, sie haben dich gehen lassen.« Nadine zieht Tom in den Flur.

Im Wohnzimmer setzt er sich auf die Sofakante. »Sie haben einen Wangenabstrich gemacht«, erzählt er. »Der wird jetzt analysiert, in ein paar Tagen liegt das Ergebnis vor.«

»Du hast Joella nicht umgebracht, also hast du auch nichts zu befürchten.«

»Ich weiß nicht. Mit Sicherheit finden sie meine DNA bei ihr, schließlich hatten wir uns untergehakt.«

Nadine setzt sich Tom gegenüber in einen Sessel und versucht, ihn zu beruhigen. »Das ist der Polizei bestimmt klar. Viel wichtiger ist doch der Ort, an dem die Leiche entdeckt wurde. Und dort finden sie garantiert keine DNA-Spuren von dir.«

»Das nicht.«

»Hör mal, Tom, die Polizei hat dich nicht einfach so gehen lassen! Eine DNA-Probe ist noch lange kein Beweis. Für einen Mord braucht es auch ein Motiv, und du hast keins.«

Eine Weile bleibt es still.

»Da ist noch etwas …« Tom knackt nervös mit den Fingerknöcheln. »Sie werden die DNA, die bei Joella gefunden wurde, mit den Spuren vergleichen, die der Mörder bei Melissa hinterlassen hat. Und ich habe Melissa gekannt, Nadine. Nicht gut, aber immerhin. Sie ist eine ehemalige Schülerin von mir. Ich habe sie an dem Abend, als sie umkam, in der Stadt getroffen. Wir haben miteinander geredet und uns mit einem Kuss verabschiedet. Nichts Intimes, nur ein Wangenkuss … und ein paar Stunden später war sie tot. Was, wenn sie meine DNA bei ihr finden?«

»Ich wusste gar nicht, dass du Melissa gekannt hast. Warum hast du das nie erwähnt?«

»Es hat sich nicht ergeben, und vielleicht hatte ich auch Angst. Du weißt ja: Wo Rauch ist …«

»Sie hat an dem bewussten Abend doch nicht nur mit dir zu tun gehabt.«

»Schon, aber es beunruhigt mich trotzdem. Ganz bestimmt hat die Polizei DNA von mir bei Melissa gefunden. Aber solange sie die nicht zuordnen konnten … du verstehst?«

Nadine nickt zögerlich. Ja, sie versteht Tom durchaus, aber das Ganze kommt ihr doch ein wenig seltsam vor.

»Wenn du unschuldig bist, spielt das keine Rolle. Wie gesagt, sie hatte an dem Abend auch noch mit anderen Leuten zu tun. Ich finde, du hättest der Polizei sagen müssen, dass ihr euch zufällig getroffen habt.«

Tom hebt ergeben die Hände. »Du hast recht, ich hätte mich gleich melden müssen. Aber bei diesen Tests läuft auch mal was schief. Man hört immer wieder, dass Fälle neu aufgenommen werden, weil beim DNA-Test geschludert wurde. Schon deshalb verlasse ich mich nicht darauf, dass sie mich für unschuldig halten. Die Polizei sucht nach Beweisen, und wer sucht, der findet.«

Das lässt sich nicht leugnen, aber Nadine will Tom nicht noch weiter demoralisieren. »Selbstverständlich können Fehler vorkommen«, sagt sie. »Aber im Allgemeinen ist es doch so, dass der Täter verurteilt wird und unschuldige Verdächtige freikommen.«

»Im Allgemeinen ja«, sagt Tom. »Aber was ist, wenn ihnen ausgerechnet bei mir ein Fehler unterläuft?«

Nachdem die Leiche eine Woche später von der Gerichtsmedizin freigegeben wurde, findet Joellas Begräbnis statt. Unzählige Menschen haben sich eingefunden, und alle schweigen, als der weiße Sarg in die Friedhofskapelle getragen wird.

Nadine kann den Blick nicht vom Sarg abwenden. Es fällt ihr schwer, sich vorzustellen, dass wirklich Joella darin liegt, still und bleich, umhüllt von weißem Satin.

Tom sitzt neben ihr. Inzwischen muss das Ergebnis der DNA-Untersuchung vorliegen, aber er hat nichts mehr gehört. Für Nadine ein Indiz, dass die Spuren an Melissas und Joellas Leichen nicht mit Toms DNA übereinstimmen oder zumindest keinen schlüssigen Beweis darstellen. An die zweite Möglichkeit denkt sie lieber nicht und hält sie auch nicht für wahrscheinlich. Tom ist ihr Freund, und er war auch Joellas Freund. Er hatte schlichtweg keinen Grund, sie umzubringen.

Er stößt sie sachte an.

»Wo ist eigentlich Eelco?«

»Er muss arbeiten. Momentan geht es im Verlag hoch her. Er wollte zwar kommen, aber das fand ich nicht nötig. Schließlich hat er Joella kaum gekannt.«

Tom zieht eine Augenbraue hoch. »Nun ja, aber er hätte dir zur Seite stehen können!«

»Du bist doch da.« Nadine drückt seine Hand. Sie mag jetzt nicht über Eelco diskutieren, nicht hier.

Toms Miene entspannt sich, er macht keine kritischen Bemerkungen mehr.

Die Orgel setzt ein, und der Trauergottesdienst beginnt.

Nadine und Tom halten sich an den Händen.

Die Polizei führt eine ganze Reihe DNA-Tests durch, zunächst bei allen Männern aus Joellas Freundes- und Bekanntenkreis, dann in ihrem Wohnviertel, dem Sportverein, an ihrem Arbeitsplatz. Da sich nichts ergibt, wird die Untersuchung auf sämtliche männlichen Einwohner Leidens ausgedehnt. Ebenfalls ohne Resultat, und allmählich tritt der Mord in dem Medien wieder in den Hintergrund.

»Es bedrückt mich, dass sie tot ist, während ich einfach so weiterlebe.« Nadine sitzt neben Eelco auf dem Sofa. Draußen regnet es. Sie haben eine DVD eingelegt, und vor ihnen auf dem Couchtisch stehen eine Flasche Rotwein, Brie und Baguettescheiben.

»Was willst du sonst machen? Das Leben geht nun mal weiter.«

»Schon, aber ich fühle mich mies dabei. Ich denke jeden Tag an sie, habe aber trotzdem das Gefühl, nicht genug zu trauern.«

»So eng befreundet wart ihr auch wieder nicht.«

»Nein. Aber sie fehlt mir – trotz allem.«

»Das ist völlig normal. So etwas braucht Zeit. Und dass du täglich an sie denkst, ist doch auch eine Art zu trauern.« Eelco nimmt ihre Hand. »Du brauchst keine Schuldgefühle zu haben, nur weil du noch am Leben bist, Nadine. Wenn es etwas gibt, das du aus

Joellas Tod lernen kannst, dann dass du jeden Moment deines Lebens genießen solltest.«

Nadine schneidet ein Stück Käse ab. »Ich weiß, aber das fällt mir schwer. Mich wundert auch, dass die Polizei noch gar nichts herausgefunden hat. Genau wie bei Melissa.«

»Vermutlich haben sie Anhaltspunkte, aber noch nichts Konkretes«, sagt Eelco. »Meinst du, es besteht ein Zusammenhang zwischen den beiden Morden, weil sie so kurz hintereinander passiert sind? Hat Joella diese Melissa denn gekannt?«

»Nicht dass ich wüsste, jedenfalls hat Joella sie nie erwähnt. Aber Tom hat sie gekannt. Sie ist eine ehemalige Schülerin gewesen. Doch das muss nichts heißen. Leiden ist letztlich ein Dorf, jeder kennt jeden.«

Eelco hat aufmerksam zugehört.

»Vielleicht ist es eine blöde Frage«, beginnt er, »zumal ich ja weiß, dass du mit Tom gut befreundet bist. Aber hältst du es denn für völlig ausgeschlossen, dass er für Joellas Tod verantwortlich ist? Bekanntlich ist der Täter meist ein guter Bekannter oder gar Verwandter des Opfers.«

Nadine ist irritiert. Wie kommt Eelco nur auf diese absurde Idee?

»Tom hat doch überhaupt kein Motiv«, wendet sie ein. »Warum sollte er Melissa umbringen – und dann auch noch Joella? Man geht doch nicht erst mit der Person aus, die man töten will! Falls er Joella wirklich etwas antun wollte, hätte er dazu vorher reichlich Gelegenheit gehabt.«

»Du hat recht«, gibt Eelco zu. »Trotzdem, ich fände es besser, wenn du dich bei Tom etwas zurückhieltest.«

»Du meinst, ich soll ihm aus dem Weg gehen?«

»Ja«, sagt Eelco. »Genau das meine ich.«

25

An diesen Rat denkt Nadine, als sie mit Eelco bei ihren Eltern zum Abendessen eingeladen ist. Die beiden haben Joella zwar kaum gekannt, dennoch kommt der Mord ausführlich zur Sprache.

»Wenn du auch nur den leisesten Zweifel hast, was diesen Tom betrifft, dann halte dich von ihm fern«, meint Nadines Vater. »Geh auf keinen Fall ein Risiko ein.«

»Ich habe aber keine Zweifel«, sagt Nadine. »Ich kenne Tom. Er hat das nie und nimmer getan, und ich wüsste nicht, warum er Joella umbringen sollte.«

»Im Prinzip traut man doch niemandem so eine Tat zu«, sagt Nadines Mutter und wendet sich dann an Eelco: »Darf ich Ihnen noch etwas von dem Gemüsecurry geben?«

»Gern.« Eelco hält seinen Teller hin, und Anna tut ihm eine weitere Portion auf.

»In solchen Situationen ist man gezwungen, darüber nachzudenken, wie gut man seine vermeintlichen Freunde wirklich kennt. Und ob es die Sache wert ist, die Beziehung aufrechtzuerhalten«, gibt Nadines Vater zu bedenken.

»Paps, darüber brauche ich gar nicht erst nachzudenken! Ich bin mir zu hundert Prozent sicher, dass Tom nichts mit den Morden zu tun hat. Sonst hätte die Polizei ihn ja wohl kaum laufen lassen. Und der DNA-Test hat auch nichts ergeben.«

»Reden wir über etwas Angenehmeres«, schlägt Anna vor. »Zum Beispiel über dein Buch, Nadine. Ich kann noch immer kaum glauben, dass es bald in den Buchhandlungen liegen wird!«

»Du traust mir nicht gerade viel zu.« Nadine macht eine gespielt gekränkte Miene.

»So meine ich das doch nicht, das weißt du genau! Ich sehe noch vor mir, wie Nadine schon als Schülerin ständig an der Schreibmaschine saß.« Sie zwinkert Eelco zu. »Wenn sie geschrieben hat, war sie kaum ansprechbar. Sie ging ganz in ihrer Arbeit auf. Und einmal sollte Nadine für die Schülerzeitung einen Schriftsteller interviewen. Das Ganze endete damit, dass sie ihm erklärt hat, was er bei seinem nächsten Buch anders und besser machen muss.«

Auch wenn Nadine die Anekdote peinlich ist, wird es doch ein gemütlicher Abend. Ihre Eltern verstehen sich bestens mit Eelco und unterhalten sich angeregt.

In der nächsten Zeit sieht Nadine Eelco nur am Wochenende, wenn überhaupt, ansonsten mailen oder telefonieren sie.

Nadine hat Tom zwar in Schutz genommen und betont, sie habe nicht vor, sich von ihm fernzuhalten, trotzdem bekommt sie ihn kaum zu Gesicht. Sie hat schlichtweg keine Zeit für ein Treffen. Sowohl Eelco wie auch das Buch nehmen ihre gesamte Freizeit in Beschlag.

Die intensive Zusammenarbeit mit Cynthia hat zur Folge, dass Nadine sich etliche Kapitel noch einmal vornimmt.

»Man sieht dich überhaupt nicht mehr«, klagt Sigrid am Telefon.

»Tut mir leid, aber im Moment habe ich unheimlich viel zu tun. Meine Eltern haben auch schon nachgefragt, ob ich noch lebe.«

»Ich dachte, dein Buch ist fertig.«

»Du ahnst nicht, wie viel daran noch zu tun ist. Cynthia lässt mich ganze Absätze neu schreiben.«

»Warum? Es ist doch dein Buch, oder?«

»Schon, aber es gibt noch manches zu verbessern.«

»Mir kommt das merkwürdig vor. Entweder dein Buch gefällt ihnen oder nicht. Ich an deiner Stelle würde mir nicht so viel dreinreden lassen und schon gar nichts auf Befehl umschreiben«, meint Sigrid.

Nadine hört solche Bemerkungen nicht zum ersten Mal. Mit ihren Schreibfreunden hatte sie eine ähnliche Diskussion, doch die sahen mit Froukjes Hilfe schließlich ein, dass das Feilen an Plot und Stil weitergeht, auch nachdem man einen Verlag gefunden hat.

Währenddessen läuft bei Aurora die Werbemaschinerie für *Narben* an. Mitte Juli erhält Nadine per Mail einen Umschlagentwurf.

Rasch öffnet sie die Anlage, und gleich darauf erscheint das Bild einer jungen Frau auf dem Monitor. Im Wesentlichen ist ihr Hinterkopf zu sehen, doch da sie leicht über die Schulter blickt, auch ein Teil des Gesichts. Ein feines, zartes Profil, das Bild einer jungen Frau. Nadine betrachtet es zufrieden. So also wird ihr Buch aussehen! Nun, da es ein Cover hat, samt Titel und ihrem Namen, wird das Ganze mit einem Mal sehr konkret.

Erst als sie das Bild ausdruckt, wird ihr klar, dass sie die dazugehörige Mail noch gar nicht gelesen hat. Während der Drucker rattert, überfliegt sie Cynthias Mitteilung: *Demnächst wird sich unser Hausfotograf Max Schenk bei Ihnen melden, um einen Termin für ein Autorenfoto zu vereinbaren. Mir wäre es lieb, wenn sich das möglichst bald einrichten ließe, idealerweise noch diese Woche.*

Ein freudiger Schreck durchzuckt Nadine: ein Autorenfoto!

Mit einem Mal hat sie es eilig. Per Internetbanking überweist sie einen ansehnlichen Betrag von ihrem Spar- auf das Girokonto. Dann nimmt sie ihre Tasche, schwingt sich aufs Rad und macht sich auf den Weg in die Stadt.

26

Das Foto übertrifft ihre kühnsten Erwartungen, obwohl sie wahrhaftig nichts dem Zufall überlassen hat. Sie war beim Friseur, bei der Kosmetikerin und im Nagelstudio und hat sich in einer Edelboutique neu eingekleidet.

Von dem Resultat in der Verlagsvorschau ist Nadine rundweg begeistert. Ihr Buch wird auf einer Doppelseite vorgestellt. Rechts ist das Cover zu sehen, links ihr ganzseitiges Porträt mit dem Text *Ein packender Romantikthriller über eine junge Frau, die sich mutig und entschlossen einer ausweglosen Situation stellt – das Debüt einer vielversprechenden Schriftstellerin.*

Da Eelco an diesem Wochenende verhindert ist, möchte Nadine ihre Freude mit jemand anders teilen. Kaum eine Stunde später klingelt sie bei Tom. Mit vorgebundener Schürze öffnet er: »Hallo, Nadine! Komm rein!«

»Kochst du etwa schon? Es ist doch erst halb vier«, Nadine sieht ihn verwundert an.

»Ich habe heute Abend Gäste. Und du weißt ja, dass ich mich dann immer besonders ins Zeug lege.«

Neben dem Schreiben ist Kochen Toms zweite große Leidenschaft.

»Was gibt es denn?« Angelockt von den köstlichen Düften, steuert Nadine auf die Küche zu.

»Als Vorspeise eine Putenterrine mit Gemüse, dann Entenbrust und zum Nachtisch eine Crème brulée«, zählt Tom auf.

»Alle Achtung. Das macht ganz schön Arbeit, was?«

»Ich bin seit zwei Stunden zugange und liege ganz gut in der Zeit«, sagt Tom. »Aber was führt dich her? Ich schätze mal, die Nase – kann das sein?«

Nadine setzt sich lachend an den großen Holztisch. »Eigentlich wollte ich dir etwas zeigen.« Sie wedelt mit der Broschüre.

»Was ist das?«

»Die Verlagsvorschau, die Aurora an alle Buchhändler schickt. Sie bringen mein Buch richtig groß raus, Tom. Schau mal …« Sie blättert eifrig.

»Moment.« Toms Handy auf dem Küchentisch summt und vibriert. Er nimmt es und meldet sich.

»Hi Peter!« Mit einer Handbewegung bedeutet er Nadine, dass das Gespräch nicht lange dauern wird. »Erzähl, wie ist es gelaufen? Hast du die Stelle?« Er lauscht. »Das Vorstellungsgespräch war gut, sagst du? Wie viele Bewerber sind jetzt noch im Rennen?«

Er geht hin und her, konzentriert sich ganz auf das Telefonat.

»Ja, klar wäre es besser, du wüsstest, woran du bist. Aber ich schätze mal, das dauert noch … Ich hoffe es auch … Wie bitte? Das ist doch nicht dein Ernst? Was spricht denn dagegen?«

Geduldig wartet Nadine, doch als sich das Telefonat hinzieht, steht sie auf und zeigt in den Flur, Richtung Toilette.

Tom nimmt es kaum wahr, er lauscht Peters Ausführungen und brummt hin und wieder zustimmend.

Im Grunde kann Nadine es nicht leiden, wenn ihr Gegenüber die Unterhaltung einfach unterbricht, um ans Telefon zu gehen. Wozu hat man schließlich einen Anrufbeantworter?

Als sie nach gut zehn Minuten wieder in die Küche kommt, telefoniert Tom noch immer. Er sieht sie kurz an und deutete auffordernd auf eine Flasche Rotwein.

Nadine schüttelt den Kopf. Sie setzt sich wieder und blättert in den Kochbüchern auf dem Tisch.

Endlich sagt Tom: »Du, Peter, ich muss jetzt Schluss machen. Nadine ist nämlich hier. … Nein, absolut kein Problem! Ich ruf dich später noch mal an, ja? … In Ordnung, bis dann!« Er klappt das Handy zu. »Das war Peter.«

»Ich hatte es fast vermutet.«

»Er ist schon länger arbeitslos, aber jetzt sieht es so aus, als würde es endlich mit einer Stelle klappen. Er wollte mir erzählen, wie das Bewerbungsgespräch gelaufen ist, weißt du.«

»Selbstverständlich.« Nadine schiebt die Kochbücher weg, in der Annahme, dass Tom nun wieder Zeit für ihr Anliegen hat.

Doch der dreht sich wieder zum Herd um und rührt in einem Topf. Dann hält er ihr einen Löffel hin. »Da, probier mal!«

Nadine kostet von der süßen Masse. »Ist das für die Crème brulée?«

Er nickt und sieht sie erwartungsvoll an.

»Ausgezeichnet«, lobt sie und versucht dann, wieder auf ihr Thema zurückzukommen: »Was ich dir zeigen wollte …«

»Moment, erst noch was zu trinken. Du magst keinen Wein? Vielleicht lieber Tee? Ich brühe rasch welchen auf. Am besten halte ich mich auch an Tee, sonst bin ich nachher schon angesäuselt, wenn die Gäste kommen.« Während er mit Wasserkocher und Teebeuteln hantiert, erzählt Tom von den Freunden, die er erwartet: Hans, Lydia, Marja und Vincent kommen, alle supernett. Sie kochten reihum füreinander, hätten eine Art Kochclub gegründet, schon vor Jahren …

Er stellt Teegläser hin und fragt, wie Nadine sein neuer Küchentisch gefalle. Er nutze ihn als zusätzliche Arbeitsfläche, aber auch, um gemütlich in Kochbüchern zu blättern und sich dabei zu unterhalten. So wie jetzt, das genieße er ja so …

Nadine hört zu, nickt und legt die aufgeschlagene Vorschau so hin, dass er die Doppelseite mit ihrem Buch direkt vor sich hat. Als er zwischendurch Luft holt, hält sie die Broschüre hoch.

»Schau doch mal. Ist das nicht fantastisch?«

»Ja, ja …« Tom schüttelt den Kopf, macht eine

besorgte Miene. »Die Sache mit Peter geht mir einfach nicht aus dem Kopf. Ich hoffe so sehr, dass er die Stelle bekommt. Das würde ihm enorm Auftrieb geben. Und falls es nicht klappt, könnte ich eventuell Hans fragen, ob er was für ihn tun kann. Hans ist nämlich auch in der IT-Branche.«

Nadine kapituliert. »Dann gehe ich mal wieder.« Sie macht Anstalten aufzustehen. »Ich muss noch einkaufen.«

»Wie? Du musst schon los? Na gut. Jedenfalls nett, dass du vorbeigekommen bist. Wir sollten uns bald mal wieder verabreden.«

Tom verabschiedet sie an der Haustür mit einem flüchtigen Wangenkuss. Im Weggehen dreht Nadine sich noch einmal um. Sonst bleibt Tom immer stehen und winkt ihr nach. Heute nicht – die Tür fällt gerade hinter ihm zu.

Freundschaft ist immer relativ, denkt Nadine auf dem Nachhauseweg. Stellt man sie auf die Probe, ist es schnell damit vorbei. Zwischenmenschliche Beziehungen sind wohl nie frei von Interessen, auch nicht in der Liebe. Letztlich ist alles bloß ein Tauschgeschäft: Ich helfe dir und erwarte im Gegenzug deine Unterstützung. Sind die Waagschalen im Gleichgewicht, stellt das weiter kein Problem dar. Ein guter Freund gönnt einem alles – aber eben nur, solange es nicht mehr ist, als er selbst hat.

Die Enttäuschung nagt deutlich an ihr. Toms Desinteresse war mit Händen zu greifen, und der hastige

Abschied sprach Bände. Er kommt anscheinend nicht damit zurecht, dass ihr Buch erscheinen wird.

Spontan holt Nadine ihr Handy hervor und wählt Toms Nummer.

»Tom, ich bin's«, sagt sie, als er sich meldet. »Ich wollte dich noch was fragen.«

»Hallo, Nadine.«

»Hast du dich geärgert, weil ich dir die Verlagsvorschau gezeigt habe? Du bist einfach darüber hinweggegangen und hast über andere Dinge geredet.«

Sekundenlang bleibt es still, dann hört Nadine einen tiefen Seufzer.

»Ich hatte keine Lust, mir das anzusehen, weil ich erst gestern wieder eine Absage bekommen habe«, sagt Tom schließlich. »Und dann kommst du mit diesem Teil.«

»Warum hast du das nicht gesagt? Du hättest mir ruhig von der Ablehnung erzählen können.«

»Stimmt«, sagt Tom kleinlaut. »Weißt du, insgeheim befürchte ich, dass du eines Tages nicht mehr mit mir befreundet sein willst. Weiß der Himmel, was alles passiert, wenn dein Buch ein Renner wird.«

»Red keinen Quatsch«, sagt Nadine. »An unserer Freundschaft ändert das nichts. Und ob mein Buch ein Renner wird, bleibt abzuwarten. Viel wahrscheinlicher ist, dass ich mich bei dir ausheule, wenn schlechte Rezensionen erscheinen.«

»So was darfst du dir auf keinen Fall zu Herzen nehmen«, sagt Tom sofort. »Man kann es nun mal nicht jedem recht machen, also wird es auch negative

Stimmen geben. Wenn es so weit ist, kommst du mit der Rezension zu mir, und wir verbrennen sie.«

Sie muss lachen. »Abgemacht!«

»Nadine, das war blöd von mir«, fügt Tom nach einer kurzen Pause hinzu. »Es tut mir leid.«

Ihr Lächeln kann er zwar nicht sehen, aber es klingt in ihrer Stimme mit, als sie sagt: »Ist schon gut.«

Nadine ist froh, dass sie ihrem Impuls gefolgt ist und sich mit Tom ausgesprochen hat.

27

Eine Zeit lang glaubt Nadine, es sei nur ein Traum, dass ihr Buch je erscheinen wird – bis Cynthia an einem regnerischen Oktobertag die ersten zwanzig Exemplare persönlich vorbeibringt, dazu einen großen Blumenstrauß und eine Magnumflasche Champagner.

»Gratuliere!« Sie stellt den Karton auf dem Esstisch ab und küsst Nadine auf beide Wangen. »Auf dass es ein großer Erfolg werde!«

»Danke, vielen Dank!« Nadine eilt mit den weißen Lilien und roten Rosen in die Küche, stellt sie samt Folie und Dekobändern in eine Vase und läuft dann wieder ins Wohnzimmer, um den Karton zu öffnen.

Mit verschränkten Armen sieht Cynthia zu, wie sie ungeduldig das Klebeband löst, es abzieht und schließlich die Verpackung öffnet.

Das in dezenten Farben gehaltene Cover schimmert Nadine entgegen. Ihr ist bewusst, welch ein besonderer Moment das ist, als sie nach dem obersten Exemplar greift.

»Meinen herzlichen Glückwunsch!« Cynthia freut sich sichtlich mit.

Sie setzen sich, blättern im Buch, und dann öffnet Nadine die Flasche.

»Danke für dein Vertrauen«, sagt sie zu Cynthia, die sie seit ihrer intensiven Zusammenarbeit duzt. »Du hast von Anfang an an mich geglaubt!«

»Ich habe ein gutes Gefühl«, meint Cynthia. »Trotzdem müssen wir erst einmal abwarten, wie der Roman läuft. Unser Marketing tut jedenfalls alles, damit er ein Erfolg wird. Alle wichtigen Zeitungen und Zeitschriften haben Rezensionsexemplare bekommen, ebenso diverse Fernseh- und Radiosender.«

»Die Zeitung, bei der ich arbeite, wird es auf jeden Fall besprechen.«

»Fein, das ist doch schon mal was. Ich habe aber noch ein paar Dinge für dich arrangiert: Die Buchhandlung Scheltema in Amsterdam will dich für Signierstunden. Und am 31. Oktober liest du bei der großen Halloweenaktion in der Buchabteilung von Bijenkorf. Das ist ein Samstag, da ist das Kaufhaus brechend voll.«

»Aber ob die Leute auch zu mir kommen?«

»Mit Sicherheit, denn es wird kein Eintritt erhoben – die Lesung ist gratis. Wir stellen Stühle auf, du sitzt am Mikrofon, und wer Interesse hat, setzt sich hin und hört zu. Bestimmt kaufen danach viele dein Buch. Was hältst du davon?«

Bei der Vorstellung, öffentlich zu lesen, wird Nadine angst und bange. Sie sieht die leeren Stuhlreihen bereits vor sich.

»Aller Anfang ist schwer«, meint Cynthia sachlich. »Du wirst nicht die erste und nicht die letzte Autorin sein, die vor gerade mal zehn Leuten liest. Das macht natürlich nur begrenzt Spaß, aber diese zehn Leute kennen dich dann, erzählen zu Hause und im Freundeskreis davon, und wenn du oft genug in der Öffentlichkeit auftrittst, entsteht der sogenannte Schneeballeffekt.«

Zehn Zuhörer – das wäre ja schon toll. Nadine kann sich zwar kaum vorstellen, dass jemand extra wegen ihr in die Buchabteilung des Kaufhauses kommt, ist aber fest entschlossen, es dennoch zu wagen.

Um das Erscheinen ihres Romans zu feiern, lädt Nadine ihre Freunde und Verwandten in die »Bonte Koe« ein.

Ihre Eltern treffen als Erste ein, strahlend vor Stolz. Nach und nach füllt sich der Raum. Nadine stößt mit ihren Gästen auf das Buch an und liest anschließend ein Kapitel daraus vor. Danach überreicht Cynthia ihr unter donnerndem Applaus, und nun ganz offiziell, das erste Exemplar.

Nadine hat einen Teil ihrer Belegexemplare mitgebracht und verteilt sie großzügig an die Gäste. Von der nächsten Auflage wird sie ohnehin neue bekommen. Sofern es eine nächste Auflage geben wird – doch diesen Gedanken schiebt sie schnell beiseite, denn sie glaubt fest daran, dass ihr Roman ein Erfolg wird.

Jedes Mal, wenn sie an Joella denkt, bekommt ihre Freude einen Dämpfer. Manchmal träumt sie von ihr und wacht dann mit einem unguten Gefühl auf, das sich den ganzen Tag nicht abschütteln lässt.

»Es ist nicht nur wegen Joella«, sagt sie, als sie eines Abends ihre Eltern besucht. »Ich mache mir auch Gedanken um Marielle. Sie ist so … anders.«

»Wie meinst du das?« Wie immer, wenn es um ihre Enkelin geht, wird Nadines Mutter hellhörig.

»Sie ist ungewöhnlich still, hockt fast nur noch in ihrem Zimmer, geht überhaupt nicht mehr aus.«

»Darüber solltest du eher froh sein, schließlich weißt du dann immer, wo sie sich aufhält. Und jetzt im Herbst wird es ohnehin wieder so früh dunkel«, gibt Anna zu bedenken.

»Dass die beiden Morde aber immer noch nicht aufgeklärt sind!«, sagt ihr Vater. »Ich darf gar nicht daran denken, dass der Täter weiterhin frei herumläuft. Du passt doch gut auf das Kind auf, Nadine, ja?«

»Wie gesagt, Marielle geht abends kaum aus dem Haus.«

»Und du?«

»Wenn ich mich mit meinen Schreibfreunden treffe, bringt Tom mich nach Hause, oder auch Matthijs. Keine Sorge, ich bin vorsichtig.«

»Und was macht Marielle, wenn du abends weg bist?«, fragt Anna.

»Sie ist zu Hause, was sonst? Dass sie niemandem die Tür aufmachen soll, weiß sie.«

»Schon, aber hält sie sich auch daran? Ich an deiner Stelle würde hin und wieder Stichproben machen und anrufen«, so Cor.

»Noch besser wäre es, du bleibst ebenfalls zu Hause«, pflichtet Anna bei. »Ehrlich gesagt, Nadine, ich finde es unverantwortlich von dir, dass du das Kind so oft allein lässt.«

Nadine nimmt einen Schluck Tee. Ruhig bleiben, nur nicht aus der Haut fahren. Dass ihre Eltern sich Sorgen machen, kann sie ihnen kaum übel nehmen.

Aber insgeheim ärgert sie sich doch. Ihre Mutter tut gerade so, als würde sie, die sich als alleinerziehende Mutter doch wirklich erfolgreich durchs Leben schlägt, nur ihrem eigenen Vergnügen nachjagen.

»Soll ich etwa ständig zu Hause hocken? Ich ergreife Vorsichtsmaßnahmen, das wird ja wohl reichen!«

Ihre Mutter scheint das nicht zu überzeugen. Sie sagt zwar nichts mehr, schüttelt aber missbilligend den Kopf.

*

Es hat geklappt. Sie ist tot, und kein Mensch ahnt, dass ich es war. Es war mehr als riskant, Joella auf offener Straße niederzuschlagen, aber niemand hat etwas bemerkt.

Über eine eventuelle DNA-Untersuchung habe ich mir vorher keine Gedanken gemacht. An der

Lacklederjacke, die Joella anhatte, dürften kaum Spuren zurückgeblieben sein.

Die größte Gefahr bestand darin, gesehen zu werden, deshalb musste ich schnell und gezielt handeln. Das fiel mir nicht schwer, zumal ich Joella noch nie leiden konnte. Sie hat einen miesen Charakter und sich Nadine gegenüber schäbig verhalten. Es war eine echte Genugtuung, ihr eines mit dem Pflasterstein überzuziehen. Eine ebensolche Genugtuung wird mir mein nächster Schritt verschaffen.

Ich bin seit einiger Zeit im Schützenverein. Alle zwei bis drei Wochen bin ich zum Üben auf dem Schießplatz und kann dabei nicht zuletzt Frustrationen abbauen. Als Vereinsmitglied darf ich eine Waffe besitzen. Es würde mir nie in den Sinn kommen, mit meiner Smith & Wesson jemanden umzulegen, aber als Drohmittel wird sie mir gute Dienste leisten.

Ich beobachte ihn schon eine ganze Weile und registriere, wie er Nadine immer mehr für sich einnimmt, sich ihr regelrecht aufdrängt. Für mich hat sie nur noch selten Zeit. Aber ich gebe nicht auf – Konkurrenz kann man schließlich ausschalten.

Und genau das habe ich mir für heute Abend vorgenommen.

Das Navigationssystem meines Autos führt mich zuverlässig in eine gediegene Amsterdamer Wohngegend.

Wie erwartet, ist er noch nicht zu Hause. Ich stelle das Auto in einiger Entfernung ab und gehe zu Fuß bis zum Nachbarhaus.

Allmählich wird es dunkel, ein Vorteil für mich. Am liebsten würde ich jetzt eine Zigarette rauchen, aber die Glut könnte mich verraten. Ich lehne mich an die Fassade und behalte die Straße im Auge. In der Dunkelheit wirken die hell erleuchteten Wohnzimmer wie Bühnen, auf denen Familienleben inszeniert wird. Nur wenige Leute schließen abends die Vorhänge, das wundert mich immer wieder.

Kurz vor zehn biegt das Auto, auf das ich warte, in die Straße ein und wird in eine Parklücke rangiert.

Ich presse mich an die Hauswand, greife in die Jackentasche und schließe die Hand um den Griff der Pistole.

Vollkommen ahnungslos steigt er aus und geht zur Haustür. Ich löse mich aus dem Schatten des Nachbarhauses.

Noch ehe er merkt, dass jemand hinter ihm ist, hat er den Pistolenlauf im Genick.

»He … was soll das?« Verdattert will er sich umdrehen, lässt es aber, als ich den Druck verstärke.

»Wenn Sie sich bewegen, schieße ich!« Zwei Schachteln Zigaretten am Vortag haben meine Stimme heiser gemacht. Und hoffentlich unkenntlich.

Er rührt sich nicht, steht mit hängenden Armen da.

»Ich will etwas ganz Bestimmtes von Ihnen«, flüstere ich ihm zu.

»Der Hausschüssel ist in meiner Jackentasche, die Autoschlüssel auch. Nehmen Sie, was Sie wollen, ich setze mich nicht zur Wehr«, sagt er gepresst.

»Mund halten und zuhören!« Ich drücke den Pistolenlauf fester in sein Genick. »Jetzt den Schlüssel ins Schloss stecken, aber nicht umdrehen.«

Er gehorcht.

»Ich will, dass Sie sich von Nadine fernhalten!«

Stille.

»Nadine?«, wiederholt er dümmlich.

»Genau, Sie sind ja wohl nicht taub! Ich will, dass Sie Schluss mit ihr machen. Und ich werde Sie weiterhin beobachten. Wenn Sie zur Polizei gehen oder sich nicht von ihr trennen, treffen die Folgen nicht nur Sie, sondern auch Nadine. Dann knalle ich euch beide ab, kapiert?«

Er nickt langsam.

»Gut. Und seien Sie versichert, ich meine es ernst! Ich gehe jetzt langsam rückwärts. Sie bleiben stehen und zählen bis hundert, danach können Sie ins Haus. Wenn Sie sich eher umdrehen, schieße ich, klar?«

Wieder nickt er.

»Okay. Jetzt zählen!«

»Eins, zwei, drei, vier, fünf, sechs …«

Ich nehme die Pistole weg und gehe rückwärts, die Waffe weiterhin auf ihn gerichtet.

Bei vierzig bin ich an meinem Auto. Vermutlich zählt er brav weiter, denn als ich losfahre und dabei in den Rückspiegel schaue, ist die Straße menschenleer.

28

Er ist noch nicht da. Eelco hatte fest versprochen, zu ihrem ersten öffentlichen Auftritt zu kommen. Gleich ist es so weit, und er ist nirgendwo zu sehen.

Langsam geht Nadine auf den Tisch mit dem Mikrofon zu und sieht sich dabei noch einmal gründlich um. Ihre Nerven liegen blank – Eelcos Unterstützung könnte sie jetzt nur zu gut gebrauchen.

Aus dem Lautsprecher erklingt die Ankündigung, die Schriftstellerin Nadine van Mourik werde nun aus ihrem Thriller *Narben* vorlesen.

Immerhin ist Cynthia gekommen und nickt ihr aufmunternd zu.

Nadine setzt sich, stellt das Mikrofon an und begrüßt ihre Zuhörer. Es sind drei Leute: zwei Frauen und ein Mann.

Mit einem Scherz über den »massenhaften Andrang« geht sie darüber hinweg und beginnt zu lesen.

Nach kaum zwei Minuten wird sie von einer Durchsage unterbrochen: »In der dritten Etage sind heute sämtliche Badetücher auf acht Euro reduziert. Ein Supersonderangebot, greifen Sie zu!«

Nadine wartet einen Moment und liest dann weiter. Aus den Augenwinkeln sieht sie, dass etliche Leute stehen bleiben, unschlüssig, ob sie zuhören oder weitergehen sollen.

Um sie für sich zu gewinnen, geht sie zu einem anderen Kapitel über, in dem ihre Protagonistin endlich ihren Gefühlen nachgibt und eine leidenschaftliche Nacht mit dem Mann verbringt, in den sie seit Monaten verliebt ist.

Aufgrund der Flaute in ihrem eigenen Liebesleben hat Nadine dieser Szene besondere Aufmerksamkeit gewidmet und fand sie am Ende ausgesprochen gelungen. Jetzt, beim Lesen, kommen ihr allerdings Zweifel. Je mehr die erotische Spannung wächst, desto öfter verspricht sie sich.

Der einzige Mann im Publikum sitzt direkt vor ihr. Er hat die Beine übereinandergeschlagen und fixiert sie unentwegt. Sie sieht kurz auf, und ihre Blicke treffen sich. Er grinst anzüglich und lümmelt sich dann breitbeinig auf den Stuhl. Unter seiner Hose zeichnet sich deutlich eine Erektion ab.

Verdammt, warum hat sie ausgerechnet diese Passage genommen? Damals, in ihrem Arbeitszimmer, hatte sie es genossen, sich die Liebesszene auszumalen. Jetzt ist ihr das Ganze furchtbar peinlich, und sie hat das Gefühl, nur Unsinn geschrieben zu haben.

Trotzdem bleiben weitere Leute stehen und hören zu, was Nadine ein wenig ruhiger werden lässt.

Als das Liebesspiel auf seinen Höhepunkt zusteuert, wird sie erneut unterbrochen, diesmal von der

Durchsage, dass im Parterre sämtliche Damenhandtaschen um zehn Euro reduziert seien.

Auch die Signierstunde bei Scheltema wird ein Flop. An dem viel zu großen Tisch fühlt sie sich richtiggehend verloren. Am liebsten würde sie sich hinter dem Bücherstapel neben ihr verstecken.

Nadine spielt mit ihrem Füller herum, schiebt ihn auf dem Tisch hin und her und ist froh um die Tasse Tee, die man ihr hingestellt hat. An ihr kann sie sich festhalten wie an einer Rettungsboje.

Möglichst unauffällig lässt sie den Blick schweifen. Es sind reichlich Kunden da – daran liegt es nicht –, aber keiner nimmt von ihr Notiz. Wie lange soll sie noch untätig hier herumsitzen?

»Ich verstehe nicht, warum keiner herkommt. Scheltema hat die Signierstunde doch groß angekündigt.« Cynthia schüttelt den Kopf.

»Tja, das heißt offenbar nicht viel.« Nadine lächelt einer älteren Frau zu, die vor ihrem Tisch stehen geblieben ist.

»Wo finde ich denn die Kochbücher?«, fragt sie.

»Die Kochbücher? Äh … tut mir leid, das weiß ich nicht.«

Die Frau runzelt die Stirn und mustert Nadine kritisch. »Aber Sie sitzen doch an der Information!«

»Nein, ich bin als Schriftstellerin zum Signieren hier.«

»Ach, wie interessant.« Die Frau greift nach einem Exemplar von *Narben* und blättert darin. »Ist das Ihr

Buch? Ein Thriller? So was lese ich gern. Ich bin ein großer Fan von Veerle van Oostveen.«

»Dann gefällt Ihnen dieser Roman bestimmt auch«, mischt Cynthia sich ein. »Veerle van Oostveen schreibt für den gleichen Verlag.«

Die Frau dreht und wendet das Buch und beäugt es misstrauisch.

»Ich habe gerade ein Buch von Veerle van Oostveen gekauft«, sagt sie dann. »Signieren Sie mir das auch?«

Nadines Roman verkauft sich nur schleppend. Der Oktober geht in den November über, und sie wartet – auf Rezensionen, auf Interviewanfragen von Zeitungen und Rundfunksendern, auf Einladungen zu Talkshows, aber vergeblich.

Schlechte Rezensionen seien besser als gar keine, hat sie einmal gehört. Sie ist zwar nicht erpicht auf schlechte Rezensionen, aber jetzt wären sie ihr tatsächlich lieber als gar nichts. Außerdem wird sie immer wieder von Bekannten auf ihr Buch angesprochen.

»Nadine, was ist eigentlich mit deinem Roman? Ich war neulich in Zoetermeer in der Buchhandlung, und die hatten kein einziges Exemplar.« … »Ich lese jede Woche die Rezensionen in der Zeitung, aber *Narben* war bisher noch nicht dabei. Wann wird es denn besprochen?«

Nur das *Leidsch Dagblad* hat ihr bislang einen Artikel gewidmet, der aber den Verkauf leider kein bisschen angekurbelt hat. Von den überregionalen Zeitungen wird sie komplett ignoriert.

Zu allem Überfluss zieht sich auch noch Eelco zurück. Er hat bereits mehrere Verabredungen abgesagt, und wenn sie anruft, erreicht sie nur den Anrufbeantworter. Auf ihre Mails reagiert er kurz und knapp: Er habe enorm viel zu tun und werde sich baldmöglichst melden.

Nadine ist verunsichert. Hat sie irgendetwas falsch gemacht?

Um sich von ihren traurigen Gedanken abzulenken, geht sie eines Samstagvormittags mit Tom in die Stadt. Zu Hause hat sie ihre restlichen Belegexemplare fächerartig auf der Wohnzimmerkommode arrangiert, doch in den Leidener Buchhandlungen liegt kein einziges Exemplar ihres Romans auf den Tischen mit Neuerscheinungen.

»Dann nehmen wir die Sache eben selbst in die Hand«, beschließt Tom. »Wir holen deine Bücher aus den Regalen und legen sie aus.«

Gesagt, getan! Inkognito – mit Sonnenbrille und hochgeschlagenem Kragen – betreten sie die Buchhandlung Kooyker in der Breestraat.

Kurz entschlossen holt Tom die vier vorhandenen Exemplare aus dem Regal und geht damit zur Kasse.

»Was hast du vor?«, zischt Nadine. »Du willst die doch nicht etwa kaufen?« Sie hält ihn am Arm fest.

»Nein, ich will sie anpreisen.«

»Lass das! Ich schäme mich ja zu Tode!«

Demonstrativ entfernt sie sich mehrere Schritte und inspiziert das Zeitschriftenangebot.

Tom legt die Bücher auf den Ladentisch.

»Bestimmt alles Geschenke, oder? Soll ich sie einpacken?« Die Verkäuferin greift bereits nach der Rolle mit dem Einschlagpapier.

»Kaufen will ich nur eines«, sagt Tom. »Und ich lasse es hier, leihe es Ihnen sozusagen. Das Buch ist es unbedingt wert, gelesen zu werden. Legen Sie es neben die Kasse und empfehlen Sie es Ihren Stammkunden. Wer Zweifel hat, darf mein Exemplar für ein paar Tage mit nach Hause nehmen und es anlesen. Was halten Sie davon?«

Die Verkäuferin sieht ihn verdutzt an. »Ich weiß nicht so recht …«

Nadine blättert beiläufig in einer Reisezeitschrift und schielt hin und wieder zur Kasse.

Ein großer blonder Mann kommt auf Tom zu. »Eine originelle Idee, wirklich!«

»Sind Sie der Abteilungsleiter?« Tom gibt dem Mann die Hand. »Ich kenne die Schriftstellerin persönlich, sie steht da drüben bei den Zeitschriften und wäre bereit, einmal bei Ihnen zu lesen.«

»Das lässt sich bestimmt machen.« Er wirft einen interessierten Blick auf Nadine, die ihm verlegen zunickt. »Und der Name bitte?«

»Nadine van Mourik.« Tom hält ihm demonstrativ ein Buch vor die Nase. »Am besten nehmen Sie mit ihrem Verlag Kontakt auf.«

»Gut, das machen wir.« Wieder nickt der Buchhändler Nadine zu und macht sich dann an der Ladentheke eine Notiz.

»Was fällt dir ein?«, schimpft Nadine, als sie mit Tom das Geschäft verlässt. »Mach so was bitte nie wieder! Die Leute müssen mich ja für kontaktgestört halten!«

»Na und? Schriftsteller dürfen ruhig ein bisschen exzentrisch sein, das ist gut fürs Image. Lektion Nummer eins: Nutze jede Gelegenheit, um für dein Buch Werbung zu machen.«

Er bleibt vor der Ladentür stehen und dreht sich um. Nadine folgt seinem Blick. An der Kasse liegen nun vier Exemplare von *Narben*. Eine Kundin nimmt das oberste Buch und blättert interessiert darin. Kurz darauf gibt sie es der Verkäuferin und zahlt.

»Und wieder eins verkauft! Na, was hab ich gesagt?!« Triumphierend zieht Tom sie mit. »So, jetzt gehen wir Kaffee trinken. Du lädst mich ein.«

29

Das Restaurant »Koetshuis« grenzt an die Leidener Burcht, einen Festungsbau aus dem zwölften Jahrhundert auf einem künstlich aufgeschütteten Hügel inmitten der Altstadt.

»Kommst du mit deinem neuen Buch voran?«, fragt Nadine, als sie an einem Tisch am Fenster Platz genommen haben.

»Ich hab noch gar nicht richtig angefangen.« Tom winkt der Kellnerin, die ihm mit erhobenem Daumen signalisiert, dass sie ihn gesehen hat. »Zum einen, weil noch nicht alle Verlage auf mein letztes Manuskript reagiert haben. Und zum anderen fällt es mir seit Joellas Tod schwer, mich auf Probleme von Menschen zu konzentrieren, die es nur in meiner Fantasie gibt.«

»Das kann ich gut verstehen.«

»So ein tragischer Vorfall lässt einen vieles mit anderen Augen sehen«, sagt Tom. »Mir ist dadurch klar geworden, dass mein Leben nicht davon abhängt, ob ich etwas veröffentliche oder nicht.«

»Träumst du denn gar nicht mehr davon?«

Tom wirkt so abwesend, dass Nadine glaubt, er

habe sie überhaupt nicht gehört. Doch dann sieht er sie an, und in seinen Augen liegt ein Schimmer von Melancholie.

»Ich träume von ganz anderen Dingen.«

»Von was denn?«

»Sagen wir mal, von den unspektakulären Dingen, die das Leben lebenswert machen: ein sicherer Arbeitsplatz, ein netter Freundeskreis, ein gemütliches Kaffeetrinken mit dir …«

Irgendetwas stimmt nicht mit Tom, das verraten sein verkrampftes Lächeln und der traurige Blick.

Die Kellnerin bringt zwei Cappuccino.

»Wie läuft es denn mit Eelco? Seid ihr überhaupt noch zusammen? Sonst verbringt ihr doch jedes Wochenende miteinander«, sagt Tom, als sie wieder weg ist.

»Momentan hat er viel zu tun und muss die Wochenenden durcharbeiten. Aber das wird sicher bald wieder anders.«

»Vielleicht ziehst du eines Tages nach Amsterdam?«

Nadine reißt das Zuckertütchen auf. »Das habe ich eigentlich nicht vor. Eelco könnte ebenso gut nach Leiden ziehen und zwischen hier und Amsterdam pendeln.«

»Du willst also nicht seinetwegen umziehen?«

»Vorläufig nicht«, sagt Nadine. »Zumal das zwischen uns noch kein Thema ist.«

Obwohl sie das Zusammensein mit Tom genossen hat, kommt Nadine leicht deprimiert nach Hause.

Sie hört den Anrufbeantworter ab und kontrolliert ihre Mailbox. Kein Lebenszeichen von Eelco.

Niedergeschlagen ruft sie ihre Mutter an und schildert ihr den Sachverhalt.

»Was soll ich davon halten? Eelco hat sich vollkommen zurückgezogen, ist telefonisch nicht erreichbar und reagiert kaum auf meine Mails.«

»Vielleicht hat er tatsächlich viel zu tun. Warte noch ein wenig ab, Nadine«, sagt ihre Mutter. »Auf mich hat er einen sehr positiven Eindruck gemacht. Ich kann mir beim besten Willen nicht vorstellen, dass er dich einfach so abserviert.«

»Ich eigentlich auch nicht. Trotzdem, hin und wieder eine Mail oder eine SMS ist doch wirklich nicht zu viel verlangt. Anfangs war das anders.«

»Mich wundert das auch«, sagt Anna. »Aber was ich dich schon lange fragen wollte: Gibt es eigentlich irgendwelche Neuigkeiten in Bezug auf die Morde an Joella und dieser anderen jungen Frau?«

»Nicht dass ich wüsste«, sagt Nadine.

»Schlimm, dass der Mörder einfach so davongekommen ist. Als ich damals das Foto von dieser Melissa in der Zeitung sah, lief es mir kalt über den Rücken. Es hört sich vielleicht seltsam an, aber sie hat mich an dich erinnert. Und das macht mir heute noch Angst«, meinte Anna.

Den ganzen Abend geht Nadine dieser Satz nicht mehr aus dem Sinn: *Sie erinnert mich an dich …*

Nachts im Bett findet sie lange keinen Schlaf.

Doch dann schiebt Nadine den Gedanken beiseite. Es gibt so viele Frauen mit langem braunem Haar …

Irgendwann schläft sie ein, aber die Unruhe bleibt, nistet sich in ihrem Unterbewusstsein ein. Im Traum sieht sie Joella und hört ihre Stimme, aber so weit weg, dass sie nichts versteht. Erst als sie ganz nahe ist, merkt sie, dass es gar nicht Joella ist, sondern Melissa, die überrascht ruft: »Wir sind ja Schwestern!«

Der Traum geht in einen anderen über. Jetzt steht Eelco am Fußende ihres Betts, er hat eine Filmkamera auf sie gerichtet. »Du glaubst doch wohl nicht, dass ich anrufe? Ich schicke dir lieber einen Film«, sagt er. Plötzlich wird die Kamera zur Pistole, was er anscheinend gar nicht bemerkt, denn er sagt noch einmal, er würde sie filmen, während sein Finger den Abzug sucht.

Mit einem heiseren Schrei erwacht Nadine.

30

»Ich muss dir etwas sagen.« Eelcos Stimme klingt rau. »Aber ich weiß nicht, wie ich anfangen soll.«

Sie sitzen in einem Café, auf neutralem Boden, wenn man so will.

Nadine hatte bereits ein ungutes Gefühl, als er vorschlug, am Samstagnachmittag einen Spaziergang am Strand von Katwijk zu machen. Dennoch war sie einverstanden. Was auch immer er ihr zu sagen hat – alles ist besser als diese Ungewissheit.

Ein kräftiger Südwestwind hat dem Spaziergang ein vorzeitiges Ende bereitet. Gut zwanzig Minuten sind sie halb blind durch den Sand gestolpert, bis die heftigen Böen sie zwangen, in einem Café an der Strandpromenade Zuflucht zu suchen.

»Sag einfach, worum es geht. Ich kann mir übrigens schon denken, was es ist.«

Die Nacht davor hat sie kaum geschlafen und ist den ganzen Vormittag unruhig in ihrer Wohnung herumgetigert. Mehrmals war sie drauf und dran, Eelco abzusagen, aber ihr war klar, dass eine Aussprache unumgänglich ist.

Jetzt, im Café, ist sie erstaunlich ruhig. In Gedanken hat sie bereits die verschiedensten Szenarien durchgespielt, die alle auf das Gleiche hinausliefen, sodass sie sich im Grunde schon damit abgefunden hat.

Insgeheim hofft sie dennoch, wider besseres Wissen. Ihre Hände sind klamm, und ihr ist leicht übel, wie vor einer Prüfung.

»Es tut mir leid, dass ich mich in letzter Zeit nicht mehr gemeldet habe«, sagt Eelco. »Dass ich viel zu tun hatte, war nicht gelogen. Aber es war nicht der einzige Grund.«

Abwartend sieht Nadine ihn an. Ihr Herz schlägt unregelmäßig und viel zu schnell.

Mit einem Seufzer lehnt Eelco sich zurück. »Es gibt da ein Problem.«

»Hast du entdeckt, dass du noch verheiratet bist?«

»Nein, das ist es nicht. Ich habe dich nie angelogen, Nadine. Mit einer anderen Frau hat das nichts zu tun.«

»Womit dann?«

Sein Blick irrt zum Fenster, wo der Wind Sand vorbeitreibt.

Allmählich verliert Nadine die Geduld. Wie lange will er sie noch auf die Folter spannen? Erwartet er etwa, dass sie die Initiative ergreift?

»Nadine, ich ...« Er bricht wieder ab, den Blick aufs aufgewühlte Meer gerichtet. Seine Hände liegen, zu Fäusten geballt, auf dem Tisch.

»Nun sag schon!« Ihr Tonfall ist ungewollt scharf.

Zum ersten Mal sieht er ihr direkt ins Gesicht. »Ich liebe dich.«

Mit allem hat sie gerechnet, aber damit nicht. Erleichtert seufzt sie auf und will nach seiner Hand greifen, aber sein Blick lässt sie zögern.

»Das ist die gute Nachricht, nehme ich an«, sagt sie. »Und die schlechte?«

Seine Züge verhärten sich. »Wir können trotzdem nicht mehr zusammen sein.« Sie merkt, dass es ihm ernst ist und zugleich ungeheuer schwerfällt, diesen Satz zu sagen.

»Und warum nicht?«, fragt sie mit äußerster Selbstbeherrschung.

»Das kann ich dir nicht sagen. Es tut mir furchtbar leid, Nadine, aber zwischen uns ist es aus.«

Jedes weitere Wort scheint überflüssig, denn er geht sichtbar auf Distanz – lehnt sich mit verschränkten Armen zurück, verzieht den Mund zu einem schmalen Strich.

Nadine will es nicht wahrhaben, kann nicht fassen, was er da soeben gesagt hat. Dass er sie liebt und trotzdem Schluss machen will! Am liebsten würde sie ihn anflehen, bei ihr zu bleiben, doch sie weiß, dass es keinen Sinn hat. Außerdem wäre es unter ihrer Würde.

Also lehnt sie sich ebenfalls zurück. »Das war's dann wohl«, sagt sie leise.

Er nickt, tiefe Verzweiflung im Blick.

Nadine steht auf. Ein kurzes Zögern …

Eelco hat das Gesicht zum Fenster gewandt, schaut auf die windgepeitschten Wellen.

Sie zieht die Jacke an, knöpft sie zu und schultert die Umhängetasche.

Keine Reaktion.

Grußlos verlässt sie das Café. Als sie draußen vorbeigeht, sieht sie ihn am Fenster sitzen, das Gesicht in den Händen vergraben.

31

Nadine versucht, Eelco aus ihren Gedanken zu verbannen, so als hätte er nie eine Rolle in ihrem Leben gespielt. Aber der Schmerz bleibt, lässt sie die Welt wie durch einen grauen Schleier wahrnehmen.

Den ersten Weihnachtstag verbringt sie mit Marielle bei ihren Eltern, am zweiten kommt Sigrid zu Besuch.

»Hab ich einfach nur Pech, oder liegt es vielleicht doch an mir, dass keine Beziehung hält?«, fragt Nadine, als sie am Abend bei einem Glas Wein zusammensitzen.

»Du hast ein besonderes Talent, immer wieder an den Falschen zu geraten«, meint Sigrid. »Auf den ersten Blick hat Eelco sehr nett gewirkt, aber letztlich war das wohl ein Irrtum. Mir geht es im Grunde nicht viel anders. Mit dem einzigen Unterschied, dass mir nicht unbedingt an einer festen Beziehung gelegen ist. Im Gegenteil: Ich mag es lieber unverbindlich.«

»Aber doch nicht auf Dauer, man kann doch nicht das ganze Leben …«

»Warum nicht? Bisher habe ich jedenfalls noch

keinen Mann getroffen, für den ich meine Freiheit aufgeben würde. Mir geht es sehr gut als Single. Ich kann tun und lassen, was ich will, habe eine schöne Wohnung und nette Freunde, die Arbeit macht Spaß … Warum sollte ich all das wegen eines Mannes aufgeben?«

»Das brauchst du doch gar nicht.«

»Aber sicher! Wenn man eine feste Beziehung hat, will man mit dem Mann zusammenleben. Und damit fängt der Ärger an. Er will keine Blümchentapeten, sondern überall weiße Raufaser und statt einer hellen Sitzgarnitur schwarze Ledersessel im Wohnzimmer. Du hättest es gern ländlich-verspielt, er sachlich-modern. Also lässt du dich auf Kompromisse ein, mit denen du im Grunde unglücklich bist. Das Gleiche gilt für die Freizeitgestaltung: Er will sich am Samstagabend das Fußballspiel im Fernsehen anschauen, du möchtest lieber ausgehen. Und welcher Mann mag es schon, wenn seine Frau am Wochenende ohne ihn um die Häuser zieht? Umgekehrt ist das schon eher akzeptabel. Bis jetzt hat jedenfalls noch jeder Mann versucht, mich einzuschränken. Und darauf habe ich schlichtweg keine Lust. In einer Beziehung bestimme ich, wie es läuft.«

»Und zwar?«

»Jeder darf und soll nach seiner Fasson glücklich werden. Kein Mann ist es wert, dass ich mich unterordne und kompromisslos an ihn binde.«

»Ich hätte mich gern an Eelco gebunden.« Nadine stützt den Ellbogen auf die Sofalehne und legt den

Kopf in die Hand. »Ich versteh einfach nicht, warum er so Knall auf Fall Schluss gemacht hat. Es gab überhaupt keinen Grund dafür. Im Gegenteil: Ich hatte den Eindruck, dass es ihm schwerfiel. Eigentlich müsste ich ihn nun hassen …«

»Für das, was er getan hat«, sagt Sigrid. »Aber den Menschen, den du in ihm gesehen hast, liebst du nach wie vor.«

Nadine nickt gedankenverloren.

Mit Marielle hat sie kaum über die Sache gesprochen, sondern ihr nur mitgeteilt, dass es mit Eelco aus ist. Ein längeres Gespräch schien ihr nicht angebracht, zumal bei Marielle jede Menge Klassenarbeiten anstehen. Die meiste Zeit sitzt sie in ihrem Zimmer und lernt. Seit Kurzem geht sie samstagabends wieder aus, verschläft dann den halben Sonntag und lernt anschließend wieder bis spätabends.

Eines Montags im Januar ruft Cynthia in Nadines Mittagspause an. Sie steht gerade mit ein paar Kollegen im Freien.

Sie nimmt das Handy aus der Tasche und meldet sich.

»Nadine, ich hab eine gute Nachricht: Wir drucken eine neue Auflage deines Buchs!«

»Oh, das ist ja fantastisch! Das heißt, es verkauft sich mittlerweile gut?«

»Ja. Das Weihnachtsgeschäft ist so gut gelaufen, dass wir jetzt fünftausend Exemplare nachdrucken wollen.«

»Wow, da bin ich platt!«

»Manches Buch braucht nun mal eine längere Anlaufzeit. Ich bin jedenfalls froh, dass sich die Dinge so entwickeln. Aber es überrascht mich auch nicht, denn ich habe immer an dich geglaubt«, sagt Cynthia.

Als Nadine auflegt, strahlt sie übers ganze Gesicht, sodass die Kollegen aufmerksam werden.

»Was ist? Wer war das?«, fragt Marijke.

»Meine Verlegerin. Sie drucken mein Buch nach.«

Arnout klopft ihr auf die Schulter. »Glückwunsch! Das freut mich für dich.«

Auch die anderen gratulieren, und Marijke umarmt sie spontan. »Das hast du mehr als verdient, Nadine!«

Inzwischen ist die Mittagspause um, und die Kollegen streben wieder zu ihren Schreibtischen. Nadine bleibt noch ein paar Minuten im Freien und wählt Eelcos Nummer. Wie immer in letzter Zeit erreicht sie nur den Anrufbeantworter und hinterlässt eine kurze Nachricht.

Eelco ruft nicht zurück, dafür reagiert Marielle umso begeisterter, als Nadine gegen sechs nach Hause kommt.

»Sie drucken nach? Das ist ja toll, Mam! Es wundert mich allerdings nicht, weil ich laufend Werbung für dich mache. Neulich musste jemand aus meiner Klasse ein Referat über ein Buch halten, und ich hab deines empfohlen. Die anderen waren hin und weg und wollten alle das Buch lesen.«

»Mir scheint, du bist auf eine Taschengelderhöhung aus, was?« Nadine lacht und drückt ihre Tochter liebevoll an sich.

»Was essen wir heute? Das muss doch gefeiert werden!« Marielle eilt zum Kühlschrank und rümpft die Nase, als sie das Gemüsefach inspiziert.

»Und ob! Wie wär's, wenn wir essen gehen?«

»Cool! Ich zieh mich rasch um!« Marielle ist bereits auf der Treppe.

Nadine tuscht sich gerade die Wimpern, als es klingelt. Sie läuft nach unten, um zu öffnen.

Erst sieht sie nur einen gigantischen Rosenstrauß, dann taucht Arnouts Gesicht dahinter auf.

»Für die beste Schriftstellerin, die ich kenne!« Er grinst leicht verlegen.

Strahlend nimmt Nadine die Rosen in Empfang. »Arnout, ich bin echt gerührt! Tausend Dank! Aber komm doch rein …«

»Ich freue mich so für dich«, sagt er im Flur.

»Es gibt mir enorm Auftrieb«, bestätigt Nadine. »Ich hatte mich fast schon damit abgefunden, dass mein Buch bald verramscht wird.« Sie stellt die Rosen in der Küche in einen weißen Emaileimer. »Sieht doch gut aus, oder? Am besten lasse ich sie da drin. Für so einen Riesenstrauß hab ich ohnehin keine passende Vase.«

Marielle kommt hinzu, schick angezogen und frisch geschminkt.

»Wollt ihr ausgehen?«, fragt Arnout.

»Mam geht mit mir essen«, sagt Marielle.

»Dann will ich nicht weiter stören. Ich wollte nur rasch die Blumen abgeben.«

Nadine bringt ihren Kollegen zur Tür.

Als sie allein im Flur steht, nimmt sie ihr Handy vom Garderobenschränkchen und sucht im Verzeichnis nach Eelcos Nummer. Doch dann klappt sie das Handy wieder zu.

32

Als Nadine am nächsten Morgen in die Redaktion kommt, sitzt Arnout an seinem Schreibtisch – offenbar schon seit einer ganzen Weile, denn vor ihm stehen zwei leere Kaffeebecher, und er hat einen Stapel Archivmappen vor sich.

Nadine löst den Gürtel ihres Wintermantels, stellt sich hinter Arnout und späht über seine Schulter.

»Du bist früh dran. Was machst du da?«

Er brummt etwas, ohne aufzusehen.

Nadine nimmt eine der Mappen und blättert darin. Sie enthält Zeitungsausschnitte über Morde an jungen Frauen.

»Das sind ja lauter alte Meldungen«, stellt sie fest.

Aus seiner Konzentration gerissen, dreht Arnout sich zu ihr um. »Ich vergleiche gerade frühere Fälle mit den beiden Morden vom letzten Sommer. Die älteren Artikel sind alle noch nicht digitalisiert, deshalb die Mappen.«

»Und? Hast du etwas rausgefunden?«

»Es gab etliche vergleichbare Verbrechen, aber ob die mit unseren zusammenhängen, lässt sich nur schwer sagen – zumal sie alle in anderen Städten begangen wurden.«

»Das muss nichts heißen. Auch Mörder ziehen um, gerade Mörder.« Nadine zieht einen Stuhl heran, setzt sich neben Arnout und beginnt zu lesen.

In sämtlichen Artikeln geht es um Frauen, die spätabends auf dem Nachhauseweg überfallen wurden. Bei vielen fand man GHB im Blut, einige der Opfer wurden vergewaltigt.

»Du hast recht«, meint Nadine nach der Lektüre mehrerer Berichte. »Ein Zusammenhang lässt sich allerdings nur schwer herstellen. Es gibt zwar Übereinstimmungen, aber auch jede Menge Unterschiede. Hier zum Beispiel: Der Frau wurden mehrere Messerstiche zugefügt, dann hat man ihr die Kehle durchgeschnitten. Und hier: Vergewaltigt und danach mit einem schweren Gegenstand erschlagen. Umgebracht wurden sie auf unterschiedliche Weise, und längst nicht alle sind vergewaltigt worden.«

»Vielleicht ändert der Täter öfter seine Vorgehensweise.« Arnout lehnt sich zurück und streckt die Glieder. »Aber es könnten ebenso gut verschiedene Täter sein. Und dass Vergewaltigungsopfer mit GHB betäubt werden, ist in letzter Zeit leider gang und gäbe.«

»Was ist das eigentlich genau? Ich kenne es nur als Partydroge.«

»GHB ist eine körpereigene Substanz, ein sogenannter Neurotransmitter. Früher hat man es als Schlafmittel und für Narkosen vor Operationen verwendet«, erklärt Arnout. »Heute ist es tatsächlich als

Partydroge beliebt. Es beeinflusst das Zentralnervensystem und wirkt bei niedriger Dosierung angstlösend und enthemmend. Dosiert man es höher, fühlt sich der Betreffende schlapp und müde, deshalb wird es häufig als ›Vergewaltigungsdroge‹ genommen. In sehr hoher Dosierung wiederum verursacht es Brechreiz und kann sogar zu einem Atemstillstand führen. Es ist also als sehr gefährlich einzustufen.«

»Ich glaube nicht, dass die Fälle zusammenhängen«, überlegt Nadine laut. »Dass jemand mit GHB betäubt wird, kommt – wie du vorhin selbst gesagt hast – leider öfter vor. Und meist geht es dem Täter darum, das Opfer zu vergewaltigen. Es sind aber längst nicht alle betroffenen Frauen vergewaltigt worden.«

»Vielleicht, weil der Täter gestört wurde und keine Zeit mehr dazu hatte«, wendet Arnout ein. »Wenn es ein und derselbe ist, hat er noch mehr Morde auf dem Gewissen. Und ist noch jedes Mal davongekommen.«

Wieder wird Nadine bewusst, dass sie und Marielle selbst auch gefährdet sind. Denn solange der Täter frei herumläuft … Bei dem Gedanken überfällt sie die nackte Angst. Rasch steht sie auf, um sich ein Glas Wasser zu holen.

Eelco fehlt ihr sehr. Den Januar und Februar über stürzt sie sich regelrecht in die Arbeit, um nicht dauernd grübeln zu müssen. Neue Theaterstücke, Kinofilme und Ausstellungen halten sie auf Trab.

Eines Freitagabends im März meldet sich Cynthia.

»Ich hab gute Nachrichten!«

»Dann schieß los. Eine Ablenkung kann ich mehr als gut gebrauchen.«

»Kommende Woche findet der Bücherball statt, und ich habe Karten ergattert. Hast du Lust hinzugehen?«

»Der Bücherball? Ich weiß nicht recht …« Nadine zögert. Früher hätte sie es sich nicht träumen lassen, jemals zur feierlichen Eröffnung der Buchwoche eingeladen zu werden. Doch jetzt ist sie unsicher, ob sie hingehen soll.

»Gib dir einen Ruck, Nadine! Das darfst du dir auf keinen Fall entgehen lassen!«

»Also gut. Wer kommt denn sonst noch mit?«

»Alle unsere Autoren, Veerle van Oostveen natürlich auch. Erst gehen wir gemeinsam essen und danach zu Fuß zur Stadsschouwburg. Du kannst übrigens eine Begleitung mitbringen, gern auch zum Essen.«

Allmählich überwiegt die Vorfreude. »Bald gehe ich in die Stadt und kaufe mir ein Abendkleid«, sagt Nadine.

Sie legt auf und merkt, dass sie zum ersten Mal seit Langem wieder lächelt. Der Bücherball! Und sie wird über den roten Teppich schreiten!

Als ihr klar wird, dass sie dort wahrscheinlich Eelco über den Weg laufen wird, entgleist ihr Lächeln.

*

Regungslos stehe ich vor ihrem Haus. Eine innere Unruhe hat mich hergetrieben. Vor allem an den Wochenenden macht mir die Einsamkeit zu schaffen, drückt mich regelrecht nieder. In solchen Situationen hilft nur eines: Nadines Nähe.

Ihr Auto steht nicht da, sie ist also nicht zu Hause. Marielle vielleicht?

Ich spähe durchs Fenster. Sie sitzt vor dem Fernseher auf dem Boden und hat mir den Rücken zugekehrt.

Ich klingle, aber sie macht nicht auf, scheint nichts gehört zu haben.

Erst will ich ans Fenster klopfen, gehe dann aber ums Haus herum, in den Garten.

Als ich durch die Hintertür komme und ins Wohnzimmer trete, zuckt sie zusammen.

»Ich habe geklingelt, aber du hast nichts gehört«, sage ich.

»Meine Mutter ist nicht da, sie ist bei Oma und Opa.«

Ich sehe auf die Uhr: Es ist kurz vor fünf.

»Dann warte ich hier, bestimmt kommt sie bald.« Ich setze mich aufs Sofa.

Leicht verunsichert sieht Marielle mich an. »Willst du was trinken?«

Ein Kaffee wäre nicht schlecht. Sie geht in die Küche, um welchen zu kochen. Währenddessen sehe ich, dass die Videokamera an den Fernseher angeschlossen ist. Anscheinend sichtet Marielle Filmaufnahmen.

»Brennst du Filme auf DVD?«, rufe ich.

Mit einem Becher Kaffee in der Hand kommt sie herein. »Ja. Meine Mutter archiviert nie etwas. Ihr ist das zu umständlich. Aber mir macht es Spaß, und außerdem will ich mir die Filme gern ansehen.«

Sie setzt sich wieder auf den Boden. Beim Kaffeetrinken schaue ich zu, wie sie routiniert einzelne Filme anspielt, löscht oder auswählt und speichert.

»Du kennst dich gut aus damit«, sage ich anerkennend. »Oh, da ist ja das Grillfest!«

Manche glauben, dass nichts im Leben Zufall ist. Heute Nachmittag bin ich geneigt, ihnen recht zu geben. Wie sonst ließe sich erklären, dass ich ausgerechnet jetzt vorbeigekommen bin?

Marielle muss bei dem Gartenfest ständig gefilmt haben: das Essen, die Gäste, einfach alles. Und die Qualität der Aufnahmen ist erstaunlich gut. Wahrscheinlich stand sie immer dicht dabei, oder sie hat eine besonders empfindliche Kamera.

Ich sehe mich und Joella in Großaufnahme, und gleich darauf höre ich uns auch.

Am Abend gehe ich noch einmal hin. Nadine hat gegen sechs angerufen und gesagt, sie bleibe zum Essen bei ihren Eltern. Ob Marielle nicht auch kommen wolle?

In letzter Zeit bin ich immer öfter gezwungen, spontan zu handeln. Das ist riskant. Lieber plane ich mein Vorgehen in aller Ruhe, doch dafür bleibt jetzt keine Zeit.

Mit einem raschen Blick vergewissere ich mich, dass niemand mich beobachtet, und überquere die Straße. Da ich weiß, wo der Reserveschlüssel liegt – nämlich im Vogelhäuschen im Garten –, komme ich problemlos ins Haus.

An der Flurgarderobe hängt Nadines hellbraune Wildlederjacke. Ich streiche im Vorbeigehen sanft mit der Hand darüber und betrete dann das Wohnzimmer.

Es ist geräumig und sparsam, aber geschmackvoll möbliert – ohne ein Zuviel an Möbeln, Topfpflanzen und Dekogegenständen, wie man es sonst oft sieht. Zwei helle Sofas und ein Sessel mit weiß-braunem Bezug bilden die Sitzecke, davor steht ein ovaler Glastisch.

In diesem Raum verbringt Nadine ihre Freizeit, liest, empfängt Freunde. Aber ohne sie wirkt das Zimmer kalt und abweisend, irgendwie leblos.

Ich schüttle das leichte Unbehagen ab und mache mich daran, die Schubladen der Fernsehkommode zu durchsuchen. Schon in der zweiten finde ich einen Stapel DVDs, etikettiert und von Marielle ordentlich beschriftet. Auf der obersten DVD steht »Grillfest«. Ich stecke sie ein.

Meine erste Mission ist erfüllt, jetzt nach oben!

Meine Schritte hallen auf der Treppe und dem Laminat im ersten Stock.

Ein rascher Blick ins Badezimmer. Im Regal liegen rosa Handtücher, sauber gestapelt. Ich sehe typisch weibliche Utensilien wie Cremespülung und Bodylotion, kleine Duftseifen in einem Porzellanschälchen, ein Blütenpotpourri und allerlei Schminksachen. Auf dem Rand des modernen viereckigen Waschbeckens steht ein Flakon von Laura Biagiotti.

Ich sprühe ein wenig von dem Parfüm auf mein Handgelenk und schnuppere. Ja, das ist ihr Duft! Manchmal, wenn ich dicht neben ihr stehe, nehme ich einen Hauch davon wahr.

Ich gehe weiter, ins Schlafzimmer. Das breite Bett mit den zartgelben Bezügen ist ordentlich gemacht. Auf der Kommode links davon stehen weitere Parfümfläschchen, außerdem Cremetiegel, Pinsel, Lippenstifte und ein offener Schmuckkasten. Warum betreibt sie nur solchen Aufwand um ihr Aussehen? Ungeschminkt ist sie doch am schönsten!

Der Kleiderschrank nimmt eine ganze Wand ein, ist aber – wie erwartet – kaum groß genug für ihre vielen Sachen. Röcke, Kleider und Hosen hängen dicht an dicht auf Bügeln, daneben, in den Fächern, liegen Pullis und T-Shirts in allen Farben.

Ich nehme ein T-Shirt und vergrabe das Gesicht darin. Es riecht nach Weichspüler … schade.

Aber was ich eigentlich suche, ist nicht hier. Ich muss mich sputen, mir Marielles Zimmer vornehmen.

Ich bin schon auf der Schwelle, als unten die Haustür geht. Wie erstarrt bleibe ich stehen. Die Tür fällt ins Schloss, jemand wirft einen Schlüssel auf das Garderobenschränkchen und geht ins Wohnzimmer.

Fast schon panisch sehe ich mich in dem reichlich chaotischen Zimmer um. Mein Blick bleibt am

Schreibtisch hängen, erfasst ein Kabel, das unter Zeitschriften und Schulbüchern hervorhängt.

Ich schnappe mir die Videokamera und will gerade den Film löschen, als unten im Flur Schritte erklingen.

Auf Zehenspitzen schleiche ich zur Treppe, spähe hinab und erhasche einen Blick auf Marielles roten Pulli.

Verdammt, was tut sie hier? Sie wollte doch bei ihren Großeltern essen!

Zu meinem Entsetzen geht sie zur Treppe.

Mit der Videokamera in der Hand schlüpfe ich in Nadines Zimmer und verstecke mich hinter der halb offenen Tür. Durch die Ritze zwischen Türangeln und Wand sehe ich Marielle mit einem Glas Cola in ihr Zimmer gehen.

Sie steht vor ihrem Schreibtisch, mit dem Rücken zu mir.

Unendlich vorsichtig schleiche ich den Flur entlang und die Treppe hinab. Auf halbem Weg knarrt eine Stufe.

»Mam?«, klingt es von oben. »Mam, bist du das?«

Ich haste die letzten Stufen hinab und eile zur Haustür.

Schritte im oberen Flur, dann Marielles Stimme: »Ist da wer?«

Sie klingt ein wenig ängstlich.

Als sie die Treppe herabkommt, habe ich bereits die Haustür geöffnet und leise wieder hinter mir geschlossen.

Ich renne zur Hecke am Nachbarhaus und verstecke mich dahinter. Aber Marielle kommt nicht hinaus.

Sicherheitshalber warte ich noch eine Viertelstunde, dann laufe ich geduckt im Schutz der Dunkelheit bis ans Ende der Straße.

33

»Mam …« Marielles Stimme klingt zögernd. »Ich muss dir was sagen.«

Nadine war so in Gedanken versunken, dass sie zusammenzuckt, als Marielle plötzlich neben ihr steht.

Forschend sieht sie ihre Tochter an, die an der Arbeitsplatte lehnt und ihrem Blick ausweicht. Genau so hat sie immer als kleines Mädchen ausgesehen, wenn es etwas zu beichten gab.

»Worum geht's?«, fragt sie leicht beunruhigt.

»Die Videokamera ist weg.«

Zunächst überwiegt die Erleichterung: Sie hat sich nicht wieder mit Ruben eingelassen, ist nicht schwanger oder drogensüchtig.

»Was soll das heißen: Die Kamera ist weg? Sie kann doch nicht einfach verschwinden.«

»Ich hatte sie auf meinen Schreibtisch gelegt, aber da ist sie nicht mehr.«

»Wann hast du sie das letzte Mal benutzt?«, fragt Nadine, nunmehr ärgerlich über Marielles Schlamperei.

»Gestern. Und anschließend hab ich sie mit nach oben genommen. Ich versteh das einfach nicht.«

»Ich auch nicht. Überleg noch mal, wo sie sein könnte. Hast du sie vielleicht mit zu Renate genommen?«

Keine Reaktion.

Nadine mustert Marielle, die irgendwie bedrückt wirkt.

»Da war noch so was Komisches«, sagt sie leise.

Alarmiert legt Nadine das Kartoffelmesser weg. »Was?«

»Ich hab gestern Geräusche im Haus gehört.«

»Wann?«

»Abends, als ich früher von Oma und Opa nach Hause gegangen bin. Ich war in meinem Zimmer, als die Haustür ging. Erst glaubte ich, du bist es, deshalb hab ich mir nichts weiter gedacht. Aber später hab ich dann gemerkt, dass du noch gar nicht da warst.«

»Warum hast du mir das nicht früher gesagt?«

»Weil ich anfangs dachte, ich hätte mich verhört. Aber jetzt, wo die Kamera weg ist …«

»Ich kann mir nicht vorstellen, dass hier jemand reinspaziert und dann nur die Videokamera mitnimmt. Wie soll derjenige überhaupt ins Haus gekommen sein?« Nadine setzt die Kartoffeln auf und gibt Salz dazu.

»Keine Ahnung. Aber da waren wirklich Geräusche. Und jetzt ist, wie gesagt, die Kamera weg«, beharrt Marielle.

Unschlüssig sieht Nadine ihre Tochter an.

»Räum erst mal dein Zimmer auf«, sagt sie. »Vielleicht taucht die Kamera dabei auf.«

Nadine räumt gerade Wäsche in den Wandschrank, als sie ein Telefonat von Marielle mitbekommt.

»Mir lässt das keine Ruhe«, sagt sie. »Irgendwas stimmt da nicht.«

Geht es womöglich um Ruben? Nadine spitzt die Ohren.

»Ich könnte ja nachher mal vorbeifahren«, sagt Marielle. »Und sehen, ob jemand zu Hause ist.«

Eine Viertelstunde später, als Nadine gerade Zwiebeln für die Tortilla schneidet, kommt Marielle in die Küche.

»Mam, ich geh noch mal kurz weg.«

»Wohin?«

»Nichts Besonderes.«

»Doch nicht etwa zu Ruben?«

»Wo denkst du hin?«, sagt Marielle entrüstet.

»Dann ist ja gut.« Sie beginnt, das Gemüse zu würfeln. »Bleib nicht zu lange weg, in einer Stunde essen wir.«

Marielle zieht die Jacke an und geht. Nachdenklich sieht Nadine ihr nach. Hätte sie Marielle doch nicht gehen lassen dürfen?

*

Meine Mutter fehlt mir noch heute, jeden Tag. Nicht immer ist Hass im Spiel, wenn man jemanden umbringt. Auch Liebe kann der Grund sein.

Beides macht einen abhängig, kann einen sogar regelrecht zerstören.

Immer öfter zweifle ich, ob das Leben überhaupt einen Sinn hat. Schon morgens beim Aufwachen empfinde ich eine riesige Leere. Erst wenn ich aufgestanden bin und mich dem Alltag stelle, wird es ein wenig besser.

Ablenkung finde ich in meinem Beruf, weil ich mich darin bis zu einem gewissen Grad selbst verwirklichen kann. Dennoch leide ich phasenweise immer wieder an Depressionen. Hätte ich jemanden, der mich aufrichtig liebt, wäre das Leben nicht so bedeutungslos.

Ich gönne es Nadine von Herzen, dass sie nun mit ihrem Buch Erfolg hat, bin sogar stolz auf sie. Aber das Ganze beunruhigt mich auch. Wird sie, wenn sie sich demnächst in ganz anderen Kreisen bewegt, überhaupt noch Zeit für mich haben? Dass Eelco ausgeschaltet ist, hat bisher kaum etwas bewirkt. Aber vielleicht kommt das noch. Sie trauert ihm nach, aber auch das wird vorbeigehen. Wie alles irgendwann vorbeigeht.

Am frühen Sonntagabend liege ich auf dem Sofa vor dem Fernseher, als ich Marielle sehe. Sie steigt vom Rad und kommt den Gartenweg entlang.

Ich springe auf und mache rasch den Fernseher aus.

Es klingelt. Unschlüssig bleibe ich stehen. Ich habe zwei Möglichkeiten: Entweder ich mache die Tür auf oder ich tue, als wäre ich nicht da – was sie dann wohl macht?

Gespannt warte ich.

Nachdem Marielle noch zweimal geläutet hat, gibt sie auf.

Ich schleiche in den Flur. Die Hautür ist ganz aus Holz, hat keine Glasscheibe, also kann sie mich nicht sehen. Ich sie auch nicht, aber ich spähe durch den Briefschlitz und beobachte, wie sie den Gartenweg zurück und dann nach links geht. Sie will es wohl an der Hintertür versuchen.

Da diese nicht abgeschlossen ist, kann sie ins Haus. Ich überlege fieberhaft, was ich machen soll, und beschließe, es darauf ankommen zu lassen. Alles Weitere wird sich finden.

Rasch verstecke ich mich im Flurschrank. Gleich darauf geht die Küchentür, und Marielle ruft meinen Namen.

Mit angehaltenem Atem warte ich. Wird sie weitergehen?

Ja, ich höre Schritte. Wieder ruft sie nach mir, ihre Stimme klingt ein wenig unsicher.

Sie kommt in den Flur und ruft unten an der Treppe erneut. Dass die Antwort ausbleibt, scheint ihr gelegen zu kommen.

Sie beginnt, im Wohnzimmer herumzuschnüffeln, ich höre, wie sie Schubladen aufzieht. Zu meiner Verwunderung ärgert mich das keineswegs, es amüsiert mich sogar. Sie traut sich was, das muss man ihr lassen! Was sie wohl sagen würde, wenn ich nun unverhofft auftauchte? Mit Sicherheit hätte sie eine Ausrede parat, aber mich interessiert viel mehr, was sie im Schilde führt. Obwohl ich es im Grunde genau weiß: Sie sucht ihre Videokamera.

Die wird sie allerdings nicht finden, weil ich sie längst entsorgt habe. Trotzdem bin ich leicht nervös. Soll ich eingreifen? Für ihr unverschämtes Eindringen hätte sie eine Lektion verdient … aber nicht hier und jetzt.

Nachdem sie im Wohnzimmer nicht fündig wurde, geht sie die Treppe hinauf.

Sie bleibt nicht lange oben, weil das, was sie sucht, auch nicht dort ist. Dafür weiß ich jetzt, woran ich bin.

34

Sie wollte nur kurz weggehen, aber inzwischen ist es schon sieben, und Marielle ist immer noch nicht da.

Ab und zu geht Nadines Blick zum Fenster, doch sie sieht nur ihr eigenes Spiegelbild in der dunklen Scheibe.

Lustlos stochert sie in der Portion Tortilla auf ihrem Teller herum.

Wo steckt Marielle nur? Sie hätte ihr verbieten müssen, noch einmal aus dem Haus zu gehen. Und dass sie immer nur die Mailbox erreicht, wenn sie Marielles Handynummer wählt, trägt auch nicht gerade zu ihrer Beruhigung bei.

Nadine ist der Appetit gründlich vergangen. Sie steht auf und trägt den halb abgegessenen Teller in die Küche. Was noch in der Pfanne ist, stellt sie für Marielle in die Mikrowelle.

Als sie die Spülmaschine eingeräumt hat, ist Marielle noch immer nicht da.

Nadine will sich nicht wieder allerlei Katastrophenszenarien ausmalen. Bestimmt kommt ihre Tochter gleich nach Hause …

Als eine Viertelstunde später die Haustür geht, ist sie unendlich erleichtert.

Sie eilt in den Flur. Marielle ist bereits auf der Treppe und bleibt stehen, als Nadine sie scharf anspricht: »Wo hast du dich herumgetrieben?«

So als hätte sie ein schlechtes Gewissen, senkt Marielle den Blick. »Ich war bei Renate, warum?«

»Es ist gleich halb acht! Du wolltest zum Abendessen zu Hause sein!«

»So spät? Wir haben uns verplaudert. Ich hab gar nicht gemerkt, wie die Zeit verflogen ist. Tut mir echt leid.«

»Wie oft muss ich dir noch sagen, dass ich mir Sorgen mache, wenn ich nicht weiß, wo du bist und wann du nach Hause kommst? Und deine Handyrechnungen bezahle ich übrigens nicht zuletzt deshalb, damit ich dich notfalls immer erreichen kann. Aber du hast das Ding ausgeschaltet.«

»Das war keine Absicht.«

»Sonst ist es immer an. So allmählich habe ich den Eindruck, dass du es immer dann ausschaltest, wenn du irgendwelche Heimlichkeiten planst, kann das sein?« Die Hände in die Hüften gestemmt, sieht Nadine ihre Tochter wütend an.

»Nun mach keinen solchen Aufstand! Schließlich bin ich jetzt da!« Marielle stampft nach oben und knallt die Tür ihres Zimmers hinter sich zu.

Erst will Nadine hinterher und ihr gründlich die Meinung sagen, aber sie fühlt sich einer erneuten Konfrontation nicht gewachsen. In einem Erziehungsratgeber hat sie gelesen, es sei vollkommen normal, dass Jugendliche in der Pubertät die Auseinandersetzung mit den Eltern suchen. In Wirklichkeit sei das ein verkapptes Kompliment, denn es zeige, dass das Kind sich im Grunde geborgen fühle und deshalb seinen Gefühlen freien Lauf lasse. So gesehen, hat sie in letzter Zeit von niemandem so viele Komplimente bekommen wie von Marielle.

Morgen, denkt sie, während sie ihre schmerzende Stirn massiert, morgen rede ich mit ihr.

In der Nacht hat sie prompt einen Albtraum. Sie geht durch verlassene dunkle Straßen und Parkanlagen und sucht Marielle. Nach langem Herumirren findet sie sie: vergewaltigt und erwürgt. Sie weint und will um Hilfe rufen, aber der Schrei, der sich ihrer gequälten Brust entringt, ist kaum mehr als ein heiseres Krächzen.

Schreckensstarr und völlig verkrampft erwacht sie, das Gesicht tränenüberströmt. Ganz langsam wird ihr bewusst, dass es nur ein Traum war, dass in Wirklichkeit nichts Schlimmes passiert ist.

Halb benommen tappt sie ins Badezimmer.

Nach der erfrischenden Dusche kämmt sie die nassen Haare mit einer Bürste aus, trägt Tagescreme auf und geht nackt wieder ins Schlafzimmer.

In Marielles Zimmer fährt der Computer brummend hoch. Vermutlich fällt mal wieder die erste Schulstunde aus.

Nadine zieht sich an und geht ins Zimmer ihrer

Tochter. Marielle sitzt im Jogginganzug am Schreibtisch und öffnet gerade MSN.

»Guten Morgen«, sagt Nadine. »Du bist früh auf.«

»Du auch.«

»Schlecht geträumt. Ich war völlig panisch und bin schweißüberströmt aufgewacht.« Nadine setzt sich auf die Bettkante.

Marielle ist deutlich anzusehen, dass sie sich viel lieber mit MSN beschäftigen würde. Doch um ihre Mutter nicht vor den Kopf zu stoßen, dreht sie sich halb zu ihr um.

»Was hast du geträumt?«

»Es ging um dich. Du warst nicht nach Hause gekommen, deshalb habe ich dich mitten in der Nacht gesucht.« Nach einer kurzen Pause fügt Nadine hinzu: »Und gefunden.«

»Tot vermutlich?«

Als Nadine nickt, lächelt Marielle ihr aufmunternd zu: »Mam, das war nur ein Traum!«

»Ich weiß, aber manche Träume sind so real, dass sie einen noch lange verfolgen.« Nadine blickt zum Fenster und sucht nach Worten. »Ich habe immer wieder das Gefühl, dass eine Bedrohung in der Luft liegt. Seit Joellas Tod fühle ich mich nicht mehr sicher, und um dich mache ich mir natürlich auch Sorgen.«

Marielle dreht sich ganz zu Nadine um und wickelt eine Haarsträhne um den Finger.

»Das kenne ich. Manchmal denke ich, dass Joellas Mörder vielleicht jemand ist, den wir kennen.«

Alarmiert sieht Nadine sie an. »Wie kommst du nur auf die Idee?«

»Ich weiß nicht. Das ist nur so ein Gefühl.«

»Wahrscheinlich, weil du Joella gekannt hast. Man denkt dann unwillkürlich, man könnte das nächste Opfer sein.«

»Ja, das lässt einen so schnell nicht los.«

Mit einem Mal fühlt Nadine sich ihrer Tochter sehr nah. Von den alltäglichen Spannungen ist nichts mehr zu spüren.

»Warum hast du nie gesagt, was dich umtreibt?«

Langsam streicht Marielle sich das Haar aus dem Gesicht. »Weil du wegen der Sache mit Eelco schon genug Stress hast.«

»Aber das bedeutet doch nicht, dass ich keine Zeit mehr für dich habe! Wenn dich etwas belastet, solltest du es mir sagen, damit ich helfen kann.«

»So schlimm ist es auch wieder nicht. Und helfen kannst du mir ohnehin nicht. Du machst dir doch auch deine Gedanken.«

»Stimmt, aber es ist besser, man spricht darüber, dann fühlt man sich nicht so allein.«

Marielle nickt. Sie holt tief Luft, als wollte sie etwas sagen, lässt es dann aber.

Forschend sieht Nadine sie an. »Was wolltest du sagen?«

»Nichts. Es ist nichts.«

Nadine hakt noch einmal nach, doch Marielle schweigt beharrlich.

Damit es nicht gleich wieder Streit gibt, drängt sie

nicht weiter in sie. »Ich mache Rührei. Für dich auch?«

»Ja, gern. Ich komm gleich runter, will nur noch rasch meine Hotmail checken«, sagt Marielle.

Als Nadine an ihr vorbeigeht, wirft sie einen flüchtigen Blick auf den Bildschirm. Sie sieht Renates Namen und ein paar Worte, die auf eine Verabredung schließen lassen. Nichts Bedenkliches also.

Dennoch ist ihr nicht ganz wohl bei der Sache.

35

Arnout ist hellauf begeistert, als Nadine von ihrer Einladung zum Bücherball erzählt. »Toll«, sagt er. »Da würde ich gern mal Mäuschen spielen und all die berühmten Schriftsteller in natura sehen. Aber man kommt ja nicht so ohne Weiteres rein.«

»Die Karten sind sehr begehrt und werden meist von den Verlagen an ihre Autoren vergeben«, bestätigt Nadine. »Trotzdem drängen sich dort gut vierhundert Leute. Wahrscheinlich stößt man auf Schritt und Tritt mit irgendeinem Promi zusammen.«

»Wenn es sich um hübsche Thrillerautorinnen handelt, würde mir das nichts ausmachen«, grinst Arnout. »Du musst mir hinterher unbedingt erzählen, wie es war. Und Fotos machen! Aber sag mal, wie weit ist es noch?«

Es ist kalt und windig, nur hin und wieder stiehlt sich ein dünner Sonnenstrahl durch die niedrig hängenden Wolken. Nadine will für die Kulturseite einen Artikel über die Wandgedichte schreiben, die viele Fassaden der Leidener Innenstadt zieren. Da Arnout die Route ohnehin einmal abgehen wollte, hat er angeboten, sie zu begleiten.

»Zu meiner Schande muss ich zugeben, dass ich bis vor Kurzem gar nicht wusste, dass es diesen Stadtrundgang überhaupt gibt«, sagt er. »Ich hab zwar manchmal ein Gedicht an einer Hauswand gesehen, mir aber nichts weiter dabei gedacht.«

Seit einer guten Stunde sind sie unterwegs und haben Gedichte in verschiedenen Sprachen in der Breestraat, der Haarlemmerstraat, am Kaasmarkt und in der Hooigracht gesehen. Jetzt stehen sie auf dem Platz vor der mächtigen Pieterskerk.

»Ich friere«, meint Arnout. »Wie viele Gedichte gehören denn noch zu unserer Route?«

Nadine geht nicht auf seine Frage ein, sondern blickt an der Fassade empor.

»Chanson d'automne«, sagt sie und liest dann den französischen Text laut vor, genießt Klang und Rhythmus.

»Schön, nicht wahr?«

Arnout grinst schief. »Ich hab leider kein Wort verstanden.«

Nadine hat die Übersetzungen der Gedichte im Internet recherchiert. Sie holt die Ausdrucke aus der Tasche und liest vor:

Herbstlied

Seufzer gleiten
Die saiten
Des herbsts entlang
Treffen mein Herz

Mit einem schmerz
Dumpf und bang.

Beim glockenschlag
Denk ich zag
Und voll peinen
An die zeit
Die nun schon weit
Und muss weinen.

Im bösen winde
Geh ich und finde
Keine statt …
Treibe fort
Bald da bald dort –
Ein welkes blatt.

Nach den letzten Worten muss sie schlucken. Sie kämpft mit den Tränen. Warum rührt dieses Gedicht sie so sehr an?

Sorgfältig faltet sie das Blatt zusammen und steckt es wieder ein.

»Paul Verlaine«, sagt sie. »Ein französischer Lyriker des neunzehnten Jahrhunderts.«

»Gefällt mir sehr«, sagt Arnout. »Gedichte sind etwas Herrliches, aber allmählich bekomme ich Hunger. Wollen wir eine Kleinigkeit essen? Gleich um die Ecke ist das ›Dartel‹, na, wie wär's?«

Dort hatte Nadine ihre erste Verabredung mit Eelco.

»Die machen erst abends auf«, sagt sie.

»Nicht für uns. Ich bin mit dem Besitzer befreundet. Wetten, dass er uns was serviert?«

Leicht widerwillig folgt Nadine ihm.

Im Handumdrehen hat Arnout den Wirt überredet. Dieser bittet sie bloß, sich an einen der hinteren Tische zu setzen, sonst sei das Restaurant demnächst gesteckt voll.

Das hält Nadine angesichts des unfreundlichen Wetters für nicht sehr wahrscheinlich, aber egal.

Mit Eelco hatte sie am Fenster gesessen. Unwillkürlich gleitet ihr Blick zu dem Tisch von damals.

»Bei dir läuft's derzeit gut, was?«, sagt Arnout, während sie auf ihre Baguettebrötchen mit Brie warten. »Wie viele Exemplare deines Buchs sind denn inzwischen verkauft?«

»Die zweite Auflage ist bald ausverkauft. Also neuntausend. Sie bereiten gerade die dritte vor.«

»Toll! Demnächst bist du weltberühmt und hast keine Zeit mehr für deine alten Freunde. Dann gibst du den Job bei der Zeitung auf und schreibst einen Bestseller nach dem anderen.« Arnout lacht, aber es kommt nicht von Herzen.

»So schnell wird man nicht weltberühmt. Und bis man vom Schreiben leben kann, vergehen viele Jahre. Meinen Job werde ich jedenfalls nicht hinwerfen. Schließlich muss ich auch an die Rente denken.«

Nadine will noch etwas sagen, als ihr Handy den Eingang einer SMS meldet.

»Entschuldige bitte.« Sie wirft einen Blick aufs

Display und wird blass. »Von Eelco«, sagt sie und öffnet die SMS. »Hör dir das an: *Habe mitbekommen, dass du zum Bücherball gehst. Würde dich dort gern sprechen.*«

»Was hat er noch mit dir zu besprechen?«

»Das frage ich mich auch. Wenn er mir etwas zu sagen hat, kann er ja anrufen oder vorbeikommen!« Nadine ist sauer, andererseits macht die SMS ihr auch wieder Hoffnung.

»Ich begreife nicht, warum er so plötzlich Schluss gemacht hat.« Arnouts Stimme klingt wütend. »Lass dich bloß nicht wieder mit ihm ein, Nadine. Auf den Typen ist kein Verlass!«

»Dabei hat Eelco auf mich immer sehr verlässlich gewirkt.«

»Auf mich auch. Aber man kann sich in Menschen täuschen. Wahrscheinlich ist dir nicht sehr daran gelegen, ihn auf dem Ball zu treffen. Wenn du einen Bodyguard brauchst, kannst du auf mich zählen.«

Vermutlich ist der Vorschlag nicht ganz ernst gemeint, dennoch ist Nadine begeistert. »Super Idee! Ich darf nämlich einen Begleiter mitbringen. Also, wie sieht's aus?«

»Du willst mich wirklich …?« Überrascht sieht Arnout sie an.

»Und ob! Ich würde mich sogar freuen, denn ich habe wenig Lust, dort allein aufzukreuzen.«

»Prima, abgemacht!« Arnout lächelt, doch dann sieht er sie mitleidig an. »Es tut mir unsagbar leid, dass es mit Eelco so gelaufen ist. Leidest du noch sehr darunter?«

Lügen hat keinen Sinn, denn die Wahrheit steht ihr bestimmt ins Gesicht geschrieben und entgeht seinem wachsamen Blick nicht.

»Ja«, sagt sie schlicht. »Er fehlt mir sehr.«

Arnout nimmt ihre Hand und drückt sie zärtlich.

»Ich geh mit dir zum Ball«, sagt er. »Und was immer Eelco dir zu sagen hat – wir beide werden den Abend genießen. Das verspreche ich dir.«

36

Eigentlich wollte Nadine Eelcos SMS ignorieren, aber auf dem Nachhauseweg antwortet sie doch kurz: *Was mich betrifft, ist alles gesagt.*

Zu Hause findet sie Marielle im Wohnzimmer vor. Sie sitzt auf dem Sofa, in der einen Hand den Telefonhörer, in der anderen die Fernbedienung. MTV läuft in voller Lautstärke, was ihre Unterhaltung aber offenbar nicht stört.

Kopfschüttelnd geht Nadine in die Küche, um Teewasser aufzusetzen.

Marielle beendet das Telefonat und ruft ihr nach: »Bringst du mir eine Cola mit?«

»Ich mache Tee«, sagt Nadine. »Du sollst nicht so viel Cola trinken.«

Kurz darauf kommt sie mit zwei Bechern ins Zimmer. Marielle stellt den Ton leiser.

»Ich habe heute einen Rundgang durch die Stadt gemacht und mir Wandgedichte angesehen«, erzählt Nadine. »Darüber will ich jetzt einen Artikel schreiben.«

Marielle nickt, jetzt wieder ganz im Bann der MTV-Clips.

»Und ich brauche ein Abendkleid für den Bücherball. Nachher will ich deswegen noch mal in die Stadt. Magst du mitkommen?«

»Ich hab keine Lust, stundenlang durch die Läden zu ziehen, und das alles nur wegen so ’nem blöden Kleid.«

»Wir könnten uns auch nach Sachen für dich umsehen, und anschließend gehen wir zusammen essen, was hältst du davon?«

Die Aussicht auf ein neues Outfit gibt den Ausschlag. Marielle springt auf. »Prima. Ich zieh mich nur noch rasch um.«

Nadine trinkt gerade einen Schluck Tee, als ihr Handy klingelt.

Es ist Sigrid.

»Ich habe heute Vormittag in der Redaktion angerufen, aber du warst nicht da. Wo hast du denn gesteckt?«, sagt sie.

»Ich war in der Stadt und habe für einen Artikel über Wandgedichte in Leiden recherchiert.«

Auf Sigrids erstauntes »Oh« hin sagt sie: »Ich glaube, die kennen nur wenige Leute hier. Es war jedenfalls interessant. Arnout hat mich begleitet.«

»Hat Eelco sich mal wieder gemeldet?«

»Vorhin hat er mir eine SMS geschickt. Er will mich auf dem Bücherball sprechen. Ich fürchte, dort kann ich ihm nicht aus dem Weg gehen.«

»Wie, du gehst zum Bücherball?«, ruft Sigrid. »Das ist fantastisch!«

»Ja, stell dir vor! Mit einer ganzen Gruppe Autoren. Meine Verlegerin hat Karten organisiert. Ich bin so gespannt, meine ganzen Schriftstellerkollegen näher kennenzulernen. Und Arnout kommt auch mit.«

»Schon wieder Arnout? Bist du mit dem neuerdings befreundet?«

»Ich darf eine zweite Person mitbringen«, sagt Nadine. »Und da dachte ich, männliche Begleitung wäre doch nicht schlecht. Und sei es nur, um Eelco eins auszuwischen.«

»Gute Idee«, sagt Sigrid.

Sekundenlang ist es still, dann fasst Nadine sich ein Herz und fragt: »Sag mal, Sigrid, was für einen Eindruck hat Eelco auf dich gemacht? Er wirkte doch immer nett und zuverlässig, oder?«

»Eigentlich schon.«

Nadine wickelt eine Haarsträhne um ihren Zeigefinger. »Manchmal überlege ich, wie mein Leben aussehen würde, wenn Christiaan nicht verunglückt wäre«, sagt sie nachdenklich.

Keine Reaktion.

Dann sagt Sigrid unvermittelt: »Arnout ist ziemlich nett, stimmt's?«

»Ja …« Nadine seufzt laut. »Ich glaube, er mag mich, aber mir ist das im Moment alles zu viel. Eine neue Beziehung kann ich mir beim besten Willen noch nicht vorstellen. Wenn ich wüsste, warum Eelco so plötzlich Schluss gemacht hat, käme ich besser damit zurecht. Aber so grüble ich ständig und hoffe, dass es sich doch wieder einrenkt.«

»Vielleicht will er dir beim Bücherball sagen, was der Grund war.«

Das vermutet Nadine ebenfalls. Und es löst zwiespältige Gefühle in ihr aus: Einerseits erhofft sie eine Aussprache, andererseits fürchtet sie, das Wiedersehen könnte ihr den Abend gründlich verderben.

*

Es läuft nicht nach Plan. Ich habe die Dinge nicht mehr, wie bisher, im Griff.

Was ich auch tue, immer sehe ich Nadines Gesicht vor mir und höre ihre Stimme. Ich will ihr nicht wehtun, aber es lässt sich nicht vermeiden. Wenn ich jetzt nicht rasch handle, ist alles verloren.

Eelco hat anscheinend nicht vor, sich von ihr fernzuhalten wie seine Vorgänger. Vermutlich glaubt er, sie auf dem Bücherball unbeobachtet sprechen zu können.

Über Beziehungen ist es mir gelungen, eine Eintrittskarte zu ergattern. Man muss nur die richtigen Leute kennen …

Er wird sich wundern, dass ich auch dort bin. Ganz zu schweigen von dem, was ihm dann blüht.

Aber Eelco ist nicht das einzige Problem. Marielle hat Verdacht geschöpft. Als ich ihr gestern in der Stadt zufällig über den Weg lief, zuckte sie erschrocken zusammen. Zwischendurch hatte ich den Eindruck, ihr Misstrauen sei verflogen, aber das war ein Irrtum. Mir bleibt also nichts anderes übrig, als zu handeln.

Eelco werde ich mir ohne jeden Skrupel vom Hals schaffen, bei Marielle hingegen sieht es anders aus. In gewissem Sinn ist es, als würde ich Nadine selbst umbringen – etwas, das hoffentlich niemals nötig sein wird. Aber da bin ich mir alles andere als sicher.

37

Die Stadsschouwburg am Amsterdamer Leidseplein ist hell erleuchtet. Ein Banner, auf dem in Großbuchstaben »Bücherball« steht, schmückt die Fassade, und der rote Teppich ist ausgerollt. Am Eingang drängen sich Reporter und Schaulustige, um einen Blick auf die illustren Gäste zu erhaschen, von denen manche zu Fuß kommen, während andere sich in einer Limousine vorfahren lassen.

An Arnouts Arm überquert Nadine auf hohen Hacken das Pflaster des Leidseplein. Sie war mit Verlagsmitarbeitern von Aurora und einer Gruppe Autoren essen. Arnout konnte nicht, wie geplant, dabei sein, weil er im letzten Moment noch einen wichtigen Artikel fertigstellen musste, doch um Punkt acht war er zur Stelle.

»Na, freust du dich?« Er lächelt ihr zu. In seinem hellen Anzug wirkt Arnout ausgesprochen attraktiv und elegant – ganz anders als in der Redaktion vom *Leidsch Dagblad*, wo er meist Jeans und Pullover trägt.

»Und wie!« Nadine lächelt ebenfalls und lässt dabei den Blick über die Gästeschar schweifen, die auf dem roten Teppich dem Theater zustrebt. Eelco ist nicht darunter.

Sie öffnet den langen Mantel, damit ihr Galakleid für die zahlreichen Fotografen gut zu sehen ist. Aber vergeblich: Sie richten ihre Kameras auf andere, auf Promis mit großen Namen.

»Mit meiner Berühmtheit scheint es nicht weit her zu sein«, sagt sie zu Veerle, als sie an der Garderobe stehen.

»Hier sind einfach zu viele Leute«, meint Veerle. »Und als Aufmacher brauchen sie schließlich nur ein Foto, am besten vom Aufsteiger des Jahres.«

Als sie ihre Mäntel abgegeben haben, gehen sie ins Foyer. Sie kommen nur zentimeterweise voran, denn es ist gesteckt voll.

»Kommt, wir gehen schon mal in den Saal und suchen uns Plätze, bevor wir hier zerquetscht werden.« Cynthia zeigt nach rechts.

Mit Mühe zwängen sie sich durch die Menge zur Treppe, die zum oberen Saalbereich führt. Mit der einen Hand am Messinggeländer steigt Nadine die Stufen empor, während sie mit der anderen ihr Kleid ein wenig anhebt, um nicht plötzlich zu stolpern.

Als sie ihre Plätze eingenommen haben, merkt sie, dass nicht nur Schriftsteller in den Saal strömen, sondern alles, was in den Niederlanden Rang und Namen hat: Kabarettisten, Schauspieler, Sänger, sogar Sportler.

»Kein Wunder, dass es nur so wenige Karten gibt«,

meint sie. »Dabei dachte ich immer, das sei ein literarisches Event.«

»Heutzutage schreiben auch Schauspieler und Kabarettisten Bücher«, bemerkt Arnout trocken. »Die sind natürlich auch alle hier.«

»Und dazu noch jede Menge Begleitpersonen«, meint Veerle. Als er mit gespielt gekränkter Miene aufstehen will, legt sie ihm lachend die Hand auf den Arm.

Während sie auf das Programm aus Kurzlesungen und Musikeinlagen warten, lässt Nadine den Blick schweifen, aber der Saal ist zu groß, um sich rasch einen Überblick zu verschaffen. Und auf die hinteren Balkone hat sie keine Sicht. Vielleicht sitzt Eelco dort und schaut gerade zu ihr herab …

Als sie sich zur Seite wendet, um ihre verrutschte Stola neu zu drapieren, hat sie mit einem Mal das Gefühl, beobachtet zu werden. Unwillkürlich dreht sie sich ganz um und entdeckt Ruben Offermans.

Nadine ist verblüfft. Was, um alles in der Welt, hat der hier zu suchen?

Erneut lässt sie den Blick schweifen und erspäht Eelco auf einem Seitenbalkon. Sekundenlang sehen sie sich an, dann richtet Nadine ihre Aufmerksamkeit wieder nach vorn.

Der schwere Samtvorhang geht auf, und ein Mann betritt die Bühne. Beifall erklingt. Nadine klatscht ebenfalls, ist aber nicht bei der Sache, zumal sie das Gefühl hat, ihr heftiges Herzklopfen übertöne den Applaus.

Sie registriert die Darbietungen kaum, denkt ständig daran, dass Eelco nur ein paar Meter weiter sitzt.

Der Vorhang schließt sich, es wird applaudiert.

Als eine der Ersten steht Nadine auf und eilt zur Saaltür. Arnout folgt ihr auf dem Fuß.

Die mit hohen Spiegeln dekorierten Gänge füllen sich im Nu, schon bald ist kein Durchkommen mehr.

Spontan nimmt Arnout ihre Hand und zieht sie zu einer Treppe, die ins Foyer führt.

Dort drängen sich die verspäteten Gäste an der Bar.

»Hast du Eelco auch gesehen?«, flüstert Nadine Arnout zu. »Er saß auf einem Balkon.«

»Nein, ich hab ihn nicht gesehen. Ist es dir denn so zuwider, kurz mit ihm zu reden? Vielleicht will er sich ja entschuldigen und die Beziehung wieder aufleben lassen.«

Genau das hofft Nadine, aber innerlich wappnet sie sich gegen eine neue Enttäuschung. Außerdem fühlt sie sich einer Begegnung mit ihm einfach nicht gewachsen. Jedes Mal, wenn sie an ihn denkt, schwankt sie zwischen Wut und Verzweiflung, weil er sie verlassen hat. Und im Moment überwiegt die Verzweiflung.

»Möchtest du etwas trinken?«, fragt Arnout.

»Gern. Einen Weißwein, bitte.«

Er stürzt sich ins Getümmel an der Bar. Nadine bleibt in einiger Entfernung stehen und hält Ausschau nach Cynthia und den anderen.

»Guten Abend, Frau van Mourik.«

Sie fährt herum. Unmittelbar hinter ihr steht Ruben Offermans.

»Oh, hallo«, sagt Nadine. »Sie auch hier?«

»Wie Sie sehen.«

»Sind Sie etwa unter die Schriftsteller gegangen?« Sie lächelt, um die angespannte Atmosphäre aufzulockern.

»Schön wär's! Ich war letztes Jahr Teil einer Jury für Jugendliteratur und habe deshalb eine Einladung bekommen.«

»Aha«, sagt Nadine, und damit ist ihr Gesprächsstoff auch schon erschöpft.

Als Arnout mit zwei Gläsern Wein auftaucht, verabschiedet sie sich eilig von Ruben.

Gemeinsam schlendern sie an Bücherständen, Bars und diversen Podien mit Musikern entlang. Als Nadine gerade einen Schluck Wein trinkt, wird sie von einer lebhaft plaudernden Gruppe gegen Arnout gepresst. Sie verliert kurz das Gleichgewicht. Sofort legt er den Arm schützend um ihre Taille und lässt sie auch nicht los, als sie einen Raum betreten, in dem es bedeutend ruhiger ist.

Als sie sich ein weiteres Getränk holen, treffen sie Cynthia und Veerle wieder. Einige Schriftsteller gesellen sich dazu, werden Nadine vorgestellt und gehen nach einem kurzen Plausch weiter.

Schließlich meint Veerle, sie hätten nun lange genug herumgestanden. »Wie wär's? Kommt ihr mit auf die Tanzfläche?«

»Gern, da waren wir noch nicht«, stimmt Arnout zu. Nadine nickt, und sie stürzen sich erneut ins Gedränge, müssen jedoch alle paar Sekunden stehen bleiben, weil Veerle Bekannte trifft, die sie begrüßen und Nadine vorstellen will.

»Der Bücherball kommt mir vor wie ein gigantischer Stehempfang, bei dem die Promis sich selbst feiern«, raunt Arnout ihr zu. »Schau mal, da drüben ist Harry Mulisch.«

»Und dort der Moderator von *RTL Boulevard*.«

»Und da Leon de Winter.«

Sie lachen und stellen fest, dass sie Veerle verloren haben.

»Sie wollte doch zur Tanzfläche, lass uns dort nach ihr suchen. Ich hätte durchaus Lust, ein wenig das Tanzbein zu schwingen«, sagt Arnout.

Arm in Arm biegen sie um die Ecke, und plötzlich sieht Nadine ihn. Die unverhoffte Begegnung bringt sie völlig aus der Fassung. Abrupt bleibt sie stehen und versucht, der heftigen Gefühle, die in ihr aufwallen, Herr zu werden.

Eelco hat sie ebenfalls erspäht und lässt sie nicht mehr aus den Augen. »Nadine!« Er kommt auf sie zu, aber bis er sich einen Weg durch die Menge gebahnt hat, ist sie bereits weg.

»Alles in Ordnung?«, fragt Arnout besorgt.

Obwohl ihr zum Heulen ist, nickt sie.

»Möchtest du tanzen?«

Ein Blick auf die überfüllte Tanzfläche genügt. Nein, dazu hat sie keine Lust. Am liebsten wäre sie jetzt allein zu Hause in ihrem Bett und würde sich die Decke über den Kopf ziehen. Mit einem Mal verspürt sie stechende Kopfschmerzen.

»Arnout«, sagt sie, »würde es dir etwas ausmachen, wenn wir gehen?«

38

»Da seid ihr ja!« Veerle steuert mit einer Gruppe Autoren im Schlepptau auf sie zu. »Wir haben euch gesucht. Los, jetzt wird getanzt!«

Arnout wirft Nadine einen fragenden Blick zu, und sie nickt. Was soll sie auch zu Hause? Sie ist auf dem Bücherball – was spricht dagegen, den Abend zu genießen?

Jemand drückt ihr ein Glas in die Hand, und sie nimmt hastig ein paar Schlucke Wein, bevor sie sich von den anderen zur Tanzfläche schleppen lässt.

Ganz einfach ist es nicht, im langen Abendkleid und auf hohen Absätzen zu tanzen. Als sie sieht, dass Veerle kurzerhand die Schuhe auszieht, folgt sie ihrem Beispiel.

Aus den Augenwinkeln registriert sie Eelco am Rand. Über die Köpfe der Tanzenden hinweg sucht er ihren Blick. Schnell dreht Nadine sich weg.

Plötzlich steht er vor ihr. Die Begegnung auf der Tanzfläche hat immerhin den Vorteil, dass es sehr laut ist und man sich nur schreiend verständigen kann. Und dafür sind beileibe nicht alle Themen geeignet.

Er legt ihr die Hand auf die Schulter und deutet zur Treppe am Saalende. Nadine schüttelt den Kopf, schiebt seine Hand weg. Im nächsten Moment steht Arnout neben ihr, zieht sie entschlossen von Eelco fort und legt besitzergreifend den Arm um ihre Mitte.

»Lass Nadine in Ruhe!«, schreit er. Die Worte gehen in der lauten Musik unter, doch sein Gesichtsausdruck spricht Bände. Zu allem Überfluss verpasst er Eelco auch noch einen Fausthieb ins Gesicht. Ein Volltreffer, denn Eelcos Nase beginnt zu bluten.

»Was fällt dir ein, Arnout!«, ruft Nadine entgeistert. Sie will hinter Eelco her, der – die Hand an die Nase gedrückt – auf die Tür zueilt, aber Arnout hält sie fest.

Mit einem zornigen Ruck befreit sie sich aus seinem Griff und rennt los.

Im Gedränge verliert sie Eelco bald aus den Augen, doch dann sieht sie ihn in die Herrentoilette gehen.

Ohne zu zögern, öffnet sie die Tür und geht ebenfalls hinein.

Er steht am Waschbecken, den Kopf in den Nacken gelegt, und presst ein Papiertuch an die Nase.

Wortlos stellt Nadine sich neben ihn und reicht ihm weitere Tücher aus dem Spender, die er anschließend blutdurchtränkt in den Abfall wirft.

Als die Blutung aufgehört hat, wäscht er sich Gesicht und Hände, ohne Nadine auch nur ein einziges Mal anzusehen.

»Der Hieb hat gesessen«, murmelt er schließlich und dreht sich zu ihr um. »Danke, dass du mir geholfen hast.«

Mit verschränkten Armen lehnt sie an der Fliesenwand. »Du wolltest mit mir sprechen. Wie wär's, wenn wir das gleich hier erledigen?«

»Wenn's denn sein muss …« Er streckt die Hand aus und streichelt ihre Wange. »Es ist ganz anders, als du denkst, Nadine. Ich hab dir einmal gesagt, dass ich es ernst mit dir meine, und das gilt noch heute. Ich liebe dich und wollte nie mit dir Schluss machen.«

»Aber du hast es getan.«

»Ja, und es tut mir unendlich leid. Der Grund war nämlich folgender …«

Die Tür geht auf, ein Herr im Smoking kommt herein und bleibt überrascht stehen, als er Nadine sieht.

»Entschuldigen Sie«, sagt sie verlegen. »Ich bin gleich wieder weg und sehe auch nicht hin.«

Der Mann brummt etwas und verschwindet dann in einer Toilettenkabine.

»Ich wurde bedroht«, sagt Eelco leise. »Als ich vor ein paar Wochen spät nach Hause kam und vor der Tür nach meinem Schlüssel suchte, stand plötzlich jemand hinter mir. Mit einer Pistole.«

Nadine macht große Augen. »Wie bitte?«

»Der Typ hielt mir den Lauf ins Genick und befahl mir, mich von dir fernzuhalten. Ansonsten würde das Ganze böse enden – für mich wie für dich.«

Nadine ist sprachlos. Ihr wird schwarz vor Augen, und sie hält sich am Waschbeckenrand fest.

»Wer war das? Wer hat dich bedroht?«

»Ich hab den Kerl nicht gesehen, weil er hinter mir war. Seine Stimme klang rau und tief, wie von jemandem, der sich heiser geschrien hat. Außerdem war ich total erschrocken.«

»Das kann ich mir vorstellen.« Ihre Stimme zittert, Angst erfasst ihren ganzen Körper. »Hast du die Polizei eingeschaltet?«

»Nein. Dass es der Typ auf mich abgesehen hat, hätte ich ja noch in Kauf genommen, aber dich wollte ich auf keinen Fall in Gefahr bringen.«

»Warum hast du kein Wort davon gesagt? Wir hätten doch gemeinsam nach einer Lösung suchen können.«

»Ich weiß, aber ich war so durcheinander! Und was hätten wir tun können? Entweder Schluss machen oder die Bedrohung ignorieren?«

»Wir wären zur Polizei gegangen, keine Frage!«

»Ja«, sagt Eelco. »Das wäre wohl das Beste gewesen. Du hat mir so sehr gefehlt, Nadine.« Er legt den Arm um sie und streichelt ihren Rücken.

Was Eelco erzählt hat, erschreckt Nadine zutiefst. Trotzdem fühlt sie sich besser als in den letzten Wochen. Sie spürt die Wärme seines Körpers und seine zärtlichen Hände, hört die vertraute Stimme – wie hat sie es nur so lange ohne Eelco ausgehalten? Dann aber wird ihr die prekäre Lage wieder bewusst, und die Angst schlägt erneut zu.

»Es muss jemand sein, den wir kennen«, flüstert sie. »Ich hatte schon die ganze Zeit so ein seltsames Gefühl. Aber jetzt bin ich mir sicher, dass es da einen Zusammenhang mit dem Mord an Joella gibt. Vielleicht sogar mit dem an Melissa. Die Morde und die Drohungen – das hat alles miteinander zu tun. Ich weiß nur nicht, was dahintersteckt. Und vor allem wer.«

In der Toilettenkabine wird die Spülung betätigt, und der Herr im Smoking kommt wieder in den Vorraum. Gleich darauf betreten drei Männer die Toilette und starren Nadine indigniert an, sodass sie sich endgültig unwohl fühlt.

Hilflos sieht sie Eelco an, dessen Nase wieder leicht blutet.

»Geh nur, wir reden ein andermal weiter.« Er zieht ein Papiertuch aus dem Spender und hält es sich an die Nase. »Ich ruf dich morgen an.«

Nadine wirft ihm einen letzten Blick zu, dann verlässt sie die Toilette und macht sich auf die Suche nach den anderen.

39

Keine bekannten Gesichter im Tanzsaal. Eine gute Viertelstunde sieht Nadine sich um, und es ist reiner Zufall, als sie Arnout endlich in die Arme läuft.

»Wo hast du gesteckt? Hast du mit Eelco gesprochen?«, fragt er, als sie zusammen einen Flur entlanggehen.

»Ja, ich wollte wissen, was mit ihm ist. Er hatte Nasenbluten.«

»Wirst du dich wieder mit ihm treffen?« Arnouts Miene ist unergründlich, aber die Kritik in seiner Stimme ist nicht zu überhören.

»Auf keinen Fall. Er hat mich verlassen, und ich habe keinerlei Interesse, mir das noch mal anzutun.«

»Du hast einen besseren Mann verdient, Nadine.« Arnout wirkt zufrieden.

Mit einem Mal fühlt Nadine sich unsagbar müde. Sie kann dem Ball nichts mehr abgewinnen.

»Wie spät ist es?«

Arnout sieht auf seine Armbanduhr. »Halb eins. Möchtest du nach Hause?«

»Ja, ich bin ziemlich müde und würde tatsächlich gern gehen, wenn es dir nichts ausmacht.«

Er ist sofort einverstanden, hat offenbar auch genug von dem Fest, bei dem er so gut wie keinen kennt.

Es dauert eine ganze Weile, bis sie an der Garderobe sind.

Im grellen Neonlicht sieht Nadine Flecken auf dem Revers von Arnouts Jackett.

»Was ist das? Etwa Blut?«

Auch am Ärmel und an Arnouts Hand befinden sich Blutspritzer.

»Wahrscheinlich von dem Nasenstüber, den ich Eelco verpasst habe.«

»Ja, der hat gesessen!« Ihr Tonfall ist schneidend.

»Das hatte er verdient.«

»Das kann schon sein. Aber musste es ausgerechnet hier auf dem Bücherball sein?« Nadine gibt ihre Garderobenmarke ab.

Als ihr Mantel gebracht wird, greift Arnout danach und hilft ihr hinein.

»Es tut mir leid«, sagt er. »Ich hätte mich beherrschen müssen.«

Sein plötzlicher Gewaltausbruch hat Nadine verärgert und zugleich erschreckt. Nie hätte sie Arnout so etwas zugetraut, und es gefällt ihr ganz und gar nicht. Mehr noch, es gibt ihr zu denken.

Sie zuckt mit den Schultern und steuert wortlos auf den Ausgang zu.

Draußen regnet es. Im Licht der Straßenlaternen glänzt das nasse Pflaster des Leidseplein. Rasch gehen sie zum Parkhaus.

Sie fahren gerade durch die Schranke, als Sirenengeheul ertönt und ein Krankenwagen mit quietschenden Bremsen vor der Stadsschouwburg zum Stehen kommt.

»Da muss etwas passiert sein«, sagt Arnout.

»Vermutlich ist jemand umgekippt. Oder es hat eine Schlägerei gegeben, das scheint ja öfter vorzukommen«, meint Nadine sarkastisch.

Arnout wirft ihr einen Seitenblick zu. »Bist du jetzt sauer?«

»Ich finde, du hast total überreagiert.«

»Du hast recht. Zumal Eelco seine Strafe längst bekommen hat.«

Sie zieht ein Stück abblätternden Nagellack ab. »Wie meinst du das?«

Arnout wendet den Blick nicht von der Straße, konzentriert sich ganz auf den Verkehr. »Er hat dich verloren«, sagt er.

Es ist spät, als Nadine endlich zu Hause ist. Gleich schlafen zu gehen, ohne sich vorher abzuschminken und zu duschen, kommt dann doch nicht infrage. Und auf Marielle braucht sie keine Rücksicht zu nehmen, denn sie übernachtet bei Renate.

Nach dem Duschen lässt sie die benutzten Handtücher und ihr Kleid achtlos über dem Badewannenrand liegen und kuschelt sich unter die Decke. Sie hat sich den nächsten Tag freigenommen, kann also in Ruhe ausschlafen.

Um halb sieben wird sie wach, geht schlaftrunken zur Toilette und trinkt dann ein paar Schlucke Wasser aus dem Hahn.

Ein penetrantes Geräusch irgendwo im Haus lässt sie aufhorchen. Es scheint aus Marielles Zimmer zu kommen.

Sie öffnet die Tür und sieht das Handy ihrer Tochter auf dem Schreibtisch liegen. Es summt und gibt ein nervtötendes Gedudel von sich.

Verwundert, dass Marielle es nicht mitgenommen hat, greift Nadine danach.

»Ich bin's, Renate! Hör mal …«

»Guten Morgen, Renate. Hier spricht Marielles Mutter. Du rufst aber früh an!«

»Ach, Sie sind's«, sagt Renate verdutzt. »Tut mir leid, wenn ich Sie geweckt habe. Ich wollte nur wissen, wo Marielle steckt.«

»Sie ist doch bei dir.«

»Ist sie nicht! Ich hab sie gestern den ganzen Abend nicht erreicht, deshalb wollte ich es gleich heute Morgen noch mal versuchen.« Renates Stimme klingt atemlos und aufgeregt.

Nadine spürt, wie eine eisige Kälte sie überläuft. Ein Adrenalinstoß versetzt ihren Köper in Alarmzustand.

»Wann wollte sie bei dir sein?«

»Gegen sieben. Sie wollte zu Hause noch was essen und dann kommen. Am besten, ich telefoniere mal rum, ob jemand sie gesehen hat.«

»Mach das bitte. Und ruf mich gleich an, wenn du etwas hörst.«

»In Ordnung. Tschüs dann!« Renate legt auf.

Nadine setzt sich auf Marielles Bett und hört die gespeicherten Anrufe ab, aber viel schlauer wird sie dadurch auch nicht. Aus den Telefonaten geht lediglich hervor, dass Marielle tatsächlich mit Renate verabredet war und kurz vor ihrem Aufbruch noch einmal bei ihr anrief.

Irgendetwas stimmt da nicht. Dass Marielle ihr Handy vergessen hat, ist durchaus denkbar. Aber wo, um Himmels willen, steckt sie, wenn sie nicht zu Renate gegangen ist?

Das Telefon im Wohnzimmer klingelt. Nadine rennt nach unten und greift nach dem Hörer.

»Marielle!?«

40

Ihre Hoffnung zerschlägt sich, als sie eine unbekannte tiefe Männerstimme hört. »Spreche ich mit Frau van Mourik?«

»Ja.«

»Hier ist Kommissar Immink.«

Es ist passiert! Ihre schlimmste Befürchtung ist eingetroffen. Von nun an wird ihr Leben ein einziger Albtraum sein, aus dem es kein Erwachen mehr gibt.

»Sie rufen bestimmt wegen meiner Tochter Marielle an. Sie ist nämlich verschwunden. Eigentlich wollte sie bei einer Freundin übernachten, aber dort ist sie nie angekommen. Und Marielle würde nie eine ganze Nacht wegbleiben, ohne mir zu sagen, wo sie ist. Das hören Sie vermutlich öfter von besorgten Eltern, aber glauben Sie mir, ich kenne meine Tochter. Sie würde nie … auf keinen Fall macht sie …« Nadine gerät ins Stocken und verstummt.

»Ich rufe nicht wegen Ihrer Tochter an, Frau van Mourik.«

Wie? Es geht gar nicht um Marielle? Aber sie ist doch …

Es dauert einen Moment, bis Nadine begriffen hat.

Sie setzt sich aufs Sofa, atmet tief durch und schließt kurz die Augen. Wieder hat sie sich unnötig aufgeregt, sich in ihre Angst hineingesteigert.

Doch die Erleichterung währt nur kurz. Die Stimme des Kommissars hat ernst geklungen. Es muss etwas Schlimmes passiert sein, wenn die Polizei in aller Herrgottsfrühe anruft.

»Und worum geht es bitte?«

»Frau van Mourik, Sie waren gestern Abend auf dem Bücherball in Amsterdam, stimmt das?«

»Äh … ja … das stimmt«, sagt Nadine verblüfft.

»Kurz nach Mitternacht ist dort ein Verbrechen geschehen. Im Rahmen der Ermittlungen führen wir Befragungen durch, und ich möchte Sie bitten, sich heute Vormittag persönlich bei der Polizei in Amsterdam zu melden.«

»Ein Verbrechen? Auf dem Bücherball? Und was hab ich damit zu tun?«

»Reine Routine. Wir befragen jeden, der dort war. Dass wir uns so früh melden, hängt damit zusammen, dass wir eine SMS von Ihnen auf dem Handy des Opfers gefunden haben.«

Tief durchatmen, ein und aus, ein und aus.

»Wer ist es? Jemand, den ich kenne?« Noch bevor sie die Antwort hört, weiß sie: Natürlich ist es ein Bekannter, warum sonst sollte die Polizei so früh bei ihr anrufen?

»Kennen Sie Eelco van Ravensberg?«

Nadine hat das Gefühl, die Wände des Zimmers rückten näher, drohten sie zu erdrücken.

»Ja«, würgt sie mühsam hervor. »Was ist mit ihm?«

»Er wurde kurz nach Mitternacht in der Stadsschouwburg niedergestochen.« Die Stimme des Polizisten ist sachlich.

»Wie bitte?«

»Sie haben leider richtig gehört. Man hat Herrn van Ravensberg mit einem Messer in den Rücken gestochen. Er ist tot, heute früh im Universitätsklinikum Amsterdam verstorben.«

Ganz langsam, wie ein lähmendes Gift, das durch die Adern kriecht, breitet sich Entsetzen in ihr aus. Sie will etwas erwidern, bringt aber nur ein heiseres Krächzen zustande. Sie schluckt mehrmals.

Eelco … Messer … tot …

Die Worte wirbeln durch ihren Kopf wie welke Blätter in einem Herbststurm.

»Hallo? Sind Sie noch dran?«

»Ich fürchte, ich habe nicht richtig verstanden. Was ist mit Eelco?«

»Er ist tot, leider. Haben Sie Herrn van Ravensberg gut gekannt?«

»Tot?« Erst jetzt wird Nadine klar, was der Kommissar gesagt hat. »Das kann nicht wahr sein! Er wollte mich doch anrufen und …«

»Es tut mir sehr leid, Frau van Mourik«, sagt Immink. »Trotzdem würden die Kollegen in Amsterdam sie gern so bald wie möglich sprechen. Können Sie noch heute Vormittag hinfahren?« Es klingt wie ein Befehl, nicht wie eine Bitte.

Nadine will schon zustimmen, doch dann denkt

sie an Marielle. »Ich kann auf keinen Fall nach Amsterdam. Meine Tochter ist nämlich verschwunden, ich muss sie suchen. Und außerdem kann ich in diesem Zustand gar nicht fahren. Ich bin völlig durcheinander und …« Sie verliert endgültig die Fassung und beginnt hemmungslos zu schluchzen.

Immink wartet, dass sie sich beruhigt, aber Nadine kann einfach nicht aufhören. Wie aus weiter Ferne hört sie seine Stimme: »Ich glaube, es wäre tatsächlich nicht gut, wenn Sie in diesem Zustand nach Amsterdam fahren würden. Wir können das Gespräch auch in Leiden führen. Passt es Ihnen um halb neun?«

Er muss die Uhrzeit mehrmals wiederholen, bis Nadine antwortet.

Widerwillig stimmt sie zu. Als stünde ihr der Sinn jetzt nach einem Verhör!

Nachdem sie aufgelegt hat, sitzt sie noch lange mit dem Hörer in der Hand da und starrt ins Leere. Marielle ist verschwunden … Eelco wurde ermordet. Mit einem Mal hat sie wieder das dumpfe Gefühl, dass da schon seit Längerem etwas brodelt.

Langsam geht sie in die Küche und sucht in einer Schublade nach den Kopfschmerztabletten. Sie nimmt zwei davon und spült sie mit einem Glas Wasser hinunter.

An die Arbeitsplatte gelehnt, lässt sie den Blick schweifen. Über die Gewürzdosen aus Edelstahl, die dekorativen Flaschen mit Balsamico und Olivenöl, die Espressomaschine aus dem Italienurlaub und den Messerblock von Jamie Oliver, den sie voriges

Jahr von ihren Eltern zum Geburtstag bekommen hat …

Am Messerblock bleibt ihr Blick hängen. Bei der Vorstellung, dass Eelco mit so einem Messer erstochen wurde, wird ihr übel.

41

Nadine steht unter der Dusche, lässt den warmen Wasserstrahl auf ihre Schultern prasseln und versucht, die Realität für ein paar Minuten auszublenden.

Sie kann das alles immer noch nicht fassen. Sie kommt sich vor wie in einem Paralleluniversum. Schließlich lässt sie ihren Tränen freien Lauf.

Dann stellt sie die Dusche aus, trocknet sich ab und zieht Jeans, einen hellblauen Pulli und braune Stiefeletten an – ihr Lieblingsoutfit. Nicht dass es darauf ankäme, aber es gibt ihr Selbstvertrauen und das Gefühl, sich dem, was nun auf sie zukommt, besser stellen zu können.

Nachdem sie mehrmals tief durchgeatmet hat, wird sie ein wenig ruhiger.

Was muss sie mitnehmen? Handtasche, Portemonnaie, ihr Handy und das von Marielle – das war's wohl.

Hastig bindet sie ihr noch feuchtes Haar zu einem Pferdeschwanz, nimmt die Autoschlüssel und verlässt das Haus.

Als sie vor dem Auto steht, meldet ihr Handy den Empfang einer SMS.

Hi Nadine, bist du schon wach? Wie war's beim Bücherball? LG Sigrid.

Ein rascher Blick auf die Armbanduhr. Sie hat noch Zeit. Schnell wählt sie Sigrids Nummer.

Schon nach dem zweiten Klingeln meldet sich die Freundin: »Wie, du bist schon auf? Ich dachte, du schläfst deinen Rausch aus.«

»Von wegen. Du hast anscheinend noch nicht gehört, was passiert ist. Bei mir hat in aller Frühe die Kripo angerufen. Eelco ist heute Nacht auf dem Bücherball niedergestochen worden.«

»Was?!«, ruft Sigrid entsetzt. »Wie geht es ihm?«

»Er ist tot.« Wieder muss sie hemmungslos schluchzen. »Aber das ist noch längst nicht alles, Marielle ist heute Nacht nicht nach Hause gekommen. Ich hab keine Ahnung, wo sie sein könnte.« In ihrer Stimme schwingt Panik mit.

Sigrid redet ihr gut zu: »Nun reg dich nicht auf, Nadine. Bestimmt ist sie mit irgendwelchen Freunden um die Häuser gezogen und hat bei denen übernachtet.«

»Marielle ist nicht so!«

»Deine Tochter ist immerhin sechzehn. Und hast du in letzter Zeit nicht öfter geklagt, sie sei so verändert und du wüsstest kaum mehr, was sie treibt?«

Nadine seufzt tief. »Schon, aber so was …«

»Mach dich nicht verrückt. Das Mädchen hat die Gelegenheit beim Schopf gepackt und ordentlich einen draufgemacht. Jetzt schläft sie wie ein Murmeltier, wahrscheinlich bei einem Kerl, den du überhaupt nicht kennst. Und heute Mittag kommt sie putzmunter nach Hause und macht auf harmlos.«

Ruben! Sie wird doch nicht etwa bei Ruben sein!?

Rasch beendet Nadine das Gespräch und wählt Rubens Nummer. Sie erreicht nur den Anrufbeantworter und hinterlässt eine Nachricht. Dann fährt sie zum Polizeirevier.

Ein Tisch, zwei Stühle und eine Videokamera. Das Verhörzimmer an der Langegracht ist spärlich eingerichtet. Es riecht muffig, als wäre der Schweiß von Polizisten und Verdächtigen über Jahre hinweg in die Wände gezogen. Ein Fenster, das man öffnen könnte, um hin und wieder frische Luft einzulassen, gibt es nicht.

Unbehaglich sieht Nadine sich um; ihr Blick bleibt an der Kamera hängen.

»Nehmen Sie unser Gespräch auf?«

Kommissar Immink schüttelt den Kopf. Er ist breitschultrig, hat ein kantiges Gesicht und streichholzkurzes graues Haar. Vor ihm steht ein Computer, den er nun hochfährt. »Nein, ich gebe Ihre Antworten in den PC ein.«

»Ich dachte immer, Verhöre würden aufgezeichnet werden.«

»Sie werden nicht verhört, Frau van Mourik, sondern lediglich befragt, genau wie die anderen Gäste, die auf dem Bücherball waren. Weil es um die vierhundert Personen sind, wurde eine große Sonderkommission aus rund dreißig Beamten gebildet. Wir wollen den Mord möglichst rasch aufklären.«

Das Wort »Mord« lässt Nadine schaudern.

»Ich kann es noch immer nicht glauben«, sagt sie. »Ich meine, wir waren auf dem Bücherball, auf einem Fest! Und dort habe ich Eelco noch gesprochen!« Als könnte diese Tatsache ausschließen, dass er tot ist.

Immink bringt sich vor dem PC in Position. »Kannten Sie Herrn van Ravensberg gut?«

»Wir hatten eine Beziehung.«

»Hatten? Das heißt also, die Beziehung war beendet. Schon länger?«

»Nicht allzu lange. Vor ein paar Wochen hat Eelco sich von mir getrennt. Aber deswegen würde ich ihm doch niemals etwas antun!«

»Das hat auch kein Mensch behauptet«, sagt Immink gelassen, ohne den Blick vom Bildschirm abzuwenden. »Was können Sie mir über den Abend erzählen? Mit wem war Herr van Ravensberg auf dem Bücherball?«

»Ich weiß nicht, ob er jemanden dabeihatte. Eher nicht, das heißt, ich habe niemanden in seiner Begleitung gesehen. Eelco kannte jede Menge Leute in der Buchbranche, sodass es für ihn kein Problem gewesen wäre, allein zum Ball zu gehen.«

»Und Sie haben dort mit ihm gesprochen?«

»Nur kurz. Für ein längeres Gespräch war es zu voll und zu laut.«

»Hat er sich anders als sonst verhalten? War er unruhig oder nervös?«

Nadine zögert. Eelco wurde von jemandem bedroht, der mit ihm abrechnen wollte, falls er sich nicht von ihr fernhält. Genau das ist jetzt passiert. Eine Bedrohung, die angeblich auch ihr gilt. Bringt sie sich in Gefahr, wenn sie Immink davon erzählt?

Der Kommissar beugt sich leicht vor und fixiert sie. Zweifellos hat er ihr Zögern bemerkt.

»Frau van Mourik, was haben Sie mir dazu zu sagen?«

42

Auch wenn sie ein Risiko eingeht, indem sie die Wahrheit sagt – Eelcos Mörder darf auf keinen Fall ungeschoren davonkommen. Außerdem will sie möglichst schnell weg, um Marielle zu suchen, und Immink macht ganz und gar nicht den Eindruck, als würde er sich so rasch zufriedengeben. Wenn er will, kann er sie stundenlang festhalten und …

»Frau van Mourik?«

Nadine reißt sich zusammen und konzentriert sich wieder auf ihr Gegenüber. Immink hat bestimmt gemerkt, dass sie mit etwas hinter dem Berg hält.

»Er wurde bedroht«, sagt sie.

Der Kommissar hebt die grauen Augenbrauen. »Bedroht? Von wem?«

»Das weiß ich nicht, und er selbst wusste es auch nicht. Gestern Abend hat er mir erzählt, dass man ihn mit einer Waffe bedroht und ihn aufgefordert hat, sich von mir fernzuhalten. Falls nicht, hätte das böse Folgen, auch für mich.«

Immink streicht sich über das Kinn und tippt dann ein paar Sätze. »War das der Grund, weshalb Herr van Ravensberg sich von Ihnen getrennt hat?«

Sie nickt.

»Haben Sie einen Verdacht, wem Ihre Beziehung ein Dorn im Auge gewesen sein könnte?«

»Nein, das heißt vielleicht seiner Exfrau. Eelco war geschieden.« Nadine beugt sich vor. »Hören Sie, ich würde gern noch weiter mit Ihnen sprechen, aber mehr gibt es momentan nicht zu sagen. Und ich mache mir große Sorgen um meine Tochter. Sie ist die ganze Nacht weggeblieben, und ich weiß nicht, wo sie steckt. Vielleicht sollte ich eine Vermisstenmeldung aufgeben.«

»Wie alt ist Ihre Tochter?«

»Sechzehn. Also noch längst nicht erwachsen.«

»Ich kann mich ja nachher mal erkundigen, ob ein Mädchen in dem Alter aufgegriffen wurde«, sagt Immink. »Jetzt aber wieder zurück zum Thema: Sie sind mit Herrn Henselman befreundet, stimmt das?«

»Ja, Arnout ist ein langjähriger Kollege und außerdem ein guter Freund.«

»Kannte er das Opfer?«

»Nur flüchtig, er hat Eelco ein paarmal gesehen.«

»Verschiedene Zeugen haben ausgesagt, dass er Herrn van Ravensberg gestern Abend verprügelt hat. Aus welchem Grund?«

»Arnout wollte nur, dass Eelco mich nicht belästigt. Und da ist ihm die Hand ausgerutscht.«

»Die Hand ausgerutscht, so so«, sagt Immink, während er seinen PC gelassen mit Informationen füttert.

»Dass Arnout ihn geschlagen hat, heißt doch nicht, dass er ihn umgebracht hat!«, sagt Nadine entrüstet.

»Auf dem Ball waren immerhin vierhundert Leute. Wer weiß, wer da alles ein Hühnchen mit Eelco zu rupfen hatte.«

»Sicher.« Der Kommissar nickt. »Herr Henselman ist übrigens auch gerade auf dem Revier. Aber wir werden, wie gesagt, alle vierhundert Personen befragen. Und wenn es sonst noch Motive für den Mord an Herrn van Ravensberg gab, wird sich das zeigen. Ich würde jetzt gern noch einmal auf Ihre Beziehung zu sprechen kommen.«

Schweiß perlt auf Nadines Oberlippe, sie wird immer nervöser. Wie lange soll sie noch hier herumsitzen und Fragen beantworten, während Marielle vielleicht etwas zugestoßen ist?

»Ich gebe Ihnen gern Auskunft, aber nicht jetzt. Es lässt mir einfach keine Ruhe, dass meine Tochter verschwunden ist. Könnten Sie bitte kurz nachfragen, ob es einen Unfall gegeben hat, in den ein sechzehnjähriges Mädchen verwickelt war?«

»Mir ist nichts Derartiges bekannt«, sagt Immink.

»Bitte! Fragen Sie doch rasch nach!«

»Nachher gern. Je schneller Sie meine Fragen beantworten, desto eher sind wir hier fertig. Herr van Ravensberg war also …«

»Als Sie heute Morgen anriefen, wollte ich mich gerade bei den Krankenhäusern erkundigen.« Nadines Stimme klingt vorwurfsvoll. »Womöglich ist Marielle schwer verletzt, und Sie halten mich hier fest. Ich habe Ihnen doch alles gesagt, was ich weiß!«

»Es dauert nicht mehr lange«, versichert Immink.

»Ich möchte noch kurz über Joella Veenstra sprechen.« Er zückt einen Notizblock und blättert darin. »Sie wurde niedergeschlagen und erwürgt. Zwei Freunde von Ihnen sind also innerhalb weniger Monate umgebracht worden. Kannten die beiden sich?«

»Ja, Joella war sogar dabei, als ich Eelco kennenlernte.«

»Wo war das?«

»In einer Kneipe hier in Leiden, in der ›Bonte Koe‹. Dort treffe ich mich jeden Freitagabend mit Bekannten.«

»Und in dieser Kneipe haben Sie Herrn van Ravensberg kennengelernt?«

»Ja. Froukje Smit hatte ihn mitgebracht. Das ist unsere frühere Kursleiterin, bei ihr haben wir einen Schreibkurs belegt. Froukje wusste, dass wir uns regelmäßig treffen, und kam hin und wieder dazu. Eines Abends hat sie dann, wie gesagt, Eelco mitgebracht.«

»In welcher Beziehung stand er zu Frau Smit?«

»Eelco war Verleger, und Froukje ist Schriftstellerin. Sie schreibt zwar nicht für seinen Verlag, aber sie kannten sich.«

Immink tippt sich mit einem spitzen Bleistift aufs Kinn. »Eine Schreibgruppe also … alles ehrgeizige Leute, nehme ich an.«

»Ehrgeizig genug, um einen Kurs zu machen«, antwortet Nadine. »Und natürlich haben wir alle davon geträumt, eines Tages zu veröffentlichen.«

»Wem ist es gelungen?«

Sie zögert mit der Antwort.

»Nur mir«, sagt sie dann. »Mein Debütroman ist letzten Herbst erschienen.«

Die kantigen Züge des Polizisten werden freundlicher. »Glückwunsch«, sagt er. »Das freut mich für Sie.«

Nadine lächelt und ist deshalb überhaupt nicht auf die nächste Frage vorbereitet.

»Hat Herr van Ravensberg das arrangiert?«

Empört sieht sie ihn an. »Aber nein! Er hat zwar mein Manuskript gelesen, aber dann festgestellt, dass es nicht ins Programm seines Verlags passt. Daraufhin hat er mir den Kontakt zu Aurora vermittelt, und dort ist mein Buch erschienen.«

»Aber letztlich haben Sie das Herrn van Ravensberg zu verdanken. Seine Fürsprache hat sicherlich geholfen.«

»Das schon, aber …«

Er mustert sie aufmerksam. »Fühlten sich Ihre Schreibfreunde übergangen, weil Herr van Ravensberg sich nicht auch für sie eingesetzt hat?«

»Sie haben mich ein wenig beneidet, mir den Erfolg aber letztlich gegönnt. Jedenfalls hatte keiner von ihnen einen Grund, Eelco umzubringen.«

»Das glauben Sie!« Immink wiegt den Kopf hin und her. Offenbar hat er in dieser Hinsicht schon so manches erlebt.

»Haben Sie eigentlich noch Kontakt zu Marielles Vater?«

»Er ist vor einigen Jahren bei einem Verkehrsunfall umgekommen.«

»Das tut mir leid.« Sein Tonfall ist teilnahmsvoll, und er formuliert die nächste Frage sehr vorsichtig: »Hatten Sie danach eventuell eine neue Beziehung?«

»Ja, mehrere.«

»Halten Sie es für möglich, dass ein eifersüchtiger Exfreund für Herrn van Ravensbergs Tod verantwortlich ist?«

Sie schüttelt den Kopf. »Das kann ich mir nicht vorstellen. Ich habe zu keinem meiner ehemaligen Freunde Kontakt. Wie es sich mit Eelcos Exfrau verhält, weiß ich allerdings nicht.«

»Kennen Sie die Dame?«

Wieder schüttelt Nadine den Kopf.

»Hatte sie vielleicht etwas gegen Ihre Beziehung mit Herrn van Ravensberg?«

»Nicht dass ich wüsste. Die Scheidung ist ja schon etliche Jahre her.«

»Ein Bekannter von Ihnen wurde nach dem Mord an Joella Veenstra kurzzeitig verhaftet«, fährt Kommissar Immink fort.

»Sie meinen Tom? Das stimmt, aber man hat ihn wieder freigelassen. Und zu Recht, denn ich wüsste nicht, weshalb er Joella hätte umbringen sollen.«

Mit zwei Fingern massiert Nadine ihre schmerzhaft pochende Stirn. Sie wird immer nervöser. Wo steckt Marielle?

»Kann ich bitte ein Glas Wasser haben?«, sagt sie leise.

»Selbstverständlich. Einen Augenblick bitte.«

Die Stuhlbeine scharren mit einem unangenehmen Geräusch über den Boden, als Immink aufsteht.

Kaum, dass er aus dem Raum gegangen ist, checkt Nadine rasch ihr Handy und das ihrer Tochter. Keine neuen Anrufe oder SMS.

Sie greift nach ihrer Tasche, steht auf und späht durch die offene Tür in den Flur. Aus den angrenzenden Zimmern sind Stimmen zu hören, aber zu sehen ist niemand.

Nadine holt tief Luft, dann beginnt sie zu laufen.

Der Flur führt zum Eingangsbereich, wo mehrere Leute warten.

Niemand nimmt von ihr Notiz, sie kann das Polizeirevier ungehindert verlassen.

43

Nadine eilt die Langegracht entlang, besteigt ihr Auto und fährt los, ohne den Sicherheitsgurt anzulegen. Automatisch schlägt sie den Weg nach Hause ein, doch dann wird ihr klar, dass die Polizei dort als Erstes nach ihr suchen wird.

Sie bremst vor einer roten Ampel und versucht, ihre Gedanken zu ordnen. Dass sie einfach davongelaufen ist, macht natürlich einen denkbar schlechten Eindruck. Und es bringt ihr auch nicht viel, denn Marielle kommt dadurch nicht schneller nach Hause.

Plötzlich durchzuckt sie der Gedanke, dass Marielle in der Zwischenzeit wieder aufgetaucht sein könnte und zu Hause ist. Dass sie ihre notorisch besorgte Mutter nicht angerufen hat, ist durchaus vorstellbar …

Die Ampel wird grün. Nadine entschließt sich, nun doch nach Hause zu fahren. Falls Marielle nicht da ist, will sie sämtliche Krankenhäuser in der Umgebung abtelefonieren.

Beim Losfahren vorhin ist automatisch das Radio angegangen, doch erst als die Nachrichten anfangen, hört Nadine genau hin.

»Auf dem Bücherball, der gestern Abend in der Amsterdamer Stadsschouwburg stattfand, wurde kurz nach Mitternacht ein siebenunddreißigjähriger Mann erstochen. Es handelt sich um den Verleger Eelco van Ravensberg, der heute Morgen seinen Verletzungen erlag. Die Polizei hat eine groß angelegte Untersuchung eingeleitet.«

Nadines Hände krampfen sich ums Lenkrad. Die sachliche, neutrale Stimme des Nachrichtensprechers macht ihr bewusst, dass es wirklich wahr ist: Eelco ist ermordet worden. Sie wird ihn nie mehr wiedersehen.

Mit einem Mal wird der bisher unterdrückte Kummer übermächtig, und sie beginnt zu weinen.

Als sie sich ihrem Wohnviertel nähert, wischt sie die Tränen weg, konzentriert sich ganz auf das, was ihr bevorsteht.

Sie drosselt das Tempo.

Auf der Straße vor ihrem Haus ist kein Polizeiauto zu sehen, aber sie können ebenso gut eine Zivilstreife geschickt haben.

Sicherheitshalber parkt Nadine in der nächsten Querstraße und nimmt von dort den Fußweg zum Garten.

Sie stellt sich auf die Zehenspitzen und späht vorsichtig über den Zaun. Nichts. Weder Marielles Rad noch irgendwelche Polizisten. Falls sie doch vor ihrem Haus Posten bezogen haben, dann äußerst unauffällig.

Nadine öffnet das Gartentor, geht zur Hintertür und schließt auf.

Angespannt bleibt sie auf der Schwelle stehen und lauscht. Es ist vollkommen still im Haus.

Die Küche sieht genauso aus, wie sie sie verlassen hat. Wenn Marielle nach Hause kommt, nimmt sie sich immer gleich etwas zu essen oder zu trinken und hinterlässt Unordnung: ein benutztes Glas, aufgerissene Verpackungen, Kekskrümel, Bonbonpapierchen. Sosehr das Nadine normalerweise ärgert – jetzt wünscht sie sich nichts mehr, als das gewohnte Durcheinander vorzufinden.

»Marielle?«

Keine Antwort.

Nadine wirft einen Blick in die Diele. Marielles Jacke hängt nicht an der Garderobe, keine hastig ausgezogenen Stiefel liegen auf dem Boden herum.

Sie geht ins Wohnzimmer, der Anrufbeantworter blinkt nicht.

Als sie auch im oberen Stock vergeblich nachgesehen hat, tritt sie niedergeschlagen ans Fenster. Sie schaut ins Freie. Die wenigen geparkten Autos am Straßenrand gehören Leuten, die sie kennt: der rote Ford den Nachbarn gegenüber, die rostige Schüssel dem alten Ehepaar drei Häuser weiter, der große Kombi der Familie mit den vier Kindern.

Plötzlich sieht sie einen weißen Peugeot mit Arnout am Steuer. Er muss erst vor ein paar Minuten gekommen sein, sonst wäre ihr das Auto vorhin aufgefallen. Die Polizei hat ihn also gehen lassen. Aber was will er hier?

Er steigt aus, schlägt die Tür zu und überquert mit seiner unvermeidlichen Kameratasche die Straße.

Sie überlegt noch, ob sie ihm öffnen soll, wenn er klingelt, da sieht er sie auch schon und winkt.

Bevor Nadine reagieren kann, biegt ein weiteres Auto in die Straße ein und hält vor ihrem Haus. Immink sitzt auf dem Beifahrersitz, neben ihm ein jüngerer Kollege.

Erschrocken weicht Nadine zurück. Sie hastet die Treppe hinab, schnappt ihre Tasche und läuft durch die Hintertür in den Garten.

Zum Glück hat sie ihr Auto eine Straße weiter abgestellt. Kaum ist es in Sichtweite, entriegelt sie hektisch die Tür.

Sie reißt sie auf und setzt sich ans Steuer. Am liebsten würde sie mit quietschenden Reifen losrasen, aber sie reißt sich zusammen und fährt ruhig an.

Das Klingeln ihres Handys ignoriert sie, biegt ein paarmal aufs Geratewohl ab und parkt schließlich vor einer Grundschule.

Es ist gerade Schulschluss. Kinder rennen lachend und rufend über den Hof, laufen auf ihre wartenden Mütter zu.

Nadine greift zum Handy, das ununterbrochen klingelt. Auf dem Display sieht sie, dass es Arnout ist. Sie meldet sich.

»Wie geht's dir?«, fragt er.

Für manche Leute ist diese Frage eine reine Höflichkeitsfloskel, andere wollen wirklich wissen, wie es einem geht. Arnout gehört zur letzteren Sorte. Also sagt Nadine, wie es ihr geht: »Miserabel.«

»Das habe ich mir schon gedacht. Mir geht es auch nicht viel besser. Stell dir vor, heute Morgen um acht bin ich aufs Polizeirevier beordert worden. Ich hatte keine Ahnung, worum es geht, und war total entsetzt, als ich hörte, was mit Eelco passiert ist.«

»Ich bin auch verhört worden. Arnout, ich kann immer noch nicht fassen, dass er wirklich tot ist.«

»Es muss ein Riesenschock für dich sein.«

Wieder kommen ihr die Tränen.

»Nadine …« Seine Stimme klingt sanft und tröstend.

»Es geht schon wieder«, sagt sie matt. »Heute kommt irgendwie alles zusammen. Ich mache mir große Sorgen um Marielle. Sie wollte bei einer Freundin übernachten, aber dort war sie nicht. Ich habe keine Ahnung, wo sie steckt.«

»Ich will dich nicht noch mehr beunruhigen, aber gestern Abend ist ein Mädchen ihres Alters in die Uniklinik eingeliefert worden.«

»Was sagst du da?!«

»Das Mädchen wurde angefahren, und der Fahrer ist geflüchtet. Der Fahrer eines nachfolgenden Wagens hat sie gefunden. Er konnte gerade noch rechtzeitig bremsen und hat sofort die Ambulanz gerufen. Glück im Unglück, wenn man so will, denn es war schon dunkel, und sie lag mitten auf der Straße.«

Nadine stöhnt auf.

Es muss sich um Marielle handeln! Deshalb ist sie

nie bei Renate angekommen und konnte sich nicht melden. Sie liegt im Krankenhaus, womöglich schwer verletzt!

»Was ist mit dem Mädchen?«, fragt sie gepresst.

»Ich weiß nur, dass das Mädchen auf der Intensivstation liegt. Aber reg dich nicht auf, Nadine, vielleicht ist es ja gar nicht Marielle.«

»Wer sonst? Niemand hat seit gestern Abend von ihr gehört. Sie ist es, Arnout, das weiß ich. Ich fahre sofort zur Klinik!«

»Halt die Ohren steif. Und ruf mich unbedingt an, sobald du Näheres weißt.«

Nadine wirft das Handy auf den Beifahrersitz, lässt den Motor an und rast zum Krankenhaus.

*

Anfangs hat mich Marielle gar nicht bemerkt. Sie ist aufs Rad gestiegen und sofort losgefahren. Ohne sich groß umzusehen, denn sonst wäre ihr bestimmt aufgefallen, dass mein Auto in der Straße stand.

Natürlich konnte ich nicht die ganze Zeit hinter ihr herfahren. Aber ich wusste ja, wohin sie wollte und welche Strecke sie nehmen würde.

Ich hatte herausgefunden, wie ihre Freundin heißt und wo sie wohnt: ein Stück außerhalb der Stadt, auf dem Polder. Also brauchte ich nur jenseits der Stadtgrenze an der Landstraße zu warten.

Ich parkte hinter einer leichten Kurve auf dem Grünsteifen zwischen den Bäumen.

Es dämmerte bereits, als sie kam. Sie fuhr ohne Licht. Meine Scheinwerfer waren ebenfalls aus.

Sie radelte an mir vorbei, schien mich nicht zu bemerken. Erst als ich den Motor anließ, warf sie einen Blick über die Schulter und fuhr etwas schneller.

Ich folgte ihr langsam. Wieder sah sie sich um, und diesmal erkannte sie mich. Sie vergaß zu treten, und ich nahm den Fuß vom Gas und ließ das Auto ausrollen. Einen Moment lang sahen wir uns an, wie zwei Kontrahenten in einem Actionfilm.

Dann bekam sie es mit der Angst und trat kräftig in die Pedale. Vornübergebeugt sauste sie die Landstraße entlang, als hinge ihr Leben davon ab. Zu Recht. Ich gab Gas und schaltete in den nächsthöheren Gang.

In der Regel überzeuge ich mich, ob alles nach Plan lief. Bei Joella blieb wenig Zeit. Ich musste mich darauf verlassen, dass ein weiterer Schlag mit dem Pflasterstein und meine Hände ausgereicht hatten.

Doch an der einsamen Landstraße konnte ich das Auto abstellen und aussteigen. Ohne Eile ging ich auf Marielles reglosen Körper unter dem verbogenen Rad zu. Sie war bewusstlos und hatte eine blutende Kopfwunde. Ich fühlte ihren Puls – sie lebte noch.

Kurz erwog ich, sie sicherheitshalber zu überfahren, aber das würde Spuren an meinem Auto hinterlassen. Die Stoßstange hatte ohnehin schon Kratzer und wies rote Lackpartikel von ihrem Rad auf, die sich aber leicht entfernen ließen.

Ich legte ihr die Hände um den Hals und drückte zu. Immer fester.

Plötzlich hörte ich das Brummen eines Motors. Es wurde lauter. Sobald der Fahrer um die Kurve kam, würde er mein Auto sehen und könnte sich das Kennzeichen notieren. Ich musste also schleunigst verschwinden.

Widerstrebend ließ ich Marielle los und rannte zum Wagen. Als das Auto im Rückspiegel erschien, fuhr ich los und hoffte inständig, dass Marielle tot war.

Das Ganze hat mir wirklich keinen Spaß gemacht, aber es ließ sich nun mal nicht vermeiden. Beim Gedanken an Nadines Kummer schnürt es mir die Kehle zu. Aber der Verlust wird uns zusammenschweißen, davon bin ich überzeugt.

44

Ein Krankenhaus ist eine Art Paralleluniversum, eine stille Welt, in der bunte Farben verboten sind, in der lange weiße Flure die Straßen ersetzen und nur die Kioske und Cafeterias einigermaßen belebt wirken.

Kaum hat Nadine die Drehtür passiert, verursacht ihr der Anblick der Rollstuhlfahrer und Patienten mit Infusionsständern Beklemmungen.

Sie geht rasch zur Anmeldung und fragt nach dem jungen Mädchen, das am Abend zuvor eingeliefert wurde.

Als sie Auskunft bekommen hat, eilt sie zum Lift und drückt in ihrer Ungeduld mehrmals auf den Knopf.

Der Lift kommt, und die Tür gleitet auf. Sofort geht sie hinein und drückt die Taste für die vierte Etage. Sie wird immer nervöser, als der Lift in jedem Stock anhält und Leute aus- und einsteigen.

Endlich ist sie am Ziel und geht den mit grauem Linoleum ausgelegten Flur entlang.

Die Tür zur Intensivstation ist verschlossen. Sie muss sich erst über die Sprechanlage anmelden.

»Ich bin Nadine van Mourik. Das Mädchen, das gestern Abend bei Ihnen eingeliefert wurde, ist sehr wahrscheinlich meine Tochter Marielle.«

Eine Krankenschwester öffnet und stellt sich vor: »Lydia Wesselink. Sie meinen also, dass Ihre Tochter bei uns liegt. Wie sieht sie denn aus?«

Nachdem Nadine Marielle ausführlich beschrieben hat, fordert die Schwester sie auf mitzukommen.

»Bisher hatten wir keine Ahnung, wer sie ist«, sagt sie. »Sie hatte weder ein Handy noch eine Tasche bei sich – nichts, was auf ihre Identität schließen ließe.«

»Das Handy lag zu Hause, auf ihrem Schreibtisch. Und leider vergisst Marielle immer, ihren Ausweis einzustecken.«

Schwester Lydia sieht sie mitfühlend an. »Sie haben sich vermutlich große Sorgen gemacht?«

Nadine nickt und verkneift sich die Bemerkung, das sei wohl stark untertrieben.

Sie folgt der Schwester in einen Raum voller Betten und Apparate. Marielle ist nirgends zu sehen.

Da nimmt Schwester Lydia sie am Arm und führt sie zu einem Bett in der Ecke.

Nadine war auf das Schlimmste gefasst, dennoch ist es ein Schock: Da liegt sie, ihre hübsche Tochter. Leichenblass, das Gesicht voller Schürfwunden und Blutergüsse. Am Beatmungsgerät!

Nadine nimmt überhaupt nicht wahr, dass die Schwester fragt, ob es tatsächlich ihre Tochter sei. Sie muss sich am Fußende des Betts festhalten, um nicht umzukippen.

»Ist Ihnen nicht gut?«

Nein, ganz und gar nicht! Das Piepen und Surren der Apparate schwillt in ihrem Kopf zu einem ohrenbetäubenden Lärm an, verhindert jeden klaren Gedanken.

Nadine tritt neben das Bett, steckt die Hand aus und berührt sanft Marielles Arm.

»Wie … was …« Sie bricht ab, findet keine Worte für die vielen Fragen, die sich ihr aufdrängen.

Erst nach ein paar Minuten registriert sie, dass die Schwester gegangen ist. Statt ihrer steht nun ein Mann im weißen Kittel neben ihr. Er stellt sich als Dr. Broekmans vor und sagt, er sei der behandelnde Arzt.

»Ihre Tochter ist angefahren worden«, sagt er. »Ein nachfolgendes Auto konnte gerade noch bremsen, und der Fahrer hat den Krankenwagen gerufen. Sie wurde in kritischem Zustand eingeliefert, ist aber inzwischen stabil. Herzfrequenz und Atmung sind noch stark verlangsamt, daher das Beatmungsgerät. Sie müssen sich aber keine Sorgen machen. Das Mädchen atmet teilweise selbst, und das ist ein gutes Zeichen. Die Wunden an Gesicht und Kopf sehen zwar schlimm aus, sind aber bald wieder verheilt.«

Nadine sieht ihn hoffnungsvoll an. »Marielle wird also wieder ganz gesund?«

»Die bisherigen Untersuchungsergebnisse sind zufriedenstellend. Sie ist nur noch nicht bei Bewusstsein.«

»Ist das bedenklich?«

»Nicht unbedingt. Sie wird aufwachen, sobald sie körperlich dazu in der Lage ist. Offenbar ist das noch nicht der Fall. Das EEG hat jedenfalls keinen Hinweis auf irgendwelche Hirnverletzungen ergeben. Also gibt es keinen Grund anzunehmen, dass Ihre Tochter nicht bald zu sich kommt.«

»Danke!« Nadine setzt sich auf einen Hocker neben dem Bett.

Dr. Broekmans verabschiedet sich, aber sie hört es nicht, weil sie ganz auf Marielle konzentriert ist. Jemand hat sie angefahren und einfach auf der Straße liegen lassen – es ist nicht zu fassen!

Lange sitzt Nadine am Bett ihrer Tochter – fest entschlossen zu bleiben, bis sie genau weiß, dass Marielle durchkommt.

Irgendwann holt eine Schwester Marielle für eine neue Untersuchung ab.

Nadine lässt den Blick durch den Raum schweifen, in dem jetzt das wichtigste Bett fehlt. Diese Leerstelle ängstigt sie so sehr, dass es ihr die Kehle zuschnürt.

Marielle ist in guten Händen, sagt sie sich und beschließt, erst einmal in die Cafeteria zu gehen. Es ist schon Mittag, und sie hat bisher weder etwas gegessen noch getrunken. Ihr Mund fühlt sich trocken an, der Magen knurrt vernehmlich.

An einem Tisch in der Ecke isst sie eine Tomatensuppe und ein Brötchen. Dann schaltet sie ihr Handy an, obwohl sie nicht weiß, ob das in der Klinik erlaubt ist. Aber sie muss ihre Eltern benachrichtigen.

Als sie die vertraute Nummer wählt, zögert sie. Vielleicht wartet sie doch besser noch ein wenig. Ihre Eltern würden umgehend kommen und sie mit Fragen, wenn nicht gar Vorwürfen, bestürmen, und solch einer Situation fühlt sie sich momentan noch nicht gewachsen. Ganz zu schweigen davon, dass sie dann auch erzählen müsste, was mit Eelco passiert ist, und dass die Polizei sie und Arnout verdächtigt.

Zudem kann man sie leicht orten, wenn sie das Handy anhat. Sie wundert sich, dass ihre Eltern noch nicht selbst angerufen haben. Von Marielles Unfall können sie zwar nichts wissen, aber über den Mord an Eelco wird stündlich in den Nachrichten berichtet.

Wer, um Himmels willen, mag ihn umgebracht haben? Arnout kann es nicht gewesen sein – oder vielleicht doch? Mit Schrecken wird ihr klar, dass damit der erste Zweifel gesät ist. Und schon misstraut man einem guten Freund …

Fest steht jedenfalls, dass es jemand auf die Menschen in ihrem Freundes- und Bekanntenkreis abgesehen hat. Erst war Joella dran, die ihr etwas erzählen wollte. Dann Eelco, der vermutlich mehr wusste, als er ihr gesagt hat. Und vielleicht war es auch nicht wirklich ein Unfall, dem Marielle zum Opfer fiel? Um die Zeit, als ihre Tochter angefahren wurde, saß sie beim Essen in einem Restaurant am Leidseplein. Arnout hingegen kam erst später nach Amsterdam. Wesentlich später.

Eine Lautsprecherstimme reißt sie aus ihren Grübeleien: *»Frau van Mourik wird gebeten, auf die Intensivstation zu kommen. Frau van Mourik wird gebeten …«*

Sie steht so hastig auf, dass sie gegen den Tisch stößt. Der Kaffee fällt um und ergießt sich über die ganze Platte. Ohne sich um die Bescherung zu kümmern, läuft Nadine zum Aufzug.

45

Sie hat es so eilig, zu Marielle zu kommen, dass sie fast eine Frau im Rollstuhl umrennt, und am Lift drängt sie sich rücksichtslos vor.

Während er nach oben fährt, trommelt sie ungeduldig mit den Fingern an die Wand und ignoriert geflissentlich die ärgerlichen Blicke der anderen Leute.

Mit Marielle muss etwas passiert sein! O Gott, wenn sie nur rechtzeitig da ist!

Im vierten Stock angekommen, quetscht sie sich durch die halb offene Lifttür und eilt zur Intensivstation. Schwester Lydia lässt sie sogleich ein.

»Gut, dass Sie so schnell gekommen sind.«

»Was ist passiert?«, keucht Nadine, völlig außer Atem.

»Ihre Tochter ist bei Bewusstsein. Aber erschrecken Sie nicht, Marielle ist noch ein wenig verwirrt.«

»Bei Bewusstsein … aber das ist doch gut, oder?«

»Auf jeden Fall. Obwohl wir natürlich noch weitere Untersuchungen vornehmen müssen, um bleibende Schäden ausschließen zu können.«

Als Nadine den Raum betritt, fällt alle Anspannung von ihr ab. Da liegt ihre Tochter, halb aufgerichtet, und bemüht sich sogar, zu lächeln. Sie lebt! Sie kann sogar wieder lachen!

Mit Tränen in den Augen setzt sie sich auf Marielles Bett und nimmt ihre Hand.

»Na, mein Mädchen«, sagt sie leise. »Wie geht es dir?«

Der Beatmungsschlauch ist weg, Gott sei Dank. Aber Marielle wirkt sehr schwach und erschöpft. Plötzlich bekommt sie einen Hustenanfall und spuckt blutigen Schleim.

Schnell greift Nadine nach der Schale auf dem Nachttisch und hält sie ihr hin.

»Das kommt von dem Schlauch. Tut dir der Hals sehr weh?«

Marielle nickt. Ihr Blick irrt unruhig hin und her, und sie hält Nadines Hand so fest umklammert, als hinge sie über einem Abgrund.

»Ich bin so froh, dass du lebst!«, sagt Nadine leise. »Unendlich froh!«

Mit einem munteren »Hallo« betritt Dr. Broekmans das Zimmer. »Unser Dornröschen ist aufgewacht, sehr gut!«, meint er augenzwinkernd.

»Wie geht es ihr?«, fragt Nadine, noch nicht imstande, den gleichen lockeren Ton anzuschlagen.

Der Arzt nimmt Marielles Krankenblatt zur Hand. Die Sorgenfalten auf seiner Stirn verraten, dass noch längst nicht alles zum Besten steht.

»Stimmt etwas nicht? Sie wird doch hoffentlich keine bleibenden Schäden davontragen, oder?«, Nadine sieht ihn ängstlich an.

»Ich denke nicht«, sagt er. »Der Schlauch hat eine Reizung der Kehle verursacht, aber das ist in ein paar Tagen wieder vorbei. Was ich mir allerdings nicht erklären kann, sind die blauen Flecken an ihrem Hals. Man könnte sie glatt für Würgemale halten.«

Entsetzt starrt Nadine auf die dunklen Flecken um den Kehlkopf herum. Dann war es also wirklich kein Unfall …?

»Marielle hat schwere Prellungen, Schürfwunden und eine Gehirnerschütterung«, fährt der Arzt fort. »Ansonsten liegt eigentlich kein Grund zur Beunruhigung vor.«

»Ein Glück …« Nadine schließt kurz die Augen. Als sie sie wieder öffnet, sieht sie Marielle an und sagt wie zu einem kleinen Kind: »Hast du gehört, Liebes? Alles wird wieder gut!«

Marielle will anscheinend etwas sagen, als ein neuer Hustenkrampf sie schüttelt. Nadine kann ihr gerade noch rechtzeitig die Schale geben.

Liebevoll legt sie den Arm um ihre Tochter und zieht sie an sich. Nur mit Mühe kann sie die Tränen zurückhalten.

»Tut … weh.« Marielles Stimme ist kaum mehr als ein Flüstern.

»Nicht sprechen, Liebes«, sagt Nadine rasch.

Dr. Broekmans nickt. »Deine Mutter hat recht, Marielle. Du musst jetzt deinen Hals schonen.«

Erschöpft sinkt das Mädchen aufs Kissen zurück, als der Arzt sich verabschiedet hat.

»Was ist nur passiert?«, fragt Nadine. »Du wolltest

doch zu Renate. Ich dachte die ganze Zeit, du bist bei ihr. Weißt du was, Marielle? Ich stelle dir Fragen, und du brauchst nur zu nicken oder den Kopf zu schütteln, ja? Also: Bist du auf dem Weg zu Renate von einem Auto angefahren worden?«

Marielle zögert und sieht Nadine mit großen Augen an.

»Nein? Aber du bist doch angefahren worden, oder?«

Marielle beschreibt Kreise mit dem Zeigefinger.

Nadine glaubt zu verstehen, was sie meint: »Du warst mit dem Rad unterwegs, stimmt's?«

Sie nickt, nimmt dann die andere Hand zu Hilfe und bewegt sie auf den kreisenden Zeigefinger zu.

»Jemand hat dich verfolgt, willst du das sagen?«, fragt Nadine angespannt. »Dann war es doch kein Unfall!«

In Marielles Augen glänzen Tränen. »Angst …«, bringt sie mühsam hervor.

Nadine nimmt ihre Hände und beugt sich vor: »Wer war es? Hast du den Fahrer sehen können?«

Es muss jemand gewesen sein, den sie kennt. Sie hat auf einmal eine Ahnung, trotzdem trifft es sie wie ein Keulenschlag, als Marielle ihr den Namen zuflüstert. Ihr Herz krampft sich vor Schreck und Angst zusammen.

46

Das Haus liegt an der Rijnsburgersingel unweit der Leidener Innenstadt. Nadine fand die Lage mit Blick aufs Wasser und die Museumsmühle De Valk immer ausgesprochen schön.

Heute kann sie der Umgebung jedoch nichts abgewinnen. Minutenlang bleibt sie im Auto sitzen, den Blick auf das Haus gerichtet, in dem sie vor noch nicht allzu langer Zeit gewesen ist. Die Einfahrt ist leer, also ist niemand da.

Schwer kann es nicht sein, sich Zutritt zu verschaffen. Trotzdem zögert Nadine, denn ihr Vorhaben ist nicht ungefährlich.

Was hofft sie zu finden? Am liebsten gar nichts, denn ohne Beweise ist die Theorie, die sich in ihrem Hinterkopf eingenistet hat, vielleicht doch nur ein reines Hirngespinst oder eine Verkettung unglücklicher Umstände. Es kommt ja immer wieder vor, dass jemand einen Unfall verursacht und einfach weiterfährt. Dass Fahrer und Opfer sich kennen, ist weniger wahrscheinlich, aber auch nicht ganz ausgeschlossen.

Dennoch nagt der Zweifel. Sie kann sich einfach nicht vorstellen, dass man einen bewusstlosen Radfahrer einfach so liegen lässt – und schon gar nicht, wenn man ihn kennt. Dass man Gas gibt und davonfährt. Und wie wären dann die Würgemale zu erklären?

Sie nimmt den Notfallhammer aus der Halterung und steigt aus.

Mit heftigem Herzklopfen geht sie den Gartenweg entlang und ums Haus herum.

Sie holt aus und schlägt mit aller Kraft gegen die verglaste Hintertür. Die Scheibe birst, bleibt aber im Rahmen. Mit ein paar gezielten Schlägen klopft Nadine das Glas weg, sodass die Scherben auf dem Küchenfußboden landen. Dann schlüpft sie durch die Öffnung.

In der Küche bleibt sie stehen, zögert erneut. Ihr Vorhaben fällt ihr schwerer als gedacht. Am besten, sie bringt es so schnell wie möglich hinter sich.

Entschlossen betritt sie das Wohnzimmer. Sie sieht sich flüchtig um, öffnet Schranktüren und Schubladen. Sie findet einen Haustürschlüssel und steckt ihn ein. Wer weiß, vielleicht kann sie ihn gebrauchen.

Nachdem ihre Suche nichts ergeben hat, geht sie auf Zehenspitzen die Treppe hinauf, so als könnte jemand sie hören.

Im Schlafzimmer durchsucht sie den Kleiderschrank und die Kommode, dann späht sie unters Bett.

Dort steht ein Schuhkarton.

Nadine legt sich auf den Bauch, zieht ihn zu sich heran und wischt sich den Staub vom Ärmel.

Auf dem Bett sitzend, öffnet sie den Karton. Er enthält Fotos. Unzählige Fotos, auf denen stets sie zu sehen ist: beim Grillfest im letzten Sommer, beim Stadtbummel mit geschulterter Tasche, im Straßencafé, am Strand – alles Aufnahmen in Situationen, in denen sie sich unbeobachtet wähnte.

Sie schaudert, denn diese Bilder bestätigen ihren furchtbaren Verdacht. Mit einem Packen Fotos in der Hand überlegt sie, was sich damit anfangen lässt.

Nichts, rein gar nichts. Sie braucht handfeste Beweise.

Rasch steht sie auf und beginnt, das Haus systematisch zu durchsuchen. Sie kramt in Schachteln und Taschen, nimmt Bilder von den Wänden und öffnet sogar die Vorratsdosen in der Küche. Nichts.

Als sie durch den Garten geht, um sich den kleinen Schuppen vorzunehmen, bleibt ihr Blick an der schwarzen Mülltonne hängen. Dass sie darauf nicht gleich gekommen ist!

Sosehr es ihr auch widerstrebt, sie holt sämtliche Mülltüten heraus und inspiziert den Inhalt, wühlt in Verpackungen, verschmierten Joghurtbechern, gebrauchten Filtertüten und alten Kassenbons.

Eine Plastiktüte, von der sie sich eigentlich nichts verspricht, erweist sich schließlich als interessantester Fund: Sie enthält ein Paar Schuhe. So gut wie neu und bestimmt sehr teuer. Doch nicht sie fesseln ihre Aufmerksamkeit, sondern die Blutspritzer auf dem Leder.

47

Wie in einem bösen Traum steht Nadine da, die Tüte in der Hand. Ihr ist, als würde sie die Welt durch ein Kaleidoskop sehen, in dem Bilder auseinanderfallen und sich neu zusammenfügen.

Sie atmet flach und gehetzt, während ihr die Gedanken durch den Kopf wirbeln. Sie muss die Spuren ihrer Nachforschungen beseitigen, und zwar möglichst schnell!

Nadine verfrachtet den Abfall zurück in die Tonne, eilt ins Haus und schließt Schranktüren und Schubladen. Jetzt noch den Karton mit den Fotos zurückstellen!

Ihr Unterbewusstsein warnt sie, aber den Karton wieder unters Bett zu schieben kostet sie nur eine Minute – das kann sie riskieren.

Als sie die Treppe hinaufwill, wird ihr schwindlig, und ihre Beine verweigern plötzlich den Dienst. Wie eine alte Frau zieht sie sich Stufe um Stufe am Geländer hoch und erreicht keuchend den ersten Stock.

Im Schlafzimmer schiebt sie den Karton dorthin, wo sie ihn gefunden hat, und streicht dann noch rasch die Tagesdecke auf dem Bett glatt.

Im Hinausgehen hört sie das Gartentürchen quietschen und danach Schritte auf dem Kies.

Vor ihren Augen tanzen schwarze Punkte. Sie zwingt sich zur Ruhe und atmet mehrmals tief durch.

Wenn sie schnell ist, kommt sie vielleicht noch ungesehen weg!

In fliegender Hast rennt sie die Treppe hinab, schnappt sich im Flur die Plastiktüte und kramt den Hausschlüssel aus der Jackentasche.

Es gelingt ihr mit äußerster Beherrschung, die Tür leise zu öffnen und wieder hinter sich zu schließen.

Als sie durch den Vorgarten eilt, stolpert sie über die eigenen Füße und stürzt. Sie rappelt sich auf und erreicht schließlich mit aufgeschrammtem Knie und am ganzen Körper zitternd ihr Auto.

Nadine lässt sich auf den Fahrersitz fallen, schlägt die Tür zu und dreht den Zündschlüssel im Schloss.

Der Motor heult auf, als sie mit Vollgas anfährt. Aus den Augenwinkeln erkennt sie gerade noch einen weißen Peugeot ganz in der Nähe.

Auf der Heimfahrt ruft sie Immink an. Er macht ihr Vorhaltungen, weil sie einfach davongelaufen ist, doch Nadine unterbricht ihn, berichtet von Marielles »Unfall« und ihren Nachforschungen.

»Wo sind die Schuhe jetzt?«, fragt er.

»Auf dem Rücksitz meines Autos. Ich fahre gerade nach Hause, um ein paar Sachen für meine Tochter zu holen. Danach will ich gleich wieder in die Klinik.

Wenn Sie rasch einen Kollegen zu mir schicken, kann ich ihm die Schuhe geben.«

»Gut, einverstanden. Das mit Ihrer Tochter tut mir aufrichtig leid.«

»Sie hat blaue Flecken am Hals«, sagt Nadine plötzlich. »Der Arzt meinte, es könnten Würgemale sein.«

»Um Himmels willen! Ich schicke umgehend einen Beamten in die Klinik und gebe eine Fahndung nach Ihrer Freundin raus.«

»Danke.« Nadine beendet das Gespräch und fährt weiter.

Im Rückspiegel sieht sie, dass ihr ein Wagen folgt.

Sie nimmt den Fuß vom Gaspedal. Das Auto wird langsamer, und der Fahrer hinter ihr nimmt das Tempo ebenfalls zurück.

Sie biegt in ihre Straße ein und parkt vor dem Haus. Der Wagen hält etwa zwanzig Meter hinter ihr.

Nadine ermahnt sich zur Ruhe, steigt aus, schließt das Auto ab und geht mit der Plastiktüte in der Hand durch den Vorgarten.

Schnelle Schritte hinter ihr.

»Nadine! Warte doch!«

Sie dreht sich nervös um. Es ist Arnout.

»War es Marielle?«, fragt er.

»Ja. Als ich kam, war sie noch bewusstlos und musste beatmet werden, aber inzwischen ist sie wieder bei sich.«

»So schlimm?«

»Sie liegt auf der Intensivstation.«

»Wird sie wieder gesund? Und wie ist der Unfall überhaupt passiert? Weißt du inzwischen Näheres?« Er fährt sich nervös durch das blonde Haar.

»Der Unfallverursacher hat Fahrerflucht begangen, aber das weißt du ja schon. Jedenfalls kümmert sich jetzt die Polizei darum.«

Sie will zur Tür, doch er hält sie am Arm fest.

»Nadine, wenn du Hilfe brauchst …«

Sie schüttelt seine Hand ab. »Ich will nur rasch ein paar Sachen für Marielle holen, danach fahre ich wieder ins Krankenhaus. Ich komme schon zurecht. Trotzdem, danke für das Angebot.«

Arnout wirkt nicht im Mindesten gekränkt. »Na gut«, meint er leichthin. »Falls du es dir anders überlegst, sag einfach Bescheid.«

Nadine geht ins Haus. Als sie die Tür schließt, sieht sie Arnout auf sein Auto zugehen. Doch er fährt nicht weg, sondern lehnt sich dagegen, den Blick auf die Tüte in ihrer Hand gerichtet.

Da würdest du gern mal reinschauen, was?, denkt sie und lässt die Tür ins Schloss fallen. Erleichtert lehnt sie sich an die Wand, doch gleich darauf beschleicht sie ein merkwürdiges Gefühl. Irgendetwas ist anders als sonst. Hat sie einen fremden Geruch wahrgenommen, ein Geräusch gehört? Auf jeden Fall ist sie nicht allein im Haus.

48

Ängstlich lauscht sie in die Stille. Kein Laut ist zu hören.

Also doch nur Einbildung. Nadine ärgert sich über sich selbst und geht durch den Flur. Auf der Schwelle zum Wohnzimmer bleibt sie wie angenagelt stehen.

Da sitzt jemand im Sessel. Weil Wohn- und Esszimmer L-förmig sind, sieht sie lediglich ein Paar Stiefel. Unwillkürlich fasst sie sich ans Herz und schnappt nach Luft, als die Stiefel sich bewegen.

»Sigrid! Bist du nicht mehr bei Trost? Du hast mich zu Tode erschreckt!«

»Entschuldige. Du warst nicht da, also bin ich schon mal reingegangen. Ich weiß ja, dass der Zweitschlüssel im Vogelhäuschen liegt.«

Sie stehen sich gegenüber, Nadine mit der Plastiktüte in der Hand. Von der alten Vertrautheit zwischen ihnen ist nichts mehr zu spüren, eine bedrohliche Spannung liegt in der Luft.

»Musst du nicht arbeiten?«, fragt Nadine schließlich.

»Ich habe heute frei. Hast du was von Marielle gehört?«

»Sie liegt im Krankenhaus. Jemand hat sie angefahren.«

»Das ist ja furchtbar, wie geht es ihr?«

»Sie liegt auf der Intensivstation.«

Die Tüte in Nadines Hand fühlt sich plötzlich bleischwer an. Wie nebenbei stellt sie sie auf den Boden.

»Willst du was trinken? Einen Tee vielleicht?« Sie geht in die Küche, und zu ihrer Erleichterung kommt Sigrid mit.

»Wie schlimm ist es?«, dringt sie in Nadine. »Kann sie sprechen?«

»Noch nicht.« Nadine sucht nach den Teebeuteln. »Sie hat schlimme Halsschmerzen.«

»Du weißt also noch nicht, wie es passiert ist«, sagt Sigrid. »Hoffentlich finden sie den Unfallfahrer bald.«

Ihre Blicke treffen sich, halten sich sekundenlang fest, dann wendet Nadine sich ab und gießt den Tee auf.

Sigrid geht wieder ins Wohnzimmer, setzt sich aufs Sofa und kramt in ihrer Tasche.

Nadine überlegt fieberhaft, wie sie sich am besten verhalten soll. Dabei fällt ihr Blick auf den Messerblock.

Er ist leer.

Sie starrt darauf, als wären die Messer wie durch einen Zaubertrick verschwunden. Sekundenlang glaubt sie, ihre überreizte Fantasie gaukle ihr etwas vor. Sie blinzelt heftig, aber es war keine Täuschung. Mit einem Schlag wird ihr klar, was das bedeutet.

»Nadine, soll ich dir helfen?«, ruft Sigrid aus dem Wohnzimmer.

»Nein danke. Ich komme schon. Nur noch ein paar Kekse …« Mit zitternden Händen öffnet sie den Vorratsschrank. Wie konnte sie nur glauben, der Situation gewachsen zu sein? Schon beim Anblick Sigrids hätte sie davonlaufen müssen.

Ihr Blick geht zur Hintertür. Sie ist verschlossen, aber der Schlüssel liegt in der Schublade. Wenn es klappt, ist sie im Nu weg.

Sie zieht die Schublade auf, nimmt den Schlüssel und geht auf Zehenspitzen zur Tür.

Plötzlich spürt sie Sigrid hinter sich. Mit einem Ruck dreht sie sich um.

»Du weißt alles.« Sigrids Stimme klingt sanft. Sie lehnt am Türrahmen, eine Hand in der Hosentasche. In der anderen hält sie ein Fleischmesser.

»Was meinst du? Was weiß ich?«

»Mach mir nichts vor, Nadine!« Mit dem Messer tippt Sigrid sich ans Bein. »Du hast sie doch gefunden.«

»Was gefunden?« Nadine gibt sich ahnungslos, aber es hat keinen Sinn: Sigrid durchschaut sie.

»Meine Schuhe. Ich habe dich beobachtet und ins Haus gehen sehen. Da beschloss ich, hier auf dich zu warten. Damit wir reden können.«

»Reden … ja, das müssen wir wohl.« Nadines zaghaftes Lächeln gerät zu einer Grimasse.

Sie muss an den Schlüssel herankommen, ihn umdrehen! Das Ganze ist eine Frage von Sekunden, aber mehr als ein paar Sekunden braucht auch Sigrid nicht, um sie zu erreichen.

49

Es ist, als verliefe eine unsichtbare Wand zwischen ihnen. Nur wenige Schritte trennen sie, ein winziger Abstand zwischen Leben und Tod.

Nadine kann immer noch nicht glauben, dass Sigrid imstande wäre, ihr etwas anzutun. »Was … was willst du mit dem Messer?« Ihre Stimme zittert.

Sigrid hebt die Hand und betrachtet das Messer mit einem Gesichtsausdruck, als sähe sie es zum ersten Mal.

»Ich weiß nicht«, sagt sie nach einem kurzen Schweigen. »Brauche ich es denn?«

Stumm schüttelt Nadine den Kopf.

»Ich war mir nicht sicher, wie du reagieren würdest, deshalb habe ich es genommen. Wir sind Freundinnen und kennen uns gut, aber letztlich weiß man nie, was wirklich im Kopf der anderen vorgeht.« Sigrid wiegt das Messer in der Hand.

»Kann sein, dass ich durchdrehe«, fährt sie leise fort. »Ich war in psychiatrischer Behandlung, wusstest du das?«

Es dauert einen Moment, bis Nadine ihre Stimme unter Kontrolle hat. »Nein«, sagt sie.

»Das war, kurz bevor ich dich kennenlernte, und ist also lange her. Wir kennen uns ja schon eine ganze Weile.«

»Sechs Jahre.«

»Stimmt, demnächst sind es sechs Jahre. Ich wollte unseren Jahrestag feiern, schön ausgehen oder gemeinsam in Urlaub fahren. Nach Paris oder Rom, nur wir beide, ganz romantisch.«

Nadine denkt an die unzähligen Fotos von sich in Sigrids Schlafzimmer. Jetzt weiß sie, weshalb sie dort liegen.

Sigrid kommt näher, sieht ihr fest in die Augen.

»Du fühlst das Gleiche wie ich«, sagt sie heiser. »Zwischen uns hat es nie vieler Worte bedurft, und die Männer in unserem Leben waren bloß Randerscheinungen. Am Ende zählen nur wir beide, Nadine, du und ich.«

Ihr Ton hat etwas Beschwörendes, sodass Nadine keinen Widerspruch wagt.

»Ja«, flüstert sie. »So habe ich es auch immer empfunden.«

Sigrid tritt noch einen Schritt näher.

»Ich wusste es«, flüstert sie. »Remco, Eelco und wie sie alle hießen – ich musste sie von dir fernhalten, weil sie deinen wahren Gefühlen im Weg standen.«

Am liebsten würde Nadine schreiend auf Sigrid einschlagen, aber sie ist wie gelähmt. In ihr ist nichts als Leere und ein tiefes Entsetzen.

»Ich liebe dich.« Sigrid sieht sie mit einer seltsamen Mischung aus Zärtlichkeit und Besitzgier an.

Ich darf sie nicht abweisen, denkt Nadine. Trotzdem … »Und Marielle …?«, flüstert sie.

Ein schmerzlicher Ausdruck huscht über Sigrids Gesicht. »Ich musste es tun, sonst hätte sie mich verraten.«

»Verraten?«

»Sie wusste das mit Melissa und Joella.«

Nadine bekommt kaum noch Luft, sie kann Sigrid nur noch entgeistert anstarren.

Ihr Gesicht ist jetzt direkt vor ihr, im nächsten Moment spürt sie warme Lippen auf ihrem Mund und eine Hand auf der Hüfte.

Das Messer streift wie zufällig ihren Schenkel.

Nadine kämpft gegen den Ekel an, als Sigrid ihr die Zunge in den Mund schiebt.

Unbeholfen tastet sie hinter ihrem Rücken nach dem Schlüssel.

Plötzlich lässt Sigrid sie los. Ihre Augen glänzen, die Wangen sind hochrot.

»Du liebst mich, Nadine!«, sagt sie. »Ich habe es immer gewusst! Jetzt kann uns nichts mehr trennen. Kein Eelco und auch kein Christiaan.«

»Christiaan?«

Sigrid streicht sich eine Haarsträhne aus dem erhitzten Gesicht. »Er hat es mir leicht gemacht. Hätte er sein Auto rechtzeitig zur Inspektion gebracht, wäre es schwieriger gewesen.«

Nadine fühlt sich, als würde ihr der Boden unter den Füßen weggezogen. Sie sucht Halt an der Tür. Währenddessen redet Sigrid weiter, aber ihre Stimme klingt verzerrt, erst nah, dann wie aus weiter Ferne. »Wir werden zusammen fortgehen, Nadine. Ich weiß, du willst sagen, das klappt nie. Aber es gibt eine Möglichkeit.« Ihr Blick wird starr, das Gesicht maskenhaft.

Vor Nadine steht eine vollkommen Fremde, die zu allem entschlossen ist und die nichts mehr mit der Sigrid, die sie kennt, gemeinsam hat. Wie konnte sie nur all die Jahre so erfolgreich verbergen, dass sie auch auf Frauen steht? Dass sie sie – Nadine – liebt, sogar regelrecht von ihr besessen ist?

»Die Polizei kann jeden Moment hier sein«, sagt Nadine mit schwacher Stimme. »Ich habe angerufen, wegen der Schuhe. Sie wissen alles. Lauf davon, schnell! Ich halte dich nicht zurück.«

»Du kommst mit.«

»Ja«, beeilt sich Nadine zu sagen. »Ich komme mit, wir fliehen zusammen.« Wenn wir erst einmal im Freien sind, kann ich bestimmt davonlaufen, denkt sie und wendet sich zur Tür.

»Nein.« Sigrid schüttelt entschieden den Kopf. »Das hat keinen Sinn, so haben sie uns im Nu. Es gibt nur einen Weg, wie wir zusammenbleiben können.«

»Wie meinst du …?« Im nächsten Moment hat sie das Messer an der Kehle. Die scharfe Klinge ritzt die Haut, und Nadine spürt, wie ihr Blut am Hals hinabrinnt.

In ihrer Todesangst versetzt sie Sigrid einen Kniestoß. Bei Männern ein probates Mittel, aber offenbar funktioniert es auch bei Frauen, denn Sigrid schreit auf und krümmt sich zusammen.

Nadine presst die Hand an den Hals. Es kann nur eine oberflächliche Wunde sein, denn sie hat kaum Schmerzen.

Wie durch einen Nebel nimmt sie wahr, dass Sigrid sich aufrichtet und erneut das Messer hebt.

»Bitte nicht!«, schreit sie gellend.

Sigrids Gesicht ist tränenüberströmt. »Es muss sein, Nadine. Ich liebe dich. Und wir sehen uns wieder, das verspreche ich dir.« Dann sticht sie zu.

*

Manchmal, wenn ich in meiner Zelle auf dem Bett liege und ein Buch lese oder in einer Zeitschrift blättere, gelingt es mir, zu vergessen, wo ich bin. Die dicke Stahltür nimmt mir nicht nur die Freiheit, sondern hält auch den Lärm ab, das Geschrei streitender Frauen, die lauten Stimmen der Wärter.

Bei der Therapie sagen sie, ich solle nicht ständig von »Wärtern« und »Zellen« sprechen, sondern von »Zimmern« und »Helfern«, die auf mich »aufpassen«, denn alle hier meinten es gut mit mir.

Seltsam, wenn man bedenkt, wofür ich verurteilt worden bin. Die Medien haben mich als Monster dargestellt, aber hier in der Gefängnispsychiatrie bringt man mir Verständnis entgegen. Manchmal habe ich fast den Eindruck, sie verstünden mich wirklich. Mein Psychiater Dr. Posthumus gibt sich freundschaftlich und betont immer wieder, ich könnte ihm alles sagen, was mich bewegt. Als wüsste ich nicht, dass ich für ihn nur eine Patientin von vielen bin, dass meine Geschichte ihn letztlich überhaupt nicht interessiert, sondern nur die Akte vervollständigen soll.

Langsam legt sich der Wirbel um meine Person. Zu Anfang wurde ich ständig in den Nachrichten erwähnt, doch allmählich vergisst man mich. Die Zeitungen aus den ersten Wochen hebe ich in einem Karton unter meinem Bett auf. Wenn mir danach ist – also jeden Tag –, hole ich sie hervor, blättere darin und betrachte die Fotos. Es sind Bilder von mir, andere zeigen Nadine, wie sie vor dem Gerichtsgebäude von Reportern belagert wird. Auf wieder anderen sind wir beide zu sehen. Keine Ahnung, wie die Zeitungen darangekommen sind. Wahrscheinlich haben gemeinsame Bekannte sie für viel Geld verkauft. So läuft das nun mal …

Immerhin ist der ganze Rummel Nadines Schriftstellerkarriere zugutegekommen. Eine Thrillerautorin, die fast selbst zum Mordopfer wird, ja noch dazu zum Opfer der besten Freundin, so etwas fasziniert die Leute. Neulich habe ich gelesen, sie verarbeite ihre Erlebnisse in einem neuen Buch. Noch bevor sie auch nur einen Buchstaben auf dem Papier hatte, standen die Verlage Schlange und boten ihr astronomische Vorschüsse.

»Aurora hat mir die erste Chance zur Veröffentlichung gegeben. Es wäre höchst undankbar, wenn ich jetzt den Verlag wechseln würde«, wurde Nadine in dem Artikel zitiert.

Das macht mich stolz. So ist Nadine – treu wie Gold.

Deshalb verstehe ich auch nicht, weshalb sie mich nicht besucht. Ich habe ihr noch so viel zu sagen, aber auch auf meine Briefe kommt keine Antwort. Obwohl ich mehrmals betont habe, wie froh ich bin, dass es ihr und Marielle gut geht. Dass ich in geistiger Verwirrung gehandelt habe, als ich sie niederstach, und hinterher ungeheuer erleichtert war, dass ich sie nicht umgebracht hatte.

Hätte Arnout nicht plötzlich mit einem Stein die Hintertür eingeworfen, dann hätte ich immer wieder zugestochen und mir anschließend zu Hause eine Kugel in den Kopf gejagt.

Er kümmerte sich sofort um Nadine, daher konnte ich entkommen. Aber schon auf dem Weg zu meiner Wohnung wurde ich festgenommen.

Trotz allem bin ich Arnout dankbar. Weil er Nadine Erste Hilfe leistete, hat sie überlebt. Wäre sie gestorben, hätten sie mich meinetwegen zum Tode verurteilen können. So aber kann ich weiterhin hoffen, dass wir eines Tages wieder Kontakt haben und sie mir verzeiht.

Laut Dr. Posthumus habe ich eine Persönlichkeitsstörung namens Borderlinesyndrom. Er sagt, ich leide unter ständiger Verlassensangst, reagiere überempfindlich auf das kleinste Zeichen von Ablehnung und klammere mich zu sehr und vor allem zu früh an Bezugspersonen. Mein Selbstbild wie auch meine

Beziehungen zu anderen seien instabil, ich sei starken Stimmungsschwankungen unterworfen und könne meine Impulse schlecht beherrschen.

Das alles hat man bereits in der psychiatrischen Klinik festgestellt, wo ich nach meiner Verhaftung untersucht wurde, denn vor der Gerichtsverhandlung musste meine Zurechnungsfähigkeit überprüft werden.

An die Zeit vor und nach der Verhandlung erinnere ich mich nur schemenhaft. Die endlosen intensiven Gespräche, bei denen ich gezwungen war, meine Gefühle zu offenbaren und den alten Schmerz noch einmal zu durchleben, führten dazu, dass ich psychisch zusammenbrach.

Ich habe alles gestanden. Nachdem Nadine die Wahrheit kannte, war es mir nicht mehr wichtig, sie vor anderen zu verbergen.

Ich sagte aus, dass ich mir für den Bücherball absichtlich ein rotes Abendkleid gekauft hatte und in die Herrentoilette ging, nachdem Nadine herausgekommen war. Ein gezielter Stich in den Rücken, und Eelco sackte zusammen.

Anschließend habe ich ihn in eine Toilettenkabine geschleppt, was den Vorteil hatte, dass ich in Ruhe verschwinden konnte, bevor man seine Leiche entdeckte.

Im Auto habe ich mich umgezogen und das blutverschmierte Kleid an einer Tankstelle in den Müll geworfen. In einer Plastiktüte, damit es nicht auffiel.

Die Schuhe hatte ich anbehalten und erst zu Hause gemerkt, dass sie voller Blutspritzer waren. Der Müll wäre am übernächsten Tag abgeholt worden. Damit, dass Nadine vorher in der Tonne schnüffeln würde, hatte ich nicht gerechnet.

Das war unbedacht, aber nachdem es mir nicht gelungen war, Marielle auszuschalten, spielte es keine große Rolle mehr. Die Schuhe waren lediglich der letzte Beweis für ein Verbrechen, das mir ohnehin irgendwann nachgewiesen worden wäre.

Zwanzig Jahre Sicherungsverwahrung, das hört sich schlimmer an, als es ist. Es läuft darauf hinaus, dass ich in dreizehn, vierzehn Jahren wieder auf freiem Fuß bin. Die Aussicht, Nadine dann wieder zu begegnen, lässt mich die Zeit hinter Gittern ertragen. Auch wenn sie jeden Kontakt ablehnt, ist sie nach wie vor Teil meines Lebens. Ich begegne ihr oft – im Fernsehen oder auf Fotos in Zeitungen. Angeblich ist sie jetzt mit Arnout zusammen.

Auf den Bildern wirkt sie glücklich, aber ich weiß, das ist nur Schein. Wenn ich sie in Talkshows sehe, weiß ich, dass ihr Lächeln mir gilt, dass jedes ihrer Worte an mich gerichtet ist.

Das tröstet mich, wenn ich mich einsam fühle. Wie gesagt: Ich wollte ihr nicht wehtun. Ich wollte nur, dass sie mich genauso braucht wie ich sie.

Ich danke:

Wim van der Vlugt für seine ständige Unterstützung

Peterpaul Tuijn für seine geduldigen Antworten auf meine Fragen zur Polizeiarbeit

Rens Koldenhof und *Theo de With* vom *Leidsch Dagblad* für ausführliche Informationen über den Alltag in einer Zeitungsredaktion

Sylvia Beljon für das Lesen und Korrigieren der Rohfassung

und natürlich dem gesamten Team von *Ambo/Anthos*, das sich auch diesmal wieder fantastisch für mich eingesetzt hat.